夫婦で行くイタリア歴史の街々

清水義範

夫婦で行くイタリア歴史の街々

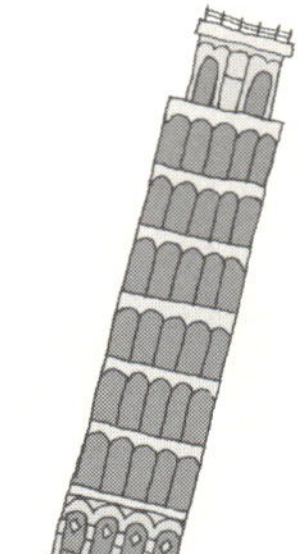

目次

第一部　南イタリア
パレルモ　11
タオルミーナ　23
シラクーサ　35
バーリ　47
ナポリ　59
アマルフィ　72
第二部　北イタリア
ミラノ　87
ヴェローナ　100
ヴィチェンツァ　112
ヴェネツィア　124

パドヴァ　147

フェッラーラ　159

ボローニャ　171

ラヴェンナ　183

サン・マリノ　195

ウルビーノ　208

フィレンツェ　220

ピサとサン・ジミニャーノ　255

シエナ　267

ピエンツァとモンタルチーノ　278

アッシジ　290

ローマ　303

あとがき　336

解説　ヤマザキマリ　343

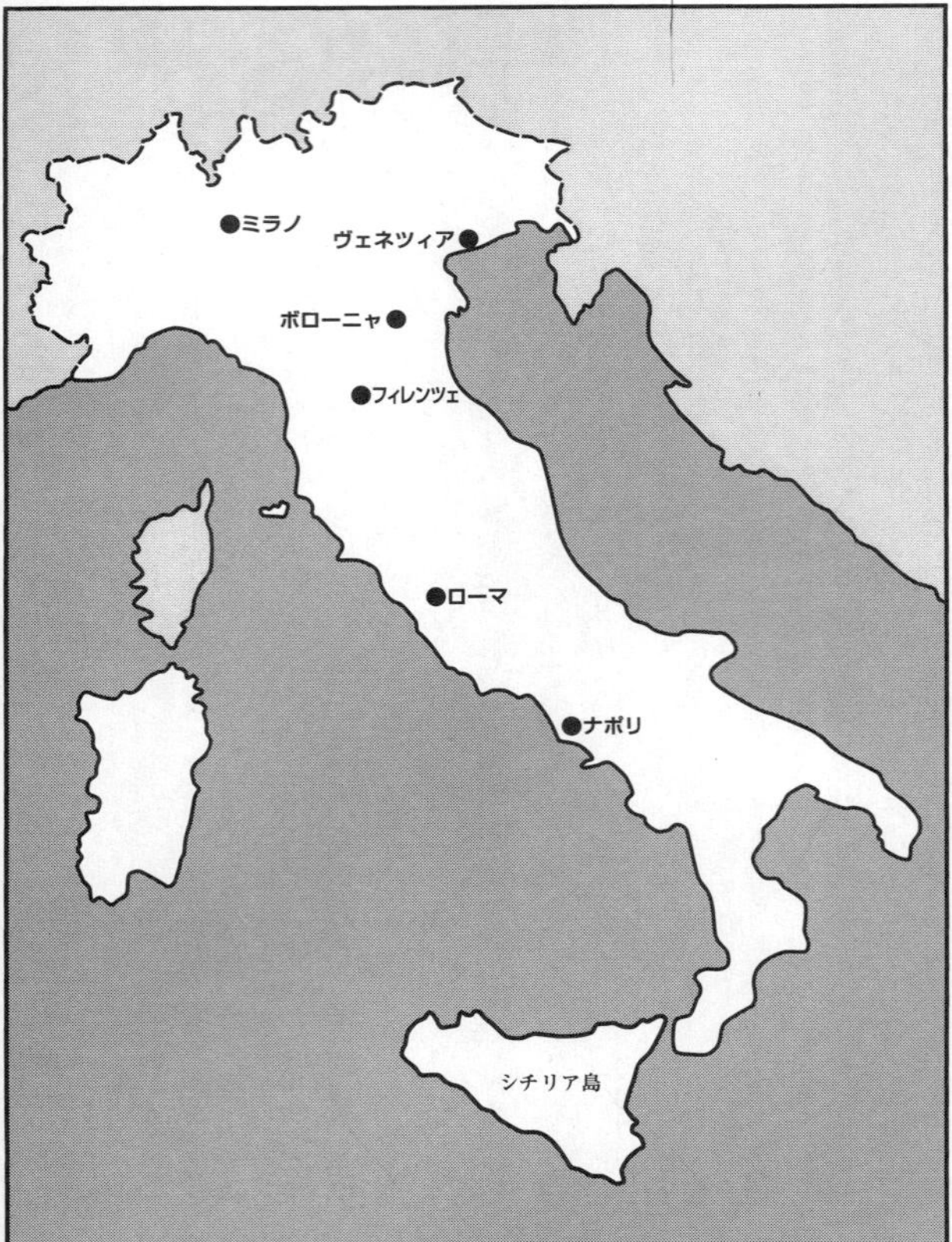

イタリア全体図

第一部

南イタリア

トゥルッリという、きのこ形の家が建ち並ぶアルベロベッロのアイア・ピッコラ地区。この地区は人々が普通に生活していて、観光客も少なく、とても静かである。おとぎの国にまぎれこんだかと思うような景観だった。

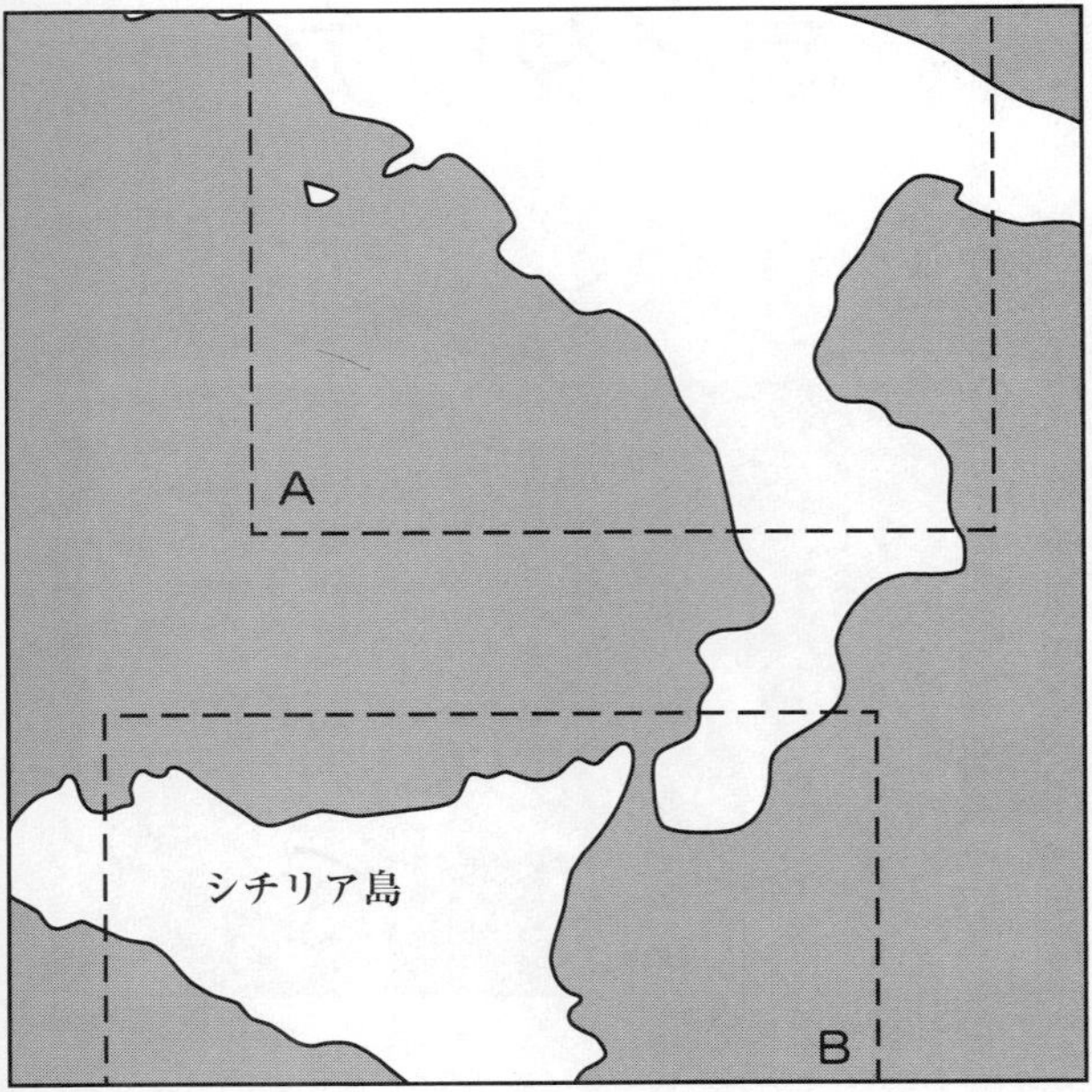

南イタリア全体図

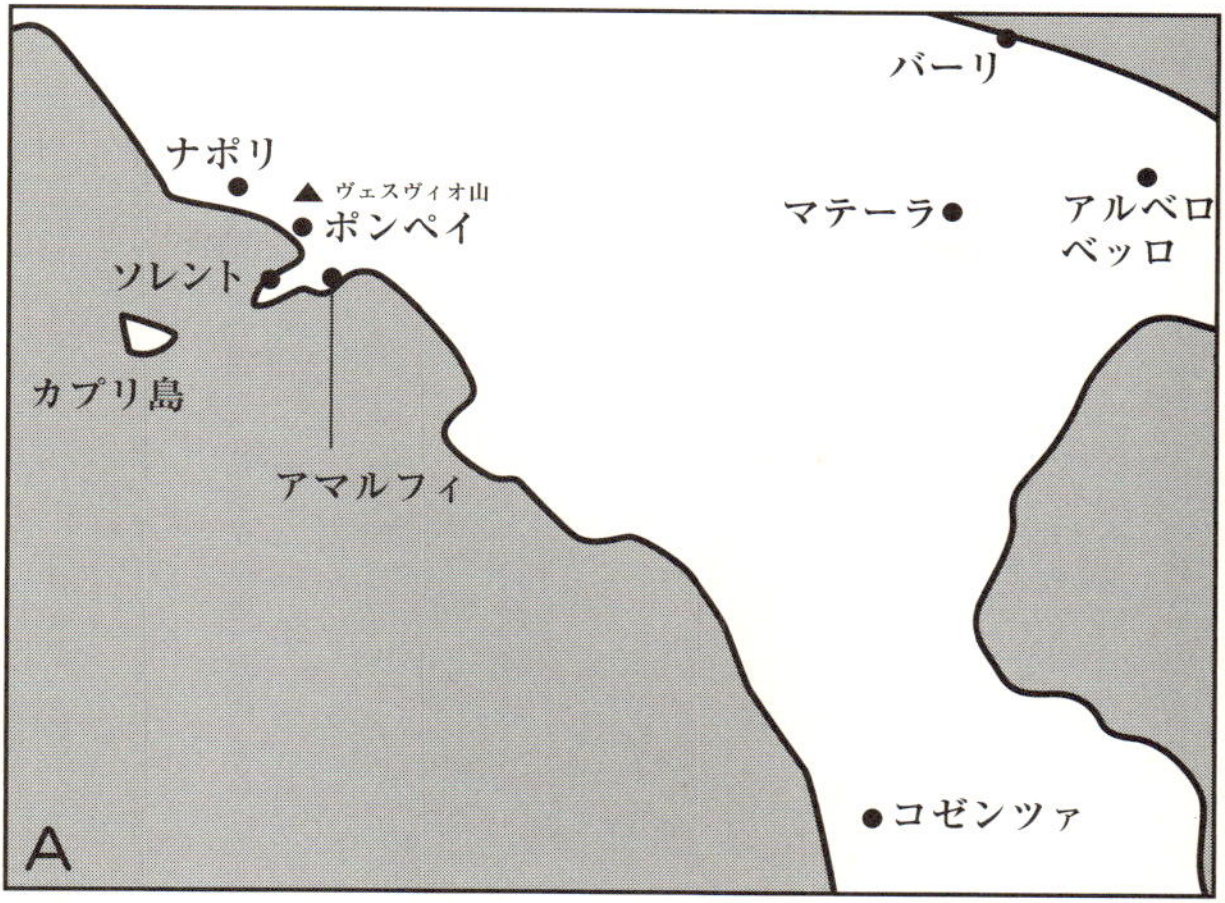
バーリ
ナポリ
ヴェスヴィオ山
ポンペイ
マテーラ
アルベロベッロ
ソレント
カプリ島
アマルフィ
コゼンツァ
A

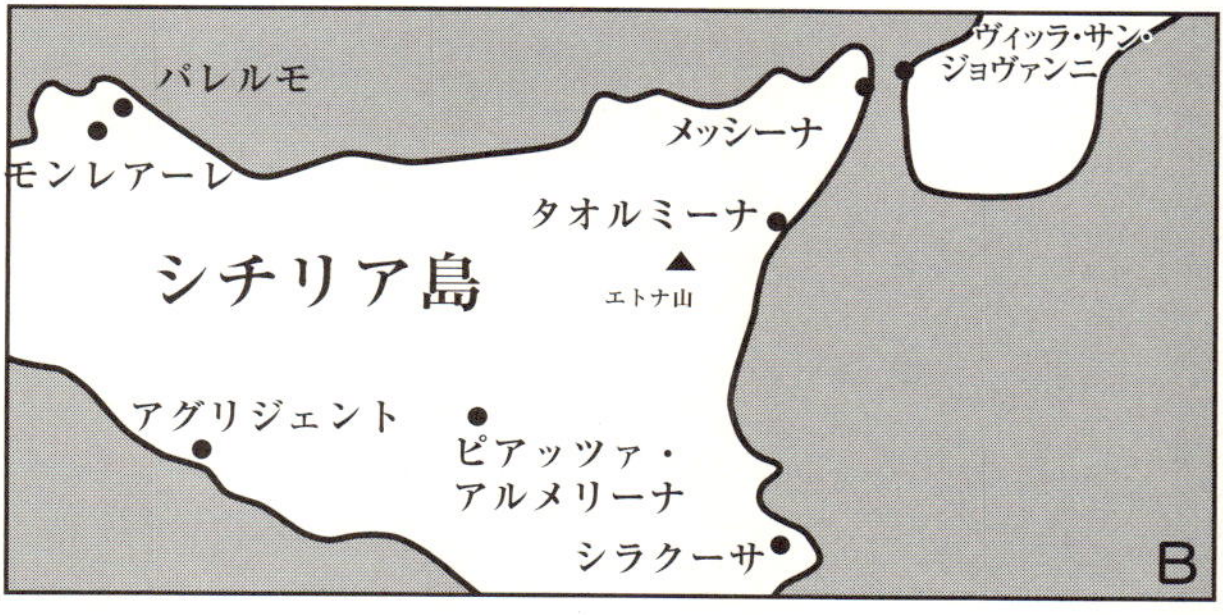
ヴィッラ・サン・ジョヴァンニ
パレルモ
モンレアーレ
メッシーナ
タオルミーナ
シチリア島
エトナ山
アグリジェント
ピアッツァ・アルメリーナ
シラクーサ
B

パレルモ

1

私の『夫婦で行くイスラムの国々』（集英社文庫）という旅行記は、私が五十代の十年間をかけてイスラムの国々を巡ってみて、こっちの世界の生活や歴史のことを何も知らなかったなと感じ、敬愛をこめてまとめたものである。ほぼ十年間で、ウズベキスタン、トルコ、イラン、シリア、ヨルダン、レバノン、エジプト、チュニジア、モロッコ、スペイン、イエメンと十一カ国をまわったのだが、刺激的で面白い旅だった。

そして、私のイスラム国巡りはとりあえず終結した。まだ行ける国はあるのだが、私の行きたい国へはだいたい行ったのだ。本当はイラクのバグダッドへはぜひとも行ってみたいのだが、あの国が安全に旅行できるところになるのはまだまだ先だろう。

そのようにイスラム国巡りが終って、さて次はどこへ行こうか、と考えた。海外旅行は刺激的で、思いがけず世界史がわかってきたりする楽しさもあり、一年に一度くらいは夫婦で行きたいと思っているのだ。だが、イスラム国巡りというテーマが終ったあと、次はどんなテーマを持ってどこへ行けばいいのか。

いろいろ考えているうちに、ここはひとつイタリアへ行って、あの国の歴史を知ってみるべきか、という気がしてきた。イスラム国という日本人があまり知らないところから、イタリアという日本人にも非常に人気のある国に興味が移るのは一見奇妙なことのようだが、それには理由があるのだ。

イスラム国のうちの地中海近辺の国、トルコ、シリア、レバノン、ヨルダン、チュニジア、モロッコなどで私たち夫婦は、本当はモスクなどのイスラミックな景観を見たいのだが、非常にしばしば古代ローマ帝国の遺跡を見せられたのだ。地中海沿岸地方というのはかつて古代ローマ帝国が支配したところで、今はイスラム国でも、見るべき遺跡は古代ローマの都市跡なのだ。列柱通りや円形闘技場や浴場などの遺跡をいくつ見たことか。イスラムの国をまわっているのに、半分は古代ローマを裏から見ているようなものだったのである。

だからこそ、古代ローマ帝国そのものをちゃんと表から見てみようか、という気がしてきた。どうもそれを知ることが、世界史の背骨を知ることのような気がしてきたのだ。

それから、古代ローマ帝国が滅びたあと、あのイタリア半島はどういう歴史をたどったのかも知りたい。一八六一年に王国となるまで、イタリアはひとつの国にまとまっておらず、バラバラの都市国家群だったことを、なんとなくきかされて知っているが、それはどんな実態だったのかも知りたい。

そんなわけで、二〇〇六年の九月、私たちはイタリアのまず南半分を知ろうという旅行をした。それまでイスラム国ばかりまわっていたから、イタリアに関する予備知識はほとんどゼロである。シチリア島から、ナポリまで北上してくるコース設定であった。

そのイタリアで、まず思いがけない先制パンチをくらった。私は近頃どこへ行っても肩身の狭い思いをしなければならない喫煙者なのだが、もちろん飛行機の中では我慢する。ローマの空港で、シチリアのパレルモ行きの便に乗り換えるのだが、その空港内で血マナコになって喫煙ブースを捜した。しかしそれがどこにもない。きいたら、二〇〇五年の一月からイタリアでは、空港などの公共施設と、レストランなどの屋内がすべて禁煙ということになったのだそうである。十二時間我慢してローマ空港まで来て、そこでもタバコを吸えないのはつらかった。

というわけでこの旅行中、レストランで食事をとると、私は必ずデザートの出る頃になるとレストランの外へ出て、立ってタバコを吸っていたのである。そこには小テーブルが出してあって灰皿がのっていたりした。

2

パレルモへは夜になってから着き、観光は翌朝からだった。パレルモはシチリアの州都で、大都市である。

その昔ゲーテはイタリアを旅行して、ナポリから船でこのパレルモに着いた時、山々や浜辺、森の緑の美しさを称《たた》えている。風光明媚《ふうこうめいび》で名高いところだったのだ。

ところが、私が受けたパレルモの印象はそれとは少し違う。街の印象がなんとなく薄暗いのだ。街並みが少しススけているような気がした。

たとえば街の中心部に二つの大通りが十文字に交差するクアットロ・カンティという名所があり、広場に面した四つの建物の壁面にスペイン総督の像や、守護聖女の像があって見事だとされているのだが、私にはそれが少しゴテゴテしているように見え、薄汚れているような気がした。

それは私がイスラム国ばかり巡ってきて、シンプルな装飾になれていたせいもあるだろう。シチリアン・バロックの様式は少し胃にもたれるのだ。それから、重厚な装飾自体は見事なものなのだが、その近くを自動車が盛んに走りまわっているため、排気ガスで黒ずんでいるのも事実である。

また、パレルモでは人々もどこか暗い印象だった。イタリア男というと陽気で人なつこい、ともっぱら言われるのだが、シチリアの親父《おやじ》たちはどちらかと言うと無口で無愛想な感じだった。古びた背広をきっちりと着てベンチにすわって黙っているような老人を何人も見た。田舎だということと、平穏ではない歴史から生み出された人間性なのかもしれない。

まず私たちは、歴代の王が住んだというノルマン王宮へ行った。ただし、そこは今シチリア州議会堂として使われており、その日は議会があったので王宮部分は見られなかった。とはいうものの、この王宮の二階にはパラティーナ礼拝堂という、宮廷付属の礼拝堂があり、そこは見物した。壁一面に見事なモザイク画のある、感嘆の声がもれるような礼拝堂である。金のモザイクを多く使って描かれたキリスト像や、聖人たちや天使の像がとても美しい。

一般に、教会へ行って、写真撮影は禁止とか、フラッシュをたいてはダメ、と言われるのは、壁にフレスコ画が描かれていたり、額縁入りの絵が飾られている場合である。ところがモザイク画の時は、写真を撮ってもいいよということになっていることが多い。フラッシュをたいたってモザイク画なら退色しないからである。

そこで、キリストの像などを大いに撮影したのだが、ふと気がつくと、壁の下部や床などは幾何学的なモザイク模様になっていて、すっきりとシンプルで美しいのだ。コズマーティ様式というのだそうだが、それは十一世紀末のビザンティン（東ローマ帝国）

とイスラムの融合した様式なのだそうだ。そう、ここシチリアはイスラムに支配されていた時期もあるのである。そしてそのあと、十一世紀から十二世紀にかけては、ノルマン人が来て王朝を作った。それで私たちはノルマン王宮なるものを見物しているのだ。

シチリアの歴史は複雑だ。それをここで一気に説明するのはやめて、折に触れて語ることにしよう。

次に私たちはカテドラーレと呼ばれる大聖堂へ行った。十二世紀のノルマン時代に創建されたものだが、十四、五世紀から度重なる増改築をして、様々な時代の様式が複合された印象の建物になっている。内部には歴代の皇帝と王の霊廟《れいびょう》があった。

この大聖堂はとにかく広大で、迫力満点だが、少し様式が入り乱れすぎていて、印象がまとまらないという感じがあった。

パレルモはシチリアの中心都市だが、同時に地中海の中心地でもあった。だから古代より、南北から度重なる侵略をされてきたのだ。その結果、大聖堂の印象まで、いろんな文化のごちゃ混ぜになっている。とりあえず感じられるのはそのことだった。

3

マッシモ劇場を車窓から見物した。一八九七年に完成したオペラ劇場である。パリのオペラ座に次いでヨーロッパで二番目の大きさのオペラ・ハウスで、入口の前が幅広の階段になっている。その階段には見覚えがあった。映画「ゴッドファーザー　PART Ⅲ」で、ラスト近く、主人公のドン・コルレオーネの娘が射殺されるあの場所なのだ。あれはここにあったのか、の思いとともに、そうか、シチリアと言えばマフィア誕生の地だったのだ、ということが思い出される。

マフィアとは、十八世紀頃、スペイン統治下のシチリアで生まれたものだ。スペインの支配はシチリア貴族を大地主として置き、自治権を与えず植民地的に統治したもので、農民は農奴のようだった。シチリア貴族は領地に住まず、ある意味無政府状態だったのだ。そこで農民の中から、領地を守る武装集団が自然発生的に生まれた。それがマフィアの始まりである。マフィアのドン（親分という感じ）は、山賊や家畜泥棒からの保護をしてくれ、土地争いや借金返済トラブルの仲介をしてくれる存在なのだ。後には都会に進出し、麻薬や密輸などにも手を染めていくマフィアだが、もともとは無政府状態の農村での頼りになる親分として始まったものだ。だから、他民族に支配されていたシチリアだからこそ出てきたのだと言える。

これはパレルモの観光を終えて次の街に向かう時の体験だが、ラッシュ時でもないのに大渋滞にひっかかってしまった。上下二車線くらいの狭い道だったが、車が一列に並んで止まって、動きやしないのだ。時々、ジリジリと少し進めるというふうである。

こんな田舎道がなぜ渋滞しているのかと思った。少しずつゆっくりと進んでいって、やがてその答えがわかった。ある所に、黒塗りの高級車がズラリと停車していたのだ。そしてその車の横に大きな花輪が置かれているのを私は見た。黒いスーツ姿のいかつい男が何人もいた。その道の反対側は妻が見て、どうなっているかを教えてくれた。警官が何人も出て、片側ずつ車を通す交通整理をしていたのだ。

男たちのムードと花輪から、マフィアのドンの法事でもあるんだ、とわかった。そしてそれを警官が手伝っているのだ。それはこの旅の中で最もシチリア的な光景だったかもしれない。

今でもシチリアでは、就職する時にマフィアのドンに口ききを頼むかどうかが迷いどころなのだそうだ。商店主の中には上納金を払っている人もいるのだとか。今もシチリアはニーノ・ロータ（「ゴッドファーザー」などの映画音楽家）のメロディが似合うようなところなのだ。

4

パレルモの観光をすませた私たちは、バスで市から八キロほど南西に行ったモンレアーレへと向かった。標高三百十メートルの丘の上に広がる小さな街だ。駐車場から階段と坂道を登っていってっぺんに着くと、そこに堂々たる大聖堂（ここのものはドゥオーモと呼ばれる）がある。ノルマン王朝のグリエルモ二世が一一七六年に建立し、ベネディクト会に寄進した教会だ。

ドゥオーモの中に入ってみると、大理石の柱に支えられた空間の壮大さにも圧倒されるが、壁一面を埋めつくす黄金色のモザイク画にも目を奪われる。両手を広げる巨大なキリストや、十二使徒や聖書の中の様々な場面などが、華麗に描かれ今も完全に残っているのだ。パレルモのパラティーナ礼拝堂にあった装飾と同様のものだが、こちらのほうが少し後に造られたので、より豪華にした完全版のような感じがする。

堂内に、グリエルモ一世とグリエルモ二世の石棺が置いてあった。シチリアにノルマン王朝時代があったことの何よりの証拠だ。

ノルマン王朝のことを簡単にまとめてみるとこうだ。十世紀の末頃、南イタリアはビザンティン、イスラム、ラテンの政治勢力が争い、多くの弱小国からなっていた。そしてその頃、ヨーロッパではエルサレムなどへ聖地巡礼に行くことが流行し、船で地中海を渡るため南イタリアとシチリアの重要性が高まった。そういう重要なところの政情が不安定ではまずいからと、フランス北部を故郷とする勇敢で知られるノルマン人が傭兵《ようへい》として入植してきたのだ。ノルマン人は次第に勢力を伸ばし、南イタリアに公国を持つようになる。

兄たちといっしょにイタリアに来たノルマン人のルッジェーロ一世は、一〇七二年にパレルモを陥落させ、シチリア伯となり、一〇九一年にシチリア征服を完了する。その子のルッジェーロ二世はシチリア王となった。

そのあとを継いだのが、グリエルモ一世とグリエルモ二世だ。ただし、グリエルモ二世は世継ぎを残さなかったので、親戚《しんせき》関係だったドイツのホーエンシュタウフェン家に王座を奪われる。ノルマン王朝時代は百年ばかり続いただけだ。

だが、ノルマン王朝は善政をして、国を大いに繁栄させた。この王朝はイスラム教徒にも宗教の自由を与え、交ざり住んだのだ。主にアフリカから来ていたイスラム教徒は、建築などの高い技術を持っていたし、灌漑《かんがい》をして農地を豊かにする技術もあった。

思えば、パレルモから八キロ離れた街にドゥオーモが造られたのは、そのあたりが豊かな農地で富んでいたからなのだ。それもイスラムの恩恵だったのである。

イスラムの影響といえば、ドゥオーモに隣接する修道院の回廊付き中庭が実にイスラミックである。十二世紀末に造られた、正方形の中庭を円柱がアーチを支える回廊で囲んだもので、非常に美しい。二本ずつペアで使われる円柱は全部で二百二十八本もあり、その表面がモザイクによる幾何学的なモチーフで飾られているのだ。そしてなんと、同じ装飾の柱は一本もなく、すべて異なる表情を持つのだ。

私はその柱と回廊を見ていて、二本ずつペアで柱が使われていることから、スペインのアルハンブラ宮殿のライオンの中庭を思い出してしまった。そういう、まさにイスラムの美だったのである。

ノルマン王朝のことから話は遡《さかのぼ》るが、イスラムの勢力がシチリアに及んできたのは七世紀からである。初めのうちは襲ってきて海賊行為をするくらいだったが、九世紀には遠征隊が進軍してくるようになり、九〇二年には完全に征服したのだ。

ついでに、その前のシチリアのことをまとめておくと、西ローマ帝国が四七六年に滅亡したあと、イタリアを支配したのはヴァンダル族や東ゴート族などで、半世紀ほどその時代が続いた。だが五三五年にビザンティンが再征服をはたして、ヴァンダル族は滅亡する。

シチリアはビザンティン領と、ローマ教会領になっていたのであり、そこにイスラムがやってきたのだ。アラブ商人によって大いに栄え、新種の農作物がもたらされ、鉱業や製塩業も始まった。

そしてノルマン王朝はイスラムを迫害しなかったので、大いに繁栄したというわけだ。モンレアーレのドゥオーモと、その横の修道院の中庭の回廊は必見である。見ごたえ十分であると同時に、シチリアの歴史の複雑さを感じさせてくれるのだ。

ドゥオーモへ行くための参道のような坂道には、いろんな店が並んでいて楽しい。私はそこで、人形劇の人形が売られているのを見た。シチリアの人形劇は伝統芸なのだそうだが、それがキリスト教徒の兵とイスラムの兵が剣をかざして戦うモチーフのものだった。

また、参道には液体シャーベットも売られていた。イタリア人の言うジェラート、つまりアイスクリームは、イスラム教徒がもたらしたものなのだ。そんなふうに、あちこちにちらりちらりとイスラムの影響が見られるのだった。

タオルミーナ

1

パレルモとモンレアーレの観光を終えた私たちは、その日の午後に島を縦断して、南海岸の真ん中あたりにあるアグリジェントに着いた。ただし、その日は夕刻に着いたのでホテルに入り、観光をしたのは翌日の午前中である。

アグリジェントで見るものはギリシア神殿群である。実際には小高い丘の上なのに、神殿の谷と呼ばれているところがあり、そこにギリシア神殿が、あるものはほぼ完全な形で、あるものは柱が何本か残っているだけの形で、またあるものは土台だけの廃墟《はいきょ》のようになって残っているのだ。そこが谷と呼ばれるのは背後にもう少し高い山があり、市街地はそっちに広がっているかららしい。

シチリアには古代、ギリシア人が住んでいたこともあるのだ。神殿の谷にギリシア神殿が建てられたのは、紀元前六世紀から前五世紀にかけての頃である。

丘の上だから、南を見れば美しい海が目に入る。その海を背景に、ギリシア神殿を見る光景は神秘的だった。

まずジュノーネ・ラチニア（ヘラ）神殿が目に入る。二十五本の円柱と、一部に梁《はり》の部分が残るだけの滅びの美のある神殿だ。

天気のいい、オリーブの木の茂るまっすぐな小道を歩いていくと、次にコンコルディア神殿が見える。これはほぼ完全な形で残っているドーリス式の神殿だ。使われている石は少し赤茶っぽいが、有名なアテネのパルテノン神殿とほぼ同じような形の見事なものである。

さらに進むとエルコレ（ヘラクレス）神殿がある。これが最も古くて紀元前五二〇年頃の建造だが、残っているのは八本の柱だけである。

次に見えるのはジョーヴェ・オリンピコ（ジュピターまたはゼウス）神殿だが、ここは基壇のみが残る瓦礫《がれき》の山だ。基壇から百十二・六メートル×五十六・三メートルの大きさだったことがわかるのだが、これはギリシア建築で最大級だ。ここには、七・七五メートルもある人の形をした石の柱（人像柱〈テラモーネ〉）が横たえられているが、それはレプリカだ。その本物はほど近くの国立考古学博物館の中にある。

そこで、国立考古学博物館へ行ってみた。そこは見る物が山ほどあってへとへとになる博物館だった。

人像柱の本物があり、それが神殿のどこにどう使われていたかを示す模型もあった。つまり、高さ七・七五メートルもの、両手を頭の横に張って、手と頭で梁を支える柱として使われていたものが三十体以上あったのだ。ただし人像柱は梁を支える補助の柱で、神殿自体を支える円柱は高さが十七メートルもあったというから、ものすごい神殿である。

また、この博物館には夥《おびただ》しい数のギリシア陶器があった。テラコッタと普通は呼ぶ、赤っぽい土に黒の着色をして、赤地を浮き出して人物像などを描いた壺《つぼ》や皿である。これはとても薄くて軽いものだが、それがもう展示しきれないという感じで、名作以外は無造作に積んであったりした。スポーツする様子や、戦争の一場面を描いた名作の皿などはとても見事である。

「シチリアにはギリシア人の時代があったんだ」

と私は言った。すると妻が、

「そうよ。それからカルタゴ人が来て、その次にローマ人が来たんじゃない」

と言った。妻は少々予習をしてきているのだ。

あれは、この翌日のタオルミーナでのことだが、センスのいい品揃《しなぞろ》えの土産物屋に、多分レプリカだと思うが、ギリシア陶器の壺があった。持ってみてあまりの軽さに驚いた。そして妻は、これがほしいなー、と言った。私はそれに対して、

「これは絶対に飛行機の中で割れると思う」

と反対したのである。

2

アグリジェントからは島の中央部に入り、東へと進んだ。昼食の頃にピアッツァ・アルメリーナという小さな街に着く。レストランで昼食をとったあと、店の入口の前に立ってタバコを吸っていたら、店主が私のために灰皿を出してくれた。それから五キロほど離れたカザーレの古代ローマの別荘というところへ行き、ゆったりと見物した。

カザーレとはそのあたりの森の名で、そこに古代ローマ時代の貴族の別荘の遺跡があるのだ。広大な屋敷だったことがわかるが、建物は残っていない。ただし、約四十もあるという部屋の、床のモザイク画がほぼ完全な形で残っているのだ。床の装飾を見物する遺跡なのである。

床を保護するために、鉄骨と透明のアクリル板で温室のようなおおいが造られており、見物客は床から一メートルぐらい上の見物用通路を歩くのだ。床を傷つけないようにという配慮である。

この別荘が建設されたのは三世紀末頃か、といわれている。

モザイクはとても見事だ。部屋ごとに異なるテーマで華麗な絵が描かれている。たとえばギリシア神話の図柄とか、狩猟や戦車競技の図柄。子供が遊んでいる図柄や、様々な動植物の図柄もある。

ちょっと意外な気がする有名な図柄に、十人の乙女がスポーツをしているものがある。ボール投げをしたり、ダンベル・トレーニングをしたりしている図なのだが、その全員がその時代にもうあったとされるビキニの水着を着ているのだ。世界最古のビキニ娘の絵なのである。

私は、ローマの貴族はこんなに贅沢《ぜいたく》に生活していたのか、ということに驚きながら見物した。そして、シチリアがローマ帝国の一部だった頃が当然あるわけだよな、とあらためて思った。

簡単にシチリアの古代史をまとめておこう。当然のことながら古代より地中海は大いに人が行き交ったところであり、紀元前一三〇〇年頃からシチリアにミケーネ人が来たとか、クレタ人が来たというような事実がある。しかし重要なのは、前七五六年にギリシア人が島の南東沿岸地方に入植し、都市国家を成立させたことだろう。前五世紀には、シラクーサがギリシアの支配の中心都市になっていた。

ところがそこへやってきたのが、フェニキア人が今のチュニジアに造った植民都市カルタゴだった。カルタゴとシチリア島は約百五十キロという近さなのだから、繁栄したカルタゴが進出してくるのは当然のことだった。紀元前四〇九年にカルタゴは来襲する。ギリシア人とカルタゴ人は一進一退の攻防をくり返したが、次第にカルタゴが優勢になる。

だが、紀元前三世紀から前二世紀にかけて、ローマとカルタゴは三次にわたるポエニ戦争をおこし、その結果カルタゴは滅亡する。そして、以後はローマ帝国がシチリアを支配したのだ。

シチリアに、カザーレの古代ローマの貴族の別荘というものがあるのは、そういう歴史によるものだったのだ。

だからあの島にはギリシア遺跡もあればローマ遺跡もある。そしてカルタゴの足跡もあるのだ。

アグリジェントにあったヘラ神殿には焼けただれて石が赤く変色した部分があるのだが、それはカルタゴが侵攻してきて炎上したからである。また、ゼウス神殿は完成前にカルタゴによって破壊され、その後地震によって瓦礫と化したのだ。

なんと、紀元前八世紀から、シチリアは他民族に支配されてきたのだ。ローマ帝国が滅びてからのことは、モンレアーレ紀行のところでまとめた通りだ。

ローマ貴族の別荘を見物した私たちは、ひたすら東に進み、ついにカターニアという東海岸の街に出た。海がひたすら青く美しいところである。そこから、海岸にそって北上し、名勝地タオルミーナに着いたのである。

3

タオルミーナに近づいた頃、車窓に目をやっていた妻が興奮気味の声をあげた。

「見て、あれがエトナ山よ」

雄大な山が山頂から噴煙をたなびかせているのが見えた。山頂近くは木がなくなだらかな岩肌を見せている。紀元前六九三年という世界最古の噴火記録を持つエトナ山だ。最近では二〇〇二年にも噴火したときいたが、私たちの旅行のあと、二〇〇七年と二〇一一年にも噴火した。標高三千三百二十三メートル。

「山の稜線《りょうせん》に溶岩が噴き出してできたこぶがズラッと並んでいるわ。ああいうのを何と言うんだっけ」

その答えは寄生火山である。大きい火山の山腹からの噴火で、こぶのように生じた火山のことだ。エトナ山の寄生火山は二百六十個もあるのだという。

灰色にどっしりと構えた美しい山だった。その山裾《やますそ》がイオニア海にさしかかるところに、タオルミーナはある。

翌朝になってから観光したのだが、街はあまり大きくない。ギリシア時代の劇場があって、観客席から舞台を見ると、その背景にエトナ山と青一色の海が見えた。ギリシア人は地勢を考えて借景をするのがうまいのだ。

街の中は道幅がそう広くなく、なだらかな坂があって、ついついそぞろ歩いてしまう。聖ニコラスを祀《まつ》る大聖堂があり、四月九日広場からは険しい山肌に家々が建ち並ぶ光景が眺められて開放的であり、市民公園からは眼下に真っ青な海が眺望できる。

通りに面して様々な店があり、ウィンドー・ショッピングが楽しい。狭い路地は登りの階段になっていて、丘の上の街だとわからせてくれる。植木鉢の花をベランダに出しているような可愛《かわい》い家が続く。安宿なんかもあるようだ。トラックの荷台に、じゃが芋や肉まんかと思うほど大きいマッシュルームやズッキーニの花などが入った木箱を積んでいる八百屋もあった。

私と妻は、ちょっと高級そうな食料品店に入って、シチリア産のワインを買ってみた。その夜ホテルで飲んでみたところ、それまでに知っていたシチリア・ワインとはちょっと別のものだった。初め一口飲んだ時には、失敗したか、と思ったぐらいだ。タンニンが強くて、濃厚である。ワインからもっと強い別の酒に変化する一歩手前、といった味わいだった。しかし、それをチビチビ飲み進むうちに、だんだん癖になってきて、満足のうちに飲み干したのだった。

ギリシア劇場があることからもわかるように、タオルミーナにはギリシア人の統治した時代がある。ローマ人の時代もある。イスラムの時代もあるが、中世にはキリスト教の時代があり、バロック様式の教会がいくつもあるのだ。

しかし、そういう歴史よりも、今この街が名高いのは、シチリア随一の、いやイタリア一のマリン・リゾートの地としてである。とにかくもう海の美しさが際立っているのだ。

同行のメンバーの中に女性三人のグループがいたが、彼女たちは「グラン・ブルー」という潜水競技の大会をテーマにした映画の舞台としてのタオルミーナに憧《あこが》れてやってきた、というふうだった。

私はその映画を観《み》ていなかったので、後に日本でＤＶＤを手に入れて観てみたのだが、なんと言おうか、はっきり言えば駄作だった。海とイルカが死ぬほど好き、という人以外にはどうでもいい映画である。

しかし、あんな潜水競技の大会が開かれるぐらい、地中海のマリン・スポーツの世界ではタオルミーナは非常によく知られたところなのだ、ということはわかった。

それともうひとつ、映画の副主人公的なイタリア人の役をジャン・レノが演じているのだが、その男が、「ママ以外の人間が作ったスパゲティを食べたら、ママに殺される」と言うのだ。

そのセリフは、わかるな、と思った。どうもイタリア人にとってスパゲティは、日本人にとっての味噌汁《みそしる》みたいなおふくろの味なのだ。

ここでひとつ意外な事実を言うと、イタリアではスパゲティは決してアルデンテではない。今これを書いているのは、北イタリアへも行ったあとなのだが、その体験で言うと、特に南イタリアではスパゲティがもったりしている。だが、北イタリアでだって、日本の高級イタリアン・レストランで出てくるような、工芸品のように美しく、アルデンテで、小さな皿にほんのちょっぴり気取って盛ったスパゲティにはお目にかかれない。パスタ類とは、ママを思い出す離乳食のようなものなんだろうか、という気がしたくらいだ。

4

イタリアでは、街ごとにガイドの資格を持っている人が来て、主に英語で解説してくれる。それを添乗員が日本語に訳してくれる、というやり方だった。それは失業者を減らすための方策で、厳しく守られていた。何度も来ていてよく知っている日本人の添乗員がツアー客に勝手にガイドをしていると、入国禁止の罰をくらったりするそうだ。

そういうわけで、タオルミーナの街を観光した時も、そういうイタリア人ガイドがいた。その人が、四月九日広場で、こういう説明をした。

「ここは、一八六〇年の四月九日に、ガリバルディがシチリア島に上陸したというデマが流れたことを記念してこう名づけられています。実際にガリバルディが来たのは五月九日でした」

おお、あのガリバルディか、と私は思った。だが本当は、その時にはガリバルディのことをあまり知っていなかった。

その後調べてわかったことをまとめておく。ガリバルディは一八〇七年に当時はサルデーニャ王国領だったニースで生まれた軍人で、愛国者だ。若い頃からイタリア独立運動のために活動し、何度も支配国と戦い、国民的英雄だった。

ずっと北イタリアで活動していたのだが、一八六〇年、田舎でいちばん遅れているシチリアで独立運動をするほうが効果的だと考えたのか、赤シャツ隊（千人隊とも）という遠征隊を組み、ジェノヴァを発《た》ってシチリア島のマルサラに上陸した。そして、数の上では圧倒的に優勢なスペインのブルボン軍に勝つのだ。

これによって、イタリア全土が雪崩《なだれ》をうって独立の方向に進み、一八六一年にイタリア王国ができるのである。ガリバルディはそういう建国の父だ。

さて、ガリバルディが来た時、シチリア人はどんな感情だったのだろうか。それを教えてくれるのが、ルキノ・ヴィスコンティ監督の古い映画「山猫」や、二〇〇九年に公開された「副王家の一族」という映画だ。そのどちらもガリバルディがシチリアで勝利する頃の、シチリア貴族の反応を描いたものである。

優雅に大邸宅で暮らすそういう貴族だが、実際にはその地には来ていないスペインのブルボン王朝に仕えているだけなので、革命の対象ではない。だからどちらにつけばいいのかとただオロオロし、自分たちはこの先どうなってしまうのかとうろたえるばかりである。そうして、ある者は選挙に立候補したりして政治家になったりもしたが、多くは時代から見放されて落ちぶれていったのである。

二つの映画は、そういう滅びの美を描いたものだった。

「山猫」の中に、主人公である、バート・ランカスターの演じるサリーナ公爵がこんなセリフを言うシーンがあった。

「この地は二十五世紀にわたって他民族に支配されてきたのだ」

まさしく、それがシチリアなのだ。

今のタオルミーナは美しくて、陽気な味わいの街だ。地中海のリゾート地として広く知れわたっている。

しかし、シチリアにそんな明るさが感じられるようになったのは、ここ百五十年のことなんだよなあ、と思わずにはいられない。

シラクーサ

1

オプショナル・ツアーでシラクーサへ向かった。シチリア島の東海岸にそって百キロほど南下するのだ。左の車窓には常にイオニア海が広がっている。タオルミーナに来る時にも通過したカターニアはかなりの大都市で、大きな工場が建ち並んでいた。ギリシア時代に植民市として建設された古い街なのだが、今は経済都市として重要なのだ。

シラクーサは私がぜひとも行きたいと思っていた街だった。予習をしていないのでその地の歴史などは知らなかったのだが、ひとつだけ知っていることがあった。それは、アルキメデスが暮らし、活躍した街がシラクーサだということだ。

シラクーサはもともと紀元前八世紀にギリシア人がシチリアに入植してきた時、中心拠点になった街だ。島の支配をめぐって同じく入植していたフェニキア人と何度も戦争を繰り返していた。紀元前五世紀には、街を城壁で囲んだ、地中海ではカルタゴと並ぶ強国となったのである。前三世紀にはヒエロン二世という名君が出た。

このヒエロン二世は科学技術に高い関心があり、アルキメデスを重用したのだ。有名なエピソードだが、金の冠に銀が混ぜられているかどうか、冠を壊さずに調べてくれ、とアルキメデスに命じたのはヒエロン二世なのである。

アルキメデスは入浴のために浴槽につかり、そこから湯がザーザーとこぼれ出すのを見ていきなりひらめいた。そこで興奮して、全裸で「見つけた、見つけた」と叫びながら街を走りまわったという。その街とはシラクーサなのだ。

この時アルキメデスの考えたことは、金の冠に銀が混ぜてあるなら、銀は金より軽いから、純金製と同じ重さなら少し大きくなっているはずだ、ということである。そこで水槽に入れて、こぼれる水の量を測ってみれば、純金製かどうかわかるわけだ。更に言えば、こぼれる水の量が多いのなら、そのものの水中での重さは純金製のものより少し軽くなっている。そのものの体積分の水の重さだけ、水中では軽くなるからで、その力が浮力だ。つまりアルキメデスは浮力の原理を発見したのであり、これをアルキメデスの原理という。

そういう科学者であり数学者であったアルキメデスは、ヒエロン二世のために数々の武器も発明した。てこの原理を応用した巨大投石器も作ったが、四分の一トンもある岩を発射できるものだったそうである。また、大きな凹面鏡で太陽光を集め、海上にいる敵の船を焼き払うものも作ったと伝えられている。

さて、ヒエロン二世はしばしばカルタゴ軍と戦争をしていたが、新たにローマ帝国がシチリアへ侵略してくるに及んで、ローマを支援してカルタゴと戦わせる方針をとり、シラクーサの繁栄を守った。

ところが、ヒエロン二世の死後、その孫のヒエロニュモスは、第二次ポエニ戦争（ハンニバル戦争）に際して、カルタゴ側につくことにした。そこで、ローマ軍に攻めかかられたのである。アルキメデスの作った武器は大いに威力を発揮し、ローマ軍は八カ月もシラクーサを攻めあぐんだ。だがついに紀元前二一二年の春、ローマ軍はシラクーサになだれ込み、その都市を陥落させたのだ。

この時、ローマ側の将軍は高名なアルキメデスを殺さずに生け捕りにしたかったのだそうだ。だが、『英雄伝』で知られるプルタークが書き残したものによると、次のようなことがあった。

ローマ兵が街を占領した時、七十五歳になっていたアルキメデスは地面に数学の図形を描いて考えこんでいた。一人のローマ兵がアルキメデスを連行しようとすると、彼はこう言った。

「そこに立って私の図形を乱さないでくれ」

それがアルキメデスとは知らないローマ兵は激昂《げっこう》して、老幾何学者を剣で刺し殺したのだそうである。そのように、偉大な科学者の運命はシチリアの複雑な歴史の中に巻き込まれたのだ。

2

シラクーサのいちばん古い市街地は、海に突き出た岬《みさき》の先の、橋でつながった島である。それがオルティジア島であり、城壁が守っていたのはこの島である。

だが、島ではなく本土のほうにも、だんだん人が住むようになり、古代にはネアポリス（新市街）と呼ばれて繁栄した。そこの一部が今は考古学公園となって、ギリシア時代の遺跡を残している。私たちは先にそこを見物した。

まず古代ギリシアの都市では毎度おなじみのギリシア劇場を見る。一万五千人もの観客を収容できる大劇場だ。紀元前三世紀に造られた。音響効果のいい見事な劇場である。

そしてほど近くには、紀元三〜四世紀の古代ローマの円形闘技場の遺跡がある。剣闘士たちの登場口となった通路も残っており、そうそうこれがローマ風なんだよな、と思った。

そのあたり一帯は古代に石切り場だったところで、今は天国の石切り場と呼ばれている。巨岩がそそり立っていたりする荒々しい景色だ。そして、岩を切り出して洞窟《どうくつ》のようになっているところのひとつが、人間の耳のような形になっていて、ディオニュシオスの耳と名づけられている。そう名づけたのは、バロック時代の画家で、殺人の罪による逃亡中にシラクーサに住んだことのあるカラヴァッジョだそうだ。高さ三十六メートルもある洞窟で、中に入ってみるとひそひそ声が入口で聞きとれるほど音がよく響く。

ディオニュシオスというのは、紀元前五世紀末から紀元前四世紀にかけてシラクーサを強国にした僭主《せんしゅ》だが、猜疑心《さいぎしん》が強かったと伝えられている。そこで、この耳の形の穴が、ひそひそ話をあの僭主に聞かれてしまうぞ、というイメージで名づけられたわけだ。なお、ディオニュシオスは、太宰治《だざいおさむ》の『走れメロス』の中で、メロスに刑を下しているあの王である。

広い考古学公園内を歩いていると、大型の駄犬がのうのうところがって休んでいた。そういう犬を何匹も見たが、必ず樹木の影のところに寝ているのがおかしかった。影が移動すると、犬もじわじわと移動するのだろう。シチリアでは放し飼いの犬をよく見た。

ところで、公園内をそぞろ歩きしながら、土産物の売店があると私は熱心に売り物を見てまわったのだが、私の捜している物がないのである。

「シラクーサへ来ているのに、どうしてアルキメデスにまつわる物がないんだ」

と私は言った。

「アルキメデスは土産物になりにくいんじゃないの」

というのが妻の意見だ。そんなことはないだろう。アルキメデスのミニチュア像とか、彼が発明した投石機のミニ模型があってもよさそうなものだ。あればぜひ買おうと思っていたのに、とうとうシラクーサでアルキメデスに関連した物を見つけることはできなかった。

実は、考古学公園の一角にアルキメデスの墓があるとあとでわかったのだが、その時はそれを知らず、見物できなかったのが心残りである。

それから、公園の近くにはローマ帝政末期の大規模なカタコンベ（地下墓所）が三つあるのだが、そこも見物コースには入っていなかった。それはまぁ、地下の石棺置き場（写真で見ると現在は石棺は置いてないようだ）だから、そう見たいものではないが。

考古学公園の見物をすませて私たちは、バスでほんのちょっと移動して、オルティジア島へと渡る橋の近くまで来た。そこからは、歩いて島内を見物するのである。天気のいい昼さがりのことだった。

3

オルティジア島は一平方キロメートルほどの小さな島である。ほんの少し盛り上がりがあるだけの平坦《へいたん》な島だ。二本のそう長くない橋で本土と結ばれているので、島という感じはあまりしない。

島の中央部を南にのびる道をたどっていく。昼休み時間なので、閉じている店が多かった。

スペインもそうだったが、イタリアでも昼休みはしっかりととるようである。特に南イタリアの人にはあくせく働かずに休もうよ、とでもいう雰囲気があるのだ。

通りに面する石造りの建物のほとんどが装飾性の強いバロック様式である。それには理由があって、一六九三年に島の南東部で壊滅的な大地震があり、古い建物のほとんどが破壊されたのだ。そこからの再都市造りなので、その時代のバロック様式の建物ばかりになったのである。

やがて私たちは、島のほぼ中央部にある大きな広場に出た。車が入ることは禁止の、人々がたむろしたり、オープン・カフェの椅子《いす》にかけてくつろいだりしている気持ちのいい広場で、それがドゥオーモ広場だ。広場に面してドゥオーモ（大聖堂）がある。

ドゥオーモはシラクーサのシンボルとされている。私たちが行った時はファサード（正面）が修復工事中で布がかけられており、写真を撮ることができなかったのだが、バロック様式のとても重厚なファサードを持っているのだ。

ところが、内部に入ってみると、バロックとは違う不思議な景観に驚かされる。ギリシア神殿の円柱が並んでおり、その間が石でふさがれて壁になっているのだ。そして、その内側は、切り出したゴツゴツの岩の柱が並んでいるように見える。実はそれは、もともと石の壁だったところを、等間隔に柱が並んでいるかのように、壁の一部を切り出したものなのだ。つまり、もともとの柱の間は埋めて壁にし、壁だったところから石を切り出して柱のようにした建物なのだ。

そもそもは、紀元前五世紀にここにアテネ神殿が建てられたのだ。ギリシア式の神殿である。ところが七世紀になって、神殿の柱や壁を利用して、ビザンティンの教会に造り変えられたのである。そのせいで、よそでは見られない不思議な味わいの教会になった。

一六九三年の大地震にも、もともとギリシア神殿だったドゥオーモはビクともせず、その後、バロック様式のファサードが取りつけられたのだ。そのせいで、なんとも奇妙な複合建築物になっているが、歴史の多重性を感じさせてくれてある意味面白い。

ドゥオーモ広場の突きあたりにはサンタ・ルチア教会がある。シラクーサの守護聖女ルチアを祀っている（実際には、聖女の遺物は十一世紀にビザンティンの将軍によってコンスタンティノープルに持ち去られ、それを第四次十字軍が奪ってきて今はヴェネツィアにある。シラクーサには聖女の左上腕骨の一部が安置されているだけ）。

聖女ルチアは四世紀のシラクーサの女性だ。母の病気快癒を祈願して処女の誓いを立て、ローマ人の求婚を拒んだため喉《のど》を刺されて殉教したという。非常に目の美しい女性だったが、その目の美しさを讃《たた》えられると求婚者に自らの目玉をえぐり出して贈ったという伝説があり、目の守護聖女とされている。と同時に、シラクーサの守護聖女でもあり、毎年冬至を祝う（春の到来を喜ぶ）祭りが行われている。

イタリアへ来てへーえと驚くことのひとつは、街ごとに守護聖人がいて、とても熱心に信仰されている、ということだ。神やキリスト以外に、その街にゆかりの聖人を信仰してしまうのは、かなり素朴な信仰心である。それはどこか田舎っぽいことのような気が、私にはした。

さて、ドゥオーモ広場から南西に向かってゆるやかな坂を降りていくと、いきなり目の前に海が広がる。そしてその海岸のすぐ手前に、大きな半円形の泉があるのだ。それが、ギリシア神話にまつわるアレトゥーザの泉である。アルテミス女神に仕える妖精《ようせい》アレトゥーザが、意にそまない求婚から逃れて海に身を投げたら、泉に姿を変えてこの場所に現れた、という伝説があるのだ。

水の澄んだ、魚もいっぱいいる泉である。泉の中にパピルスが自生していて、思いがけない美しさだった。今は恋人たちのデート・スポットになっているようである。

4

ぶらぶら歩いてオルティジア島のスタート地点の橋のところへ戻った。その橋の下の小さな入江では、体育の授業なのかクラブ活動なのか、コーチに指導されて十人くらいの中学生が一人乗りカヌーのトレーニングをしていた。ほのぼのとしていい感じだった。

私たちはバスに乗って、来た道をタオルミーナへと戻った。私と妻は、今日もどこかでシチリア・ワインを買って夜飲もう、なんていう相談をしていた。

ここで、シチリアの大ざっぱな歴史の後半をまとめておこう。シチリア観光もそろそろ終りだからである。

十二世紀にノルマン王朝が栄えたが、世継ぎがとだえてドイツのホーエンシュタウフエン家にシチリアを奪取されたことはすでに語った。その王家に出たフェデリーコ一世は神聖ローマ帝国の皇帝（その立場ではフリードリッヒ二世）でもあり、ローマ教皇と対立した。そのため、フェデリーコ一世の死後、シチリアはローマ教皇のさしがねでフランスのアンジュー家のものとなる。しかし、シチリア人はフランスの過酷な支配を憎んだ。

一二八二年に、パレルモで大事件がおこる。ある月曜日の夕方、とある教会の前でフランス人の一兵士が、若いパレルモの夫人に対し、武器を持っていないかどうか調べると言い、乱暴に体を触ったりしたのだ。夫人は気を失い、その夫は怒り狂って、「フランス人なんか死んでしまえ」と叫んだ。すると一人の若者がフランス兵から剣を奪って刺し殺した。これがきっかけになり、パレルモの市民はフランス人を殺しまくり、なんと二千人以上が殺害されたのだ。これがシチリアの晩鐘と呼ばれる事件である。この事件が原因でアンジュー家はシチリアから身を引き、ナポリ王国だけを支配することになる。

代りにシチリアを統治するようになったのはスペインのアラゴン家だった。スペイン時代にシチリアが荒廃したことは既に述べた。スペインのアラゴン家の支配は十六世紀に、スペイン王でもありオーストリア王でもあるハプスブルク家の支配に代る。そして、ヨーロッパの勢力地図が変るたびに、シチリア王も代るゴタゴタの時代が続き、スペインのブルボン家、イタリアのサヴォイア家、再度オーストリアのハプスブルク家、再度スペインのブルボン家と、支配者が入れ替ったのだ。一八六〇年にガリバルディがシチリアを解放した時の相手はブルボン家だったのである。

一八六一年にはようやくイタリア王国に統一されたのだが、それで平和になったわけではない。北イタリアは南イタリア、特にシチリアの貧困と田舎ぶりに手を焼いたし、シチリアは独立したいという願いを持ち続けたのだ。そして、一九四六年に、シチリアは特別自治州というものになった。

以上、シチリアの他民族に統治されっぱなしの歴史をざっとまとめたが、この歴史はイタリア半島のナポリより南（主にナポリ王国にまとまっていた）とほぼ共通している。ナポリ王国とシチリア王国はほんの一時を除いて、他国の同じ王朝に支配されていたのだ。

そこまでだいたいわかったところで、シチリアをあとにするとしよう。シラクーサを観光した日はタオルミーナに泊り、次の朝、私たちはイタリア半島へと出発したのである。

メッシーナという港町からフェリーに乗ると、たった三十分でイタリア半島のヴィッラ・サン・ジョヴァンニに着く。長靴のような形のイタリアの爪先《つまさき》の部分である。メッシーナにはギリシア時代からの歴史があり、特に十字軍遠征の時代には、エルサレムへ向かう十字軍の船団の拠点となった重要な港町だった。

しかし、一七八三年と一九〇八年に大地震に襲われ、歴史的建造物のほとんどが失われたため、今は見どころに乏しいのだという。

そのメッシーナをあとにして、私たちはイタリア半島に渡った。

バーリ

1

メッシーナ海峡を大型フェリーで渡って、イタリア半島に着く。シチリア島におさらばし、海峡をゆっくりと対岸へ渡るのはやはり感動的だった。肉眼で対岸が見えるという近さなのである。この海峡に橋をかけようという計画が、何度も出てはお流れになっていたそうだ。ジュゼッペ・トルナトーレ監督の映画「明日を夢見て」（シチリアのムードがよくわかる傑作です）の中にも、メッシーナ海峡に橋をかけると言っている詐欺師が出てきた。

二〇一一年現在の情報では、橋の工事が始まっており、二〇一六年に完成の予定となっている。長さ三千三百メートルで、世界最長の吊り橋になるのだそうである。

フェリーが着いたヴィッラ・サン・ジョヴァンニは小さな港町で見るべきものもない。バスに乗ってすぐ出発だ。

まずは、長靴にたとえられるあの半島の、足の甲の部分を北上した。緑豊かな山間地の中を行く快適な旅だ。窓の外に、栗《くり》の木林が一面に広がっていて、大きめのイガ栗がいっぱい実っているのが見えた。

そこで教えられたところによると、この栗の多くは輸出されるのだそうで、フランスのマロン・グラッセになる栗はこのあたりで穫れたものなんです、ということだった。九月の旅行なのでその見事な栗を見ることができたというわけだ。

少し内陸に入ったコゼンツァという街で昼食をとった。スパゲティを食べた記憶がある。

この旅の中で、私たち夫婦は同年代の夫婦といくらか言葉を交す仲になった。タバコを吸うのがその四人だけだったので、フェリーの中で携帯灰皿を片手に吸っていたりして、ついつい話しかけるというふうになったのだ。

ところが、話しているうちに私はある事実を教えられて驚愕《きようがく》した。なんとその奥さんは若い頃みゆき族だったというのだ。

私が高校生の頃、東京の銀座にはみゆき族という不良男女がたむろしていて、ずだ袋を手にただ歩いていると伝え聞いたものだ。田舎の高校生としては、そういう人はさぞかし乱れた生き方をしているんだろうなあ、と思っていた。

そのみゆき族だった人と、六十歳近くなって友だちのようになってしまうのだから、人生は面白いではないか。みゆき族夫人は陽性のちゃんと真面目《まじめ》な人だった。そしてその御主人はちゃめっ気のあるハンサムで、異様なほどスパゲティを偏愛するのだ。イタリアだからスパゲティをよく食べるわけだが、それを何度もおかわりして、他の料理には目もくれないのだ。

「六〇年代の頃、六本木あたりにイタリアン・レストランができて、おしゃれな若者がたむろしたものだけど、あのレストランの正体はスパゲティとピザの店だったもんね」

というのが妻の分析だった。なるほど、とうなずく。

さて、バスは内陸部を抜けて、長靴の土踏まずの部分を進んだ。ターラント湾に面する海岸地帯である。浜辺に、点々と古い城塞《じようさい》があるのが見える。海からの敵にそなえている感じだ。

言うまでもなく、南イタリアへもイスラム勢力はしばしば侵攻してきたのだ。それと戦うための城塞である。大きく言えばそれは、地中海沿岸地方にはどこにでもあるものなのである。戦争、もしくは交易をして、イタリアはイスラムと長く関わってきたのだ。海岸線を見るだけでも、そのことが感じられるのである。

私たちの乗ったバスは土踏まずとヒールの境目にあるターラントという街のちょっと手前で内陸部に入った。ヒールの部分を横断するのだ。そして再度、海（アドリア海）の見えるところに出る。そこにあるのが、長靴のヒールの部分にあたるプーリア州の州都、バーリである。

2

バーリもまた古く遡れば紀元前のギリシアの植民市に始まっており、その後はローマ帝国、東ローマ帝国に支配されたりしたが、十一世紀にシチリアと同じくノルマン王国となったことの意味が大きい。港の近くに石の砦《とりで》といった印象の要塞（単に城ともいう）があるのだが、ノルマン時代に築かれ、一二三五年にフリードリッヒ二世（シチリア王フェデリーコ一世）によって再建されたものだ。

私たちの泊ったホテルは要塞のすぐ近くで、最上階のレストランの窓からは、ライトアップされた要塞がよく見えた。

バーリには夕方になって着いたのでほとんど観光をしなかった。旧市街は少し治安が悪いのだそうで、そのせいもあったのだろう。

ただし、ホテルの近くの新市街は碁盤の目状の近代都市で、歩いていて不安はない。ここはナポレオンの妹婿ミュラの時代に、都市計画で整備されたところだそうだ。私たちは道を教わって、ホテルの近くの小さなスーパーへ、水とワインを買いに行った。難なく望みのものが手に入った。

そのスーパーで、ツアーのメンバーの女性たちが、このあたりの塩を買いたいけどどこに置いてあるのかと探していた。イタリア人の若い男性の売り子は親切に、何をお探しですか、ときいている様子だ。ところが、英語のソルトが通じない。みんなで首をかしげるばかりだ。その時私は、自分がイタリア産のサーレ・デ・ロッチャという塩を使っていることを思い出し、塩はサーレかなあ、と言ったのだ。

そうしたら、それで通じたのである。売り子は喜んで塩のところへ客を案内した。小さな出来事だが、そんなふうに意思が通じるのは海外旅行の楽しさのひとつだ。

さて次の日、私たちは二つの世界遺産を観光した。そのひとつがバーリから五十五キロほど南に行った洞窟住居で名高いマテーラである。ここには深い峡谷の絶壁に、岩をくりぬいて造られたサッシ（洞窟住居）が四千あまりも密集していて、とても複雑な景観を生み出しているのだ。

ただし、峡谷に洞窟ときいて、穴のあいた岩肌を想像しないように。現在のマテーラは、峡谷に箱型の家が重なりあう、山肌に小住宅がひしめくような景観である。

旅行記などには、マテーラは洞窟住居であり、トルコのカッパドキアを思い出す、などと書いてあるものがあるが、その二カ所の景色はまるで違う。カッパドキアにはキノコのような奇岩が無数にあって、中にはそれをくりぬいて住居にしているものもある、のだ。

マテーラは、洞窟住居として始まったのだが、だんだんに入口が増え、洞窟の入口に石を積み、建て増し住居が前につけ加えられたのだ。だから、洞窟のような外観ではないのである。

もともとは、三世紀頃のローマ時代に、洞窟住居の集合体として始まった。そして八世紀になると、イスラム勢力の迫害から逃れた東方教会の修道士が来て、百三十もの岩窟教会を造ったのだそうだ。やがて人口が増えてきて、十六世紀には箱型の家の重なりのようになった。そういう家に入ると、奥が岩をくりぬいた部屋や倉庫になっているわけである。

ところが第二次世界大戦が終った頃のマテーラは荒廃し、イタリアで最貧のスラムだと言われるようになった。そこで政府は一九五二年に、住民を近くの新式アパートに移住させる法を作り、一度ここはほとんど無人の廃墟となったのだ。

だが一九九三年に世界遺産に指定されてから注目が集まり、再開発が始まった。今ではかえって文化人などが移り住んできて、活気を取り戻しつつあるのだ。そういう、興味深い歴史を持つ街である。

マテーラの観光は、とにかくもう石畳の坂道や階段を、ひたすら登り降りさせられることになり、息が切れる。歩いているのは道かと思ったら、下の家の屋根の上だったというような、住居の集合体である。内部を公開している家があったが、なるほど確かに岩をくりぬいた部屋がある。石の壁を白く塗ってベッドを置いたりしている様子は、カッパドキアの岩の家の中とよく似ていた。

歩いていて近代的なものがいっさい目に入ってこないから、岩ばかりの古い街の感じがする。そのせいで、時代物の映画の撮影によく使われるそうで、キリストの最後の十二時間と復活を描いた「パッション」という映画もここで撮られた。

私たちは峡谷をへだてた対岸の高台へも行ってこの街を見たが、「ソドムとゴモラ」なんて映画にもこの景色は使えるな、と私はひとり考えていたのである。

3

マテーラはプーリア州ではなくその西隣のバジリカータ州にあるのだが、もう一度プーリア州に戻り、ちょうどバーリとマテーラとを結んだ線とで正三角形になる位置に、次の目的地があった。そこがアルベロベッロだ。

到着してまず昼食をとった。プーリア名物のオレキエッテという耳の形をした手打ちパスタを食べた。イタリアでの食事はおおむねおいしく食べられる。だがなんとなく、素朴な田舎料理だな、という感じがあった。南イタリアだからかもしれない。

ところで、昼食をとったこのレストランは大変な騒ぎになっていた。私たちのグループのほかに、三十人くらいのアメリカ人の団体が入っていて、店側が料理を出すのにてんてこ舞いだったのである。そこの店主は五十歳ぐらいの、リビアのカダフィ大佐にそっくりの男性だったが、その人の目が血走っていた。アメリカ人が自由気ままにあれこれオーダーするのに対し、大佐は自分ですべて指示を出し、料理を運び、空いた皿は下げ、という活躍をしていたのだが、目がイッちゃってるのだ。

そのせいで、私たち夫婦はビールのおかわりを、三回もオーダーしたのに出てこない。ついに妻は厨房《ちゅうぼう》にまで行って注文してきたのに、それでも出てこなかった。あきらめようね、と言いつつ、うなだれた。

このレストランではトイレにも時間がかかった。ここでまとめて語ることにするが、シチリアでも南イタリアでも、トイレの少なさには閉口した。街にあまりトイレがなく、レストランなどでもトイレの個室の数が少ないのだ。女性たちは食事のたびにトイレの前に大行列を作っていた。この数日後、カプリ島へ行った時も、あんなに観光客が多いのに小さな公衆トイレしかなく、私たちのメンバー全員が用をすますのに一時間ぐらいかかった。

南イタリアには、トイレをもう少し増やしてほしいものである。

しかし、それをなんとかすませたので、アルベロベッロの観光をしよう。ここはキノコのような形のとんがり屋根を持つ家が建ち並んでいることで有名である。ほぼ円形の白い壁の家に、やや黒ずんだとんがり屋根だ。家と言ってしまったが、正しくは白い壁の部屋に屋根だ。一部屋にひとつの屋根があり、それがいくつか集まって一軒の家となっているのである。

そういう家をトゥルッリというが、これはトゥルッロの複数形だ。トゥルッロとは、部屋ひとつ屋根ひとつ、という意味の言葉で、家全体を言う時には、複数形になるのだ。その面白い形の家が建ち並んでいる景色はメルヘンと言うか、おとぎの国にまぎれこんだような気がする。若い女性が、可愛ーい、と叫んでしまうような味わいなのだ。

そういう家が集中しているのが、アイア・ピッコラ地区と、リオーネ・モンティ地区の二つである。ここを案内してくれた現地ガイド（男性）は、まず僕が好きな地区のほうから案内しようね、と言い、アイア・ピッコラ地区を見せてくれた。

そこは、生活のための地区だった。実際に人々が住み、生活しているのだ。だから観光客があまりいなくて、とても静かだった。

家の壁は真っ白である。定期的に女性が石灰を溶かした水を塗るのだそうだ。壁は石灰岩を積んで造られており、薄くても八十センチ、厚いものは二メートルも厚さがあるのだそうだ。だから断熱効果があり、夏は涼しく冬は暖かいのだとか。

屋根はよく見ると、薄くてほぼ円形のお盆のような石を、少しずつずらして重ね上げることでできている。ただ積み重ねてあるだけで、釘《くぎ》や漆喰《しっくい》は使っていない。だから必要とあればいつでも解体できる屋根である。そして実は、それこそがこういう家を造っている理由なのである。

十五世紀末期というと、スペインのアラゴン家がシチリアやナポリ王国を支配していた時代だが、その頃にアルベロベッロには農民が多く入植した。ただし、そのあたりは石灰岩の土地で、オリーブくらいしか収穫できず、人々の生活は貧しかった。

ナポリからアルベロベッロに来た領主の伯爵は、ナポリ王に税金を納めなければならない。その頃は、家一軒ごとに税を徴収する方式だった。そこで伯爵は、家の数を調査する時には解体して、家でなくなってしまう家を造れと命令した。税金逃れの方法としてである。

これによって、石がのっけてあるだけの屋根で、取り去れば家でなくなってしまう家が生まれたのだ。しかも材料はその地にある石灰岩であり、タダ同然だ。

屋根の石も石灰岩なのだが、風雨にさらされて黒ずんでいるのだそうだ。とんがり屋根には風見鶏《かざみどり》がついていることが多く、そこも可愛い。

4

アイア・ピッコラ地区はほとんど人とすれ違うこともないほど寂しい。ただし、高台にある小広場へ行ってみたら、お祭りのためらしいが電飾の飾りつけがしてあった。

街は坂にへばりつくようにあり、その坂の階段を下っていく。小さな庭にブーゲンビリアの木があって、真っ赤な花が咲いていたりした。下ってきて、いちばん下に大通りのような広場がある。その広場から、反対側の坂を登る形であるのがリオーネ・モンティ地区だ。そっちは商業地区である。早い話が、土産物屋がずらりと並んだ街だ。トゥルッリの模型とか、人形などを売っている土産物屋をのぞいていくのが何より楽しい、というような女性もいるだろう。自由に買い物をしていいと言われ、私たちもいくつかの店に入ってみた。

このあたりは布製品も作られるところだそうで、私と妻はハンドタオルや、エプロンなどを買った。イタリアでホテルに泊ると、バスルームにバスタオル類のほかに、コットンのしっかりした平織り布がついていることが多い。それは体を洗うためのクロスなのだそうである。そんなクロスも土産物屋では売っていた。

何か食料品がありそうだなと、ふらりと入った店は、日本人のヨーコさんが嫁いでいて日本人客の多い店だった。そのヨーコさんがここでの生活ぶりなどを話してくれた。

私たちはそこで、ドライ・トマトと、オリーブ・オイルを買った。店の屋上に出られるというので登ってみたところ、トゥルッリの屋根が一面に広がってこの上なく面白いながめだった。

多くのとんがり屋根に、石灰水で白い模様が描かれている。ひとつひとつすべて違う模様で、神話や宗教的な意味を持つマークや、十二星座のマークなど多彩だ。中には、ハートに矢が刺さっているマークなどもある。黒っぽい屋根に白いマークで、なんとも楽しい。

アルベロベッロはそういう観光地だ。イタリア人も多く訪れるメルヘン・タウンなのである。だから観光客慣れしている。

だからこそ、私の好みとしては人々が生活しているアイア・ピッコラ地区のほうが気に入った。近頃ではそこに、芸術家などが移り住む動きもあるそうだ。

こうして私たちは、二つの世界遺産を見物した。その夜は、バーリに戻ってそこでもう一泊したのである。

ナポリ

1

バーリを発って、イタリア半島の南部を横断した。東のアドリア海側から、西のティレニア海側に出るのである。ナポレターノ山脈を越える快適なバス旅だった。

山脈を越えてナポリを州都とするカンパニア州に入る。豊かな田園地帯である。だんだんナポリに近づいたところで、私と妻は窓の外の景色を見て、時々、あれは何だろう、とつぶやくようになった。あちこちで白い煙があがっていたのだ。

最初は、野焼きをしているのだろうか、と思った。だが、普通それは春にやるものだよなあ、と考える。小高い丘の稜線から白煙がたちのぼっているのだが、赤い炎が見えるほどの大火ではない。ちょっとしたたき火をしているような感じである。そしてそういう煙がこれは何なんだと首をひねるぐらいに、ちょくちょく見えるのだった。

平地の雑木林の中に白煙があがっているのも見た。ひょっとして、寒さに弱い農作物のためにたき火をして地面を温めているのだろうか、なんてことまで考えた。しかし九月のことであり、そんなに寒い季節ではない。どうしても正解がわからなかった。

車道のすぐ横で何かが燃やされて白煙があがっているところまであった。なのにバスの運転手には驚くそぶりもない。私と妻はその白煙の正体についていろんな仮説を立ててみたが、結局この旅行中には真相にたどりつくことができなかった。この謎《なぞ》はなんと、この旅行から一年以上たってから、思いがけなく解けるのである。

ただし、それについてはナポリの見物をするところで書こう。そこで目撃したものも謎解きのヒントになったからだ。

バスはやがて海の近くに出た。もう少しでナポリだ。だが私たちはナポリに着く前に、近郊のポンペイを見物するのである。

ナポリの南東二十三キロの海に面した場所にポンペイはある。繁栄を誇っていた古代都市が一日にして火山灰に埋もれ廃墟となった、という事実に重みがあって、知らぬ人はいないほど有名だ。当然、世界遺産に登録されている。

ポンペイとはどんな街だったのかを、簡単にまとめておこう。

古代に遡ると話は少しややこしい。もともとはイタリア先住民のオスク人が集落を造っていたが、紀元前八世紀にギリシアの植民者が来住した。紀元前七世紀にはエトルリア人も移住したが、この頃から都市国家として発展した。紀元前五世紀には山地に住むサムニウム人の略奪を受けることもあったが、ギリシア文化を受け継ぐ有力な都市になっていった。その後はローマの支配下に入りながらも自治権を持っていた。

紀元前一世紀には市民戦争をきっかけにして、ローマの軍隊に屈し、以後はローマの植民市のようになっていた。つまり、ローマの支配下にはありながら、自治も認められていたのだ。

ポンペイはワインの生産を中心とした豊かな農業地帯であり、良港を持つので商業も栄えた。ローマの富裕者は風光明媚なポンペイに別荘を構えて住むことを好んだ。こうして神殿や凱旋門《がいせんもん》、劇場や闘技場、商店街や浴場などを持つ裕福な都市となったのだ。一世紀には人口が二万人ほどだった。

紀元六三年二月、ポンペイを大地震が襲った。多くの建物が倒壊し、街は瓦礫に埋もれて廃墟のようになった。当時のローマ皇帝ネロは、援助資金を出してポンペイの再建をはかる。

この時、ポンペイの人々は大地震の原因が街のすぐ近くのヴェスヴィオ山にあるのだとはまったく気づいていなかった。もし気がついていたなら、廃墟を捨てて別の場所に街を造っただろうに、そうはならなかったのだ。

2

街の復興がだいぶん進んだ紀元七九年八月二十四日の昼前のこと、ヴェスヴィオ山から不気味な大音響が轟《とどろ》いてきたかと思うと、火山は突然大噴火をした。火山灰、火山礫などが山の周囲の全地域に大量に降りそそぎ、溶岩流が火山の斜面を幾筋も流れ広がったのだ。噴火はほとんどまる一日続き、ポンペイには六メートルもの火山灰が降り積もったのである。

もちろんのこと、必死で逃げて命の助かった者も多くいた。だが、二千人もの人が火山灰の下に埋もれて死んだのである。

ただし、それらの人は火山灰に埋まったから死んだのではない。それより先に、硫黄の臭《にお》いのする有毒ガスのせいで命を落としたのだ。その死体の上に、火山灰が降り積もったわけである。

こうして、古代ローマの繁栄した都市が一日にして灰に埋もれて消失した。やがて人々はポンペイという街のことを忘れていった。

だが、そこが発掘されてみると、一世紀の都市がまるごと姿を現すのだ。それで私たちは、一九〇〇年以上前の古代都市の全貌《ぜんぼう》を見物することができるのである。

今現在、ポンペイの約八割が発掘されているそうだ。街は城壁に囲まれていて、八つの門がある。そのうちの、マリーナ門から私たちは中に入った。そこがマリーナ門と呼ばれるのは、すぐ近くに海があって（現在は海岸から遠くなってしまっている）、船から荷上げされた交易品が運び込まれたからだ。荷車が通りやすいように造られたゆるい坂道を登って、門を入る。

中に入ると、アポロ神殿、公共広場、ユピテル神殿、公共市場、バシリカなどの遺跡がだだっ広い空間に広がっている。どの建造物も完全な形では残っていなくて、滅びの美の中にある。アポロ神殿は基壇と、円柱が数本あるだけだ。バシリカは商取引きや裁判が行われた多目的ホールで、中は広々としている。そのあたりはポンペイの中心街だったのだ。

石で造られた建造物の永遠性をひしひしと感じることになる。石畳を敷きつめた広い道路も見事だ。大通りは直角に交わり、車道と歩道の区別がつけられていて、馬車の轍《わだち》が残っている。

市内には水道が敷かれていて、鉛製の水道管も発見されている。街のあちこちに常に水を流している公共泉水があり、公衆トイレもある。つまり下水道もあったわけだ。

裕福な人の住む家には、中庭があってゆったりしており、壁には美しい壁画が描かれていたり、床にモザイク画があったりする。そういうモザイク画のひとつが、アレクサンドロス（アレキサンダー）とダリウス王の戦いを描いたものだ。アレクサンドロスの顔を伝えているものがほかにないので、彼にまつわる本にはよく出てくる絵である（今は、ナポリ国立考古学博物館にある）。

それとは別に、庶民の住む住宅街もある。どんなふうに生活していたのかひしひしと伝わってくる。大きな石臼《いしうす》の残っているパン屋や、カウンターのある居酒屋など、すぐにも開業できそうだ。居酒屋にはその日の売上金がそっくり残っていたそうである。

娼婦《しょうふ》の館《やかた》もあって、小部屋に区切って石のベッドが置かれている。そこには、エッチな壁画があって、なるほど、と思う。

とにかく、一九〇〇年ほど前のある日まで人々が生活していた豊かな都市が、灰に埋まってしまったため、そのままの形でそこにあるのだ。そのことに感動してしまう。

おまけに、人や犬などの姿を、亡くなった時の姿のまま見ることができるのだ。

それは、発掘調査の時に、ある学者が考えたやり方による。灰に埋まって死んだ人の体は、長い年月のせいで骨だけになり、灰の中に人の形の空洞ができていたのだ。だからその空洞に石こうを流しこめば、人の姿ができるのである。そのやり方で、千百体もの人間の姿が再現されているのだ。

倒れて死んだ姿の人間の像を見るのは少し複雑な気持ちになる。子供をかばう姿で死んだ母の像などは悲痛で、ドラマチックだ。

だが、その像のおかげで、この遺体は歯が悪いから甘い物や贅沢な物を食べていた貴族だとわかる、なんてきくのは面白いことでもある。奴隷は歯がいいのだそうだ。

ポンペイのことは長らく忘れられていたが、十六世紀末に偶然発見された。そして十八世紀にシチリア王のカルロス三世によって本格的に発掘が始まり、数多くの宝物が出土した。発掘はだんだん慎重に、学術的に行われるようになってきて、今も続いているのだそうだ。

家のいくつかに文字が描かれている。それはいわばポスターであり、商店の広告や、闘技場の出し物の告知や、選挙での応援メッセージである。そんな生活のありのままの姿が見られる遺跡はほかにはないのである。

当然のことながらポンペイにも、円形劇場があり、闘技場があり、大浴場があった。私は劇場の石の席にもすわった。

闘技場は二万人の収容ができる巨大なものである。そしてその横には広大な運動場もある。ここが大都市だったことは疑いの余地がないのだ。

運動場の近くに、ノチェーラ門という門があり、見物を終えた私たちはそこから出て、二十一世紀のイタリアに戻ったのである。

3

バスで夕方にナポリに着いた。ナポリ湾に面し、南東にヴェスヴィオ山を見ることのできる大都市である。

私たちがイタリア人に対して持っている、陽気で女好きでおしゃれで少しやかましい人たち、というイメージは主にナポリ人についての印象なのだそうだ。そういう意味ではまさにイタリアっぽい街へとやってきたのだ。ローマ、ミラノに次ぐイタリア第三の都市で人口は百万人を超える。

そういう活気ある大都市なのだが、ちょっと前まで、ナポリはあまり評判がよくなかった。ナポリは経済が破綻《はたん》していて、街は汚く、泥棒がいっぱいで、旅行者がうかうか歩いていたらひったくりにあう、と言われていたのだ。ナポリでは観光などせず、さっさとポンペイやカプリ島へ行ってそこを見よう、なんて。

だが、ナポリも変ってきて、治安がだいぶんよくなっているのだそうだ。一九九四年にサミットを誘地し、成功させたことが再生のきっかけになったという。名市長が出たこともあって、街が安全できれいになったのだ。

それなのに、昔のイメージのせいなのか、バスで市内を一巡りしただけで、旧市街などを歩かせてはもらえなかったのが残念だった。旧市街をまっすぐ走るスパッカ・ナポリ（ナポリを真っ二つに分けるという意味）という通りは、ナポリのエネルギーを感じる面白いところだそうなのだが。

私たちが泊ったホテルは、ナポリ港に近くて王宮や城のある比較的ゆったりした地区にあったので、妻と二人で歩いてみた。まず港の近くに、重厚なたたずまいを見せるヌオーヴォ城がある。五つの質実剛健な円塔と石壁からなる頑丈そうな城だ。ヌオーヴォ城というのは新しい城という意味で、それ以前にあった卵城が海に近すぎたので、少し陸地側に新しい城を造ったのだ。初めは一二八四年にアンジュー家のカルロ一世によって建てられたが、一四四三年にアラゴン家のアルフォンソ一世が現在の形に再建したものである。城の周りには緑地があって人々が散歩していた。

少し歩くと、繁華街にアーケードのかかったウンベルト一世のガッレリアがある。十九世紀末の頃、通りに鉄とガラスでアーケードをつけることが流行したのであり、この時は知らなかったのだが、ミラノにももう少し大規模なガッレリアがある。ナポリのものは、一八八七年から一八九〇年にかけて造られたものだ。

そのガッレリアを横目で見てもう少し海のほうへ進むと、壮大な王宮がある。十七世紀にスペインの王のために建設が始まったが、一七五三年にブルボン家の王宮として改築されたものだ。現在は王宮歴史的住居博物館というものになっている。

その王宮のファサード（正面）には、プレビシート広場がある。半円形の柱廊が広場を取り巻いていてとてもゆったりとしていた。ナポリの治安が悪い頃はこの広場が駐車場になっていたが、今は車がしめ出され、母と子などが散策している。広場に面しては大きなドーム屋根を持つサン・フランチェスコ・ディ・パオラ聖堂があった。

その広場から坂を下って、海のほうへと続くのがサンタ・ルチア地区である。そして、ついに海に出るとそこがサンタ・ルチア港であり、長い埠頭《ふとう》の先端の小島に卵城が見える。十二世紀にノルマン王によって建てられたもので、石造りの素朴な城である。ヌオーヴォ城より古いもので、ここと比較から、あちらが新しい城と呼ばれるのである。

旅行中にはついにわからなかったのだが、あとで調べたところ、ここが卵城と呼ばれる（卵とは似ても似つかぬ四角いゴツゴツした城である）のは、城の基礎に卵が埋め込まれていて、その卵が割れる日に街も城も滅びるという伝説があるからだそうだ。

私たちは街歩きをそのくらいで切りあげ、ホテルに帰る途中で、小さなスーパーへ寄って缶ビールを買ったのだった。この散策に危険なことはひとつもなかった。

4

その日の夕食はナポリ名物のピザだった。有名なマルゲリータに近いものだが、それにいくらか魚介や肉ののった、シェフの気まぐれピザ、というようなものを食べた。その味は、私たちのよく知っているあのピザだった。行った店がナポリの一番店なのかどうかはわからないので軽々しくは言えないのだが、私が想像していたものよりは、ピザの縁が厚くてふわふわしていた。そして、一人につき、日本の宅配ピザのMサイズくらいのものが一枚ずつつくので圧倒された。とてもそんなには食べきれない。

イタリアのレストランは日本人客だと喜ぶ、という話をここできいた。少ししか食べないし、あっという間に食べてすぐ帰るから、通常二回転しかできない客さばきが三回転できるからだそうだ。笑い話だが、そうかもしれない、という気もする。

ピザ・レストランから歩いてホテルに帰る時に、目について、これはどうしたものか、と思ったものがある。それはゴミの山だ。ゴミ置き場に、ゴミが山のようになってあふれ返っていたのだ。

実はそのことは、ナポリ近郊で見た白い煙の正体と関係あるのだった。この旅行から帰って一年以上たった頃、日本にもナポリのことがニュースとして伝わってきたのである。

ナポリでは、清掃局のストが長年続いていて、ついに街中ゴミだらけで、にっちもさっちもいかなくなっている、というニュースだ。

私たちが行った頃、ナポリではゴミがあふれ返ろうとしていたのだ。だから近郊に住む人は、ゴミ収集車が来ないので自分たちでゴミを燃やしていたのだ。あの白煙の正体はそれだったのである。一年以上たってからナポリのゴミ問題のことをニュースで見て、私と妻は、あっ、それだったんだ、と手を打ったのである（その後、ナポリのゴミ問題は解決したそうである）。

しかし、ゴミのことだけを書くとナポリが美しくなかったみたいなので、公平に書いておこう。ナポリは少し雑然としたところに活気が感じられる街だった。色鮮やかなトラム（路面電車）もチャーミングだ。そして、バスで何度も港の近くを通ったのだが、そこに六階建て、七階建てのビルのように見える豪華客船が、二隻、三隻と停泊している光景は圧巻だった。ナポリは地中海クルーズの拠点でもあるのである。

十四世紀に、フィレンツェ近郊に生まれたボッカチオが、商業実務を習うために出てきた街がナポリだ。彼はここで、文学への情熱を育てていき、黒死病（ペスト）の地獄図も見聞して、あの名作『デカメロン』をものするのである。

また、十七世紀初頭のこと、バロックの画家カラヴァッジョが三十七歳の若さで死ぬのもナポリの近郊だ。殺人罪で逃亡していたカラヴァッジョは、ナポリでついに恩赦を勝ち取る。ローマへ帰ろうと大喜びで船に乗ったのだが、ナポリ領の小さな港で警察に人違いの誤認逮捕をされるのだ。二日後に、ようやく釈放されたが、船は彼の油絵の道具を積んだままローマへ出航していた。熱病にかかっていたカラヴァッジョは、映画「カラヴァッジョ　天才画家の光と影」の中で、浜辺をさまよい、はうようにして誰も住んでいない小屋にたどりつき、誰にも看取られずにそこで死んだ。

ナポリにはそんな人間ドラマがよく似合う。

ナポリは「オー・ソレ・ミオ」や「帰れソレントへ」などのカンツォーネの街でもある。歴史的には、シチリアとほぼ同じ運命をたどっている。シチリアに晩鐘事件があった時、フランスのアンジュー家がシチリアから手を引き、ナポリ王国だけを支配した時期がちょっとだけある。その時シチリアにはスペインのアラゴン家が入ったのだが、結局は、ナポリのほうもアラゴン家の支配するところとなった。ナポリもまた、スペインやオーストリアの王族の支配をずっと受け続けたのだ。
ナポリはこの先、もっともっと行きやすい観光名所になっていくような気がする。

アマルフィ

1

みゆき族夫人と仲よくなった私たちだが、その人が、だんだんナポリに近づいてきた頃、同じことを何度も言うのだった。

「カプリ島の青の洞窟がいちばんの楽しみなの。そこへ行く日、天気がいいといいけどねー」

心からそう願うという感じだった。私たちも、そうですねえ、と話を合わせたが、実はそんなに実感はなくて、ただ調子を合わせていただけだった。それどころか私などは、旅が始まっているのに、そういうところへ行く予定があることも知らなかった。それはどういうところなんだろう、という意識だった。

今現在は、いろいろ調べたから青の洞窟のことを一応知っている。それはカプリ島にある天然の景勝地だ。

ナポリで泊ったホテルの部屋の窓からは、ナポリ湾がよく見えた。そして、かなりゴツゴツした形のカプリ島も一望できたのである。

古代から「甘美な快楽の地」と呼ばれて人々が憧れたのがカプリ島だ。ローマ皇帝アウグストゥスはカプリ島を所有したし、その後を継いだ二代皇帝ティベリウスは後半生をこの島に隠棲《いんせい》した。外周十七キロメートルの、千代田区とほぼ同じ面積の島である。

そのカプリ島にある海蝕洞《かいしょくどう》、つまり波浪によって浸食されてできた洞窟が、青の洞窟である。波に洗われる岩肌に、水上は一メートルぐらいしかない穴があいていて、手こぎのボートでその中に入ると、奥行き五十二・五メートル、幅二十九・五メートル、高さ十五メートル、深さ十四〜二十二メートルの海水のある洞窟になっているのだ。そして入口から太陽光が入って、洞窟全体が青い光に満ちている。ローマ時代から人に知られている絶景ポイントなのだ。

名高いところでは、童話作家アンデルセンが、イタリアを舞台にして書いた『即興詩人』という小説で、この青の洞窟を物語のクライマックスの場面に描き出している。その『即興詩人』は森鷗外《もりおうがい》の翻訳で日本には紹介された。そんなこともあって、人によってはそこの観光がいちばんの楽しみだというくらいに人気のあるところなのである。

そこを見物するには、四人ぐらいしか客の乗れない手こぎボートで岩にあいた穴に入っていくのだが、入口が狭いから波が高ければ入場不能なのだ。せっかくカプリ島まで来たのに青の洞窟へは入れない、ということも多いのだそうだ。

だから、みゆき族夫人は何日も前から、カプリ島では天気に恵まれるといいね、と天に祈るような声を出していたのだ。

さて私たちは、ナポリ港から大型の高速船に乗り、カプリ島へと渡った。五十分くらいの船旅である。その日は少し風があって、船がかなり高速だったせいもあり、思いのほか揺れた。船酔いして顔色が青くなった女性が何人もいたくらいだ。私は酔わなかったが、妻はすっかり酔ってしまった。そして、助けを求めるような声で言った。

「私、青の洞窟の見物は絶対に無理。こんな大きな船でも酔うのに、小型ボートで揺られていくなんて考えられない。穴の入口で何隻ものボートが順番待ちをして、一時間以上揺られているそうなのよ。とても無理」

泣きそうな顔でそう言われて、ではそこの見物はパスしよう、と思った。私たちはそこへの思い入れがそう強くなかったのだ。

だが、うまくパスできるかどうか心配である。私は添乗員に、青の洞窟へ行く舟は、見物のあともとの港に帰ってくるのですか、ときいた。すると、別のところへ行くのです、という答えだ。

少し面倒である。私たちだけ、舟が行くところへタクシーで先まわりしていようか、などと考える。それでうまくいくのかどうかよくわからない。

そんな心境で、カプリ島の港に着いた。私は添乗員の姿を捜し、私たちは青の洞窟へ行かない、ということを告げようとした。

そうしたら、情報をきいてきた添乗員がツアー客を集めてこう言ったのだ。

「残念ですが、波が高くて今日は青の洞窟の観光ができません」

それをきいて、私と妻は顔を見合わせ、誰にも聞こえない声で「ああ、よかった」と言いあったのだ。心から、助かった、と思ったのである。

しかし、その思いを人に言うことはできない。私たちに、あのみゆき族夫人が近寄ってきてこう言うのだ。

「残念よね。くやしいわー」

私と妻はどこかホッとした顔で、

「本当に残念ですよねー」

と言ったのである。

本心は誰にも言うわけにいかなかった。

2

カプリ島の観光ポイントは、港に近いカプリ地区と、少し西の丘に登ったアナカプリ地区の二つだ。私たちが小型バスで九十九折《つづらお》りの道を登ってアナカプリ地区へ行ったのは、青の洞窟へ行けないので時間が余ったからである。バスを降りてから、希望する人だけがリフトに乗って島で最高峰のソラーロ山に登った。標高五百八十九メートルである。

頂上からは遠くにナポリ湾が眺められ、絶景だった。険しい山肌に、白い家が点在する景色も素晴しい。しばらくその景色を楽しんだあと、またリフトで降りる。そしてほど近くの、ヴィッラ・サン・ミケーレというところを見物した。もともとはローマ時代の貴族の別荘だったところだが、十九世紀にスウェーデン人作家が改築し住んでいた館だ。今は十七～十八世紀の家具などを展示する美術館になっている。

美術館を見ているというより、立派なよそさまの家の中を見せてもらっている、という感じだった。藤棚《ふじだな》のある庭園も見事だ。そして、テラスからは断崖《だんがい》の下に海が一望できて息をのむ美しさだった。

そのあと、また小型バスに乗ってカプリ地区にまわった。カプリ地区の中心はウンベルト一世広場というところだ。世界中から来た観光客がぞろぞろ歩いていて大変な賑《にぎ》わいである。高級ブティックや土産物屋が並び、坂道が楽しい散歩道になっている。私と妻は海を見下ろす崖《がけ》のほうへと散策し、サン・ジャコモ修道院を見たりした。

カプリ島を歩いていると、ここは人が生活するところではなく、島に身をゆだねてくつろぐところだ、という気がする。保養地としてローマ時代から続いてきている底力であろうか。

イタリア人作家のモラヴィアの代表作である『軽蔑《けいべつ》』で、夫婦仲がぎくしゃくしはじめた主人公の二人は、映画のシナリオを書くために、カプリ島にある映画製作者の別荘に招かれる。だがそこでも、二人の仲は冷えきったままだ。妻が島を出ていってしまったあと、主人公は海岸で妻と出会い、二人でボートに乗り、ようやく心の通いあう会話をする。だが、それは幻覚だった。夫がそんな幻覚を見ている頃、妻は交通事故で死んでいたのだ。

あの主人公はこのカプリ島に来ていたのだなあ、ということを私はぼんやりと考えていた。島がとても明るい印象なので、あの小説の悲劇がより切実に感じられるんだよな、と思った。

幸いなことに、私たち夫婦はぎくしゃくしないですんでいる。妻と二人で、いろいろな土産物屋をのぞいた。

このあたりの名物であるレモンのリキュールであるリモンチェッロを一瓶買ってみた。ちなみに、レモンやオレンジをヨーロッパにもたらしたのはイスラム教徒である。

それから、イタリアにはマヨルカ陶器というものがある。もともとはイタリアで作られたのではなく、スペイン産の陶器がバレンシア沖あいのマリョルカ島経由で伝わったところからそう呼ばれたのだ。そしてルネサンス期にはイタリアでも陶器が焼かれるようになった。そういう陶器がこのあたりでも焼かれていて、私たちはある店で、楽しげな魚の柄のついた鉢を買った。それをサラダボールとして日常的に使っていたのだが、三年使ったら白地のところがヒビヒビ模様になってしまったので、残念ながら捨てたのである。

この日の昼食はカプリ島のレストランでとった。

3

カプリ島の見物を終え、高速船でソレントへ渡った。今度は乗船時間二十分なので船酔いしないですんだ。ソレント半島の北岸の古都で、「帰れソレントへ」のカンツォーネで名高い。私たちを運ぶバスの中には、「帰れソレントへ」や「オー・ソレ・ミオ」などが流された。

その半島の南岸が、有名なアマルフィ海岸である。いや、アマルフィが日本で有名になったのは、二〇〇九年に織田裕二《おだゆうじ》の主演した「アマルフィ 女神の報酬」という映画が公開されてからのことかな。私のこの二〇〇六年の旅行の時には、アマルフィは知る人ぞ知る、という感じのところだった。私はＮＨＫの紀行番組で景色のきれいな海岸地帯だということだけ知っていた。

だが、調べてみればアマルフィは歴史的にも重要な意味を持つところである。ソレント半島の南岸三十キロあまりをアマルフィ海岸というのだが、その中心ぐらいにある小さな街がアマルフィだ。そこは、ピサ、ジェノヴァ、ヴェネツィアといった北イタリアの中世海洋都市よりも先に、地中海に乗り出してオリエントやイスラム世界との交易で栄えた都市なのだ。

もともとは他民族に追われた人たちが逃げてきて住みついたらしい。アマルフィ海岸は険しい崖が海に迫った地形で、小さな入江の小さな浜から、川の流れている谷あいに隠れるように人々が住んだのだ。そんな地形だから農耕はできず、自然に人々は目の前の海へ出ていくことに活路を求めた。東ローマ帝国の庇護《ひご》のもと、十世紀から十一世紀にかけて繁栄を極めた。羅針盤を使った航海術を発達させ、後には他の国々の船も従った細かい航海法を定めたことでも知られる。また、当然のことながらイスラム勢力とも深く関わり、時には戦争し、時には交易をして、大きな影響を受けた。

ところが十二世紀になり、ノルマン王国がこの地を支配するようになってアマルフィは衰退していくのだ。そして一一三五年、ピサの艦隊に襲撃されてアマルフィは海洋都市の主役の座をピサに明け渡した。それ以後は、風光明媚な保養地として細々と存在するところとなったのだ。

ただし、その後のアマルフィに見るべき産業がひとつだけあった。中国で生まれ、アラブ世界で発展した製紙技術がヨーロッパに伝わってきたのは十二世紀だが、その技術をいち早く導入し、完成させたのがアマルフィなのだ。中世には、アマルフィの紙はヨーロッパ一と言われていた。

私たちのバスはアマルフィ海岸を東へと進んでいく。道は険しい崖にへばりつくようにあり、右手を見ると崖の下は真っ青な海だ。時々入江があると、小さな街が広がっている。このあたりでは街は山の斜面にあるのだ。

時としてバスがそういった街へ入っていくことがあるが、それは九十九折りの道を下っていく道だ。

海に大きな岩があると、そこに石造りの砦が建っていたりする。イスラムの海軍を見張る塔であり、砦でもあるのだ。そのように、ずっとイスラム勢力と関わってきたということである。

断崖の上の見晴らし台でバスが休憩したりした。テラスがあって、眼下に海岸線が見える。南イタリアの陽光を浴びた、声がもれるほど美しい海岸風景である。

あたりには屋台の土産物屋があって、その軒先に真っ赤な唐辛子（ペペロンチーノ）が束になって下がっていたりした。

崖にへばりつくようにある陶器店へ寄った。鮮やかな色使いのマヨルカ陶器がこれでもかとばかりに並んでいる。私たちは、色使いの美しい小さな灰皿を五個買った。客がタバコを吸う人だと、喫茶店みたいに一人に一個ずつ灰皿をあてがうのが我が家の方式なのである。

どことなくもろそうな陶器なので、どうせすぐに欠けたり割れたりするんだろうと思っていた。それでも思い出として買ったのだ。

ところがその灰皿は、毎日使っているのに未《いま》だに、ひとつも欠けたり割れたりしていない。カプリ島で買ったサラダボールは寿命が短かったが、アマルフィの灰皿は予想外の一生ものだったのである。

4

アマルフィに着いた。一大観光地である。簡単に言えばそこは、二つの山が海に迫っており、その山の谷あいに広がる三角形の街である。街は海から離れるほど高くなり、街全体が斜面にあるというわけだ。

海に近い道に駐車場があり、ポルタ門をくぐるとそこが大きなドゥオーモ広場だ。テーブルと椅子が出ていて人々がお茶を楽しんでいるゆったりした空間だ。そして、海を背にして右手を見ると、幅広の階段があってその上に、ドゥオーモが建っている。

もともとは十世紀の建物で、十八世紀にバロック様式に改築され、十九世紀にファサードがつけられたものだ。しかし、改築されているとはいうものの、一目見てイスラム様式が色濃く残っているのが感じられる。白と黒の二色使いのアーチ構造を持つ柱などは、まんまイスラムのムードなのである。すぐ横に建つ鐘楼（十二〜十三世紀）は、てっぺんにマヨルカ焼きのタイルで飾られた円柱形の構造を持ち、まるでモスクのミナレット（尖塔《せんとう》）のようだった。

ドゥオーモの中に入れば説教壇があったりしてやはり教会なのだが、どこかにオリエンタルな味わいがある。そして、ドゥオーモの柱廊の左奥から入ると、天国の回廊がある。それは上流階級市民の墓地として十三世紀に造られたものだが、そこもイスラムのムード満点なのである。二本の円柱が対になって尖塔型の白いアーチを支えており、そのアーチが交差しながら続いて回廊になっている。中庭には草木が植えられていて、この世ならぬムードだ。

ドゥオーモを見たあとは、街を歩いてみた。ドゥオーモ広場から街の奥へと入っていく、わりに広い道がのびている。当然のことながら、海から離れるほど登りになる坂道だ。両側には様々な店が並ぶその道を登っていく。

その道はかつて川だったのだそうだ。なるほど、地形を考えれば、川があるならここを流れるに違いないと思える。つまりそこが谷底なのであり、通りから細い脇道《わきみち》へ入ると必ず、急な坂や、階段になっているのだ。左右どちらの脇道に入っても同じである。十三世紀に、川にふたをして中央通りにしたのであり、今も地下には水が流れている。

私たちはその道をいちばん上まで登ってみた。五百メートルぐらいの道なのである。上へ行くと、だんだん山が迫ってきて、そんなところにも民家が散らばっている。家々の間に生えているのはレモンの木だ。山あいなので農耕地を持たないと言ったが、レモンは斜面でも育つので、名産品になっているのだ。

私の妻は脇道マニアのようなところがあり、白い家の迫る細い道へ入らずにはいられない。狭い道が階段になっていたりして、あちこちにセンスのいい商店がある。街灯や、家々の出窓や、出窓に飾られた植木鉢などが、なんともイタリアらしい。心のはずむ散歩だった。

大通りに面して、食料品店があったので入ってみた。惣菜から保存食まで手広く商っている店だったが、そこで乾燥ポルチーニ茸を見つけて興奮した。どこかで手に入らないかと思っていたのだ。広辞苑ぐらいのかさの一袋が、八ユーロだったので買った。この買い物は大成功で、それから一年間ぐらい、ポルチーニ茸を水でもどして、みじん切りにして、ポルチーニ風味のスパゲティなどを楽しんだのである。

そんなところで、私たちの南イタリアの旅は終ったのだ。アマルフィをあとにした私たちはサレルノのあたりまで行き、そこからポンペイの近くを通り、ナポリへと戻ったのである。

最後のナポリでの夜、リモンチェッロをちびちびと楽しんで、翌日は空港へ行き、ミラノ乗り換えで日本へと帰ったのだ。

私には、まだイタリアが全部わかったとは思えていなかった。南イタリアの、どちらかといえば素朴なところばかりを見た印象だったのだ。近いうちに、あと半分、北イタリアを見てまわらなければいけないな、ということを考えていた。

第二部

北イタリア

フィレンツェのシンボルというべき、サンタ・マリア・デル・フィオーレ大聖堂の全貌。いちばん手前がサン・ジョヴァンニ洗礼堂。その頭上にそびえているのがジョットの鐘楼。その左にあるのが大聖堂で、後方に円蓋（クーポラ）が見えている。

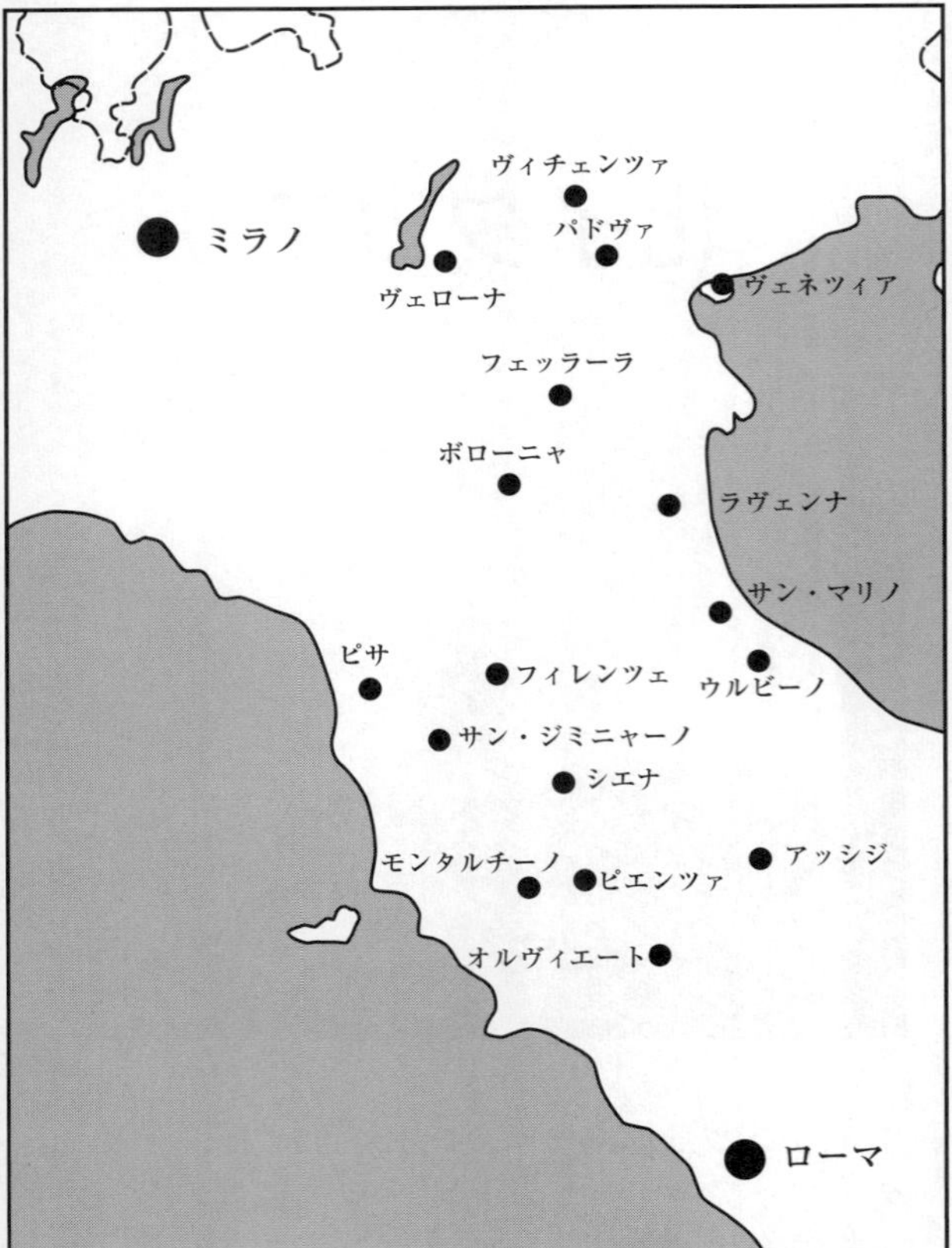
ヴィチェンツァ
ミラノ
パドヴァ
ヴェローナ
ヴェネツィア
フェッラーラ
ボローニャ
ラヴェンナ
サン・マリノ
ピサ
フィレンツェ
ウルビーノ
サン・ジミニャーノ
シエナ
アッシジ
モンタルチーノ
ピエンツァ
オルヴィエート
ローマ

北イタリア全体図

ミラノ

1

南イタリア旅行の三年後、私と妻は北イタリアを周遊するツアーに参加した。二〇〇九年の十一月のことである。

今度の旅はミラノをスタート地点とし、ローマをゴールにして、北イタリアの多くの街々を見ていくもので、十五日間もの行程だった。移動にかかる時間を引いても、実質十二日間も観光旅行が続くのである。はたして体力がもつだろうか、と不安があるくらいのものだった。しかし、頑張るしかない。世界遺産をいっぱい見るし、美術館でルネッサンス期やその他の名画を大いに見る旅で、期待も大きいのだった。

オーストリア航空を使ったので、ウィーンで乗り換えてミラノに着いた。

翌日からが観光の始まり。ミラノの緯度は北海道北部と同じくらいであり、十一月だからかなり寒い。ダウンの裏のついたコートを着ていてちょうどいいくらいである。おまけに、寒々しく曇った日だった。

一般には、陽光あふれる国イタリア、というイメージがあるのだが、ミラノは霧が多くて少し例外的なのだそうだ。とはいえ、イタリア第二の大都市である。商工業、金融の中心地であり、出版、デザイン、ファッションなども盛んだ。中心街を歩いていても、お店のディスプレイやポスターなどのセンスがよく、都会的でモダンな印象だ。

ミラノの歴史はかなり複雑である。というか、今回の旅でまわる北イタリアは、都市ごとにそれぞれの歴史があり、一八六一年にイタリアに統一するまではひとつひとつが別の国だったことを思い知らされるのだ。南イタリアの歴史が、どの時代にどの外国に支配されていたかを知っていけばよかった（それもややこしいのだが）のとくらべると、頭に入れるのが大変である。しかし、歴史のことはおいおいに語っていくことにしよう。

旅を始めた私たちが最初にバスで向かったのが、サンタ・マリア・デッレ・グラツィエ教会だった。十五世紀に建てられたルネッサンス様式の壮麗な教会だ。あとで加えられたという多角形のドームが見事である。

だが、この教会で私たちが見るのは脇《わき》にある旧修道院の食堂にある壁画だ。レオナルド・ダ・ヴィンチの「最後の晩餐《ばんさん》」がここにはあるのだ。

北イタリアの旅行を始めて、いきなり「最後の晩餐」に出会うのである。試合開始早々カウンター・パンチをくらうようなものだ。

見学は予約制だ。二十五人までのグループごとに入場し、十五分間見られるのだ。この待合室で、現地ガイドと添乗員が驚きの声をあげた。「ここがこんなにすいているのを初めて見た」というのだ。そして、この旅行中、どこへ行ってもガイドたちは同じ驚きの声を発するのだった。フィレンツェのウフィツィ美術館でも、ローマのシスティーナ礼拝堂でも、現地ガイドはこう言った。「ここがこんなに見やすいのは初めて」と。

十一月の旅行だったことがよかったのだ。観光客の多いイタリアだが、秋の行楽シーズンは終っていて、年末年始のシーズンにはちょっと早い十一月は、ゆったり見物するのに最適だったのである。

食堂に入ってあの有名な絵に対面した。その絵の載っている本を私は何冊も持っている。キリストのこめかみのところにすべての線が集中する遠近法で描かれているとか、ユダが初めてテーブルの向こうに配されたとか、多くのことを知っている絵だ。

なのに、現物を見るのはすごいことである。おお、という驚きの声が自然にもれてしまう。理屈ではなく、これはものすごい絵だ、と圧倒されてしまった。テンペラ画という手法で描かれたために、描かれてすぐに顔料の剝離《はくり》が始まり、かなり傷んでいたことが知られている。一九七七年から一九九九年にかけての修復作業で汚れや後世の加筆は除去されたが、それでも原画よりかなり劣化している。しかし、そのこととは別に、この絵が絵画の奇跡だというのはヒシヒシと伝わってくるのだ。人類の至宝のひとつだ、という気がした。この目で現物を見られたのは幸せだ、とまで思った。ただただ感動。

2

「最後の晩餐」を見た我々はバスで移動し、スフォルツァ城を車窓に見た。十五世紀に完成した、スフォルツァ家の城だが、今は市立博物館になっているのだそうだ。その城の裏手は大きな公園になっていて、散歩する人やジョギングする人などがいた。公園には木が多く、その多くが黄色に紅葉していて美しかった。ミラノではかなり落葉している木もあったが、少しずつ南下していくに従って、黄色い紅葉がとても見事だったのである。

さて、バスの着いたのが、ブレラ絵画館である。またしても絵画攻めかよ、というところだ。十七世紀に建てられた宮殿内に、ナポレオンが集めた宗教画を母体に、十五〜十八世紀のロンバルディア派やヴェネツィア派の作品が集められた絵画館である。その中庭には、ナポレオンをモデルにしたローマ風の裸像が立っていた。

五百点を超す展示作品の、重要なものを見てまわる。ラファエロの「聖母マリアの結婚」、マンテーニャの「死せるキリスト」、カラヴァッジョの「エマオの晩餐」などは見逃せないところだ。北イタリアを代表するマンテーニャの「死せるキリスト」は、横たわるキリストを足元から描いた面白い構図で忘れ難い。

この美術館で私は、アンドレア・デル・サルトの絵を見つけて、本当にあるんだ、と喜んだ。夏目漱石《なつめそうせき》の『吾輩は猫である』の中で、迷亭《めいてい》君が苦沙弥《くしゃみ》先生をからかって、「アンドレア・デル・サルトが、絵をかくなら自然そのものを写生しろ、と言っている」と言い、先生が感心すると、「あれはぼくが作った嘘《うそ》だよ」などと白状するシーンがある。そのシーンでしか見たことのなかった人の名が、実際に出てきて驚いたのだ。ただし、そう大した画家ではないような気がした。

絵画館を出て、スカラ座まで歩く。オーストリア大公マリア・テレジアの命で一七七八年に建った世界有数のオペラ劇場である。ただし、第二次世界大戦で破壊され、今あるのは一九四六年に再建されたもの。以前にサンタ・マリア・デッラ・スカラ教会のあった場所に建ったのでスカラ座というのだが、このスカラとは何なのかについては、あとあと説明する予定である。スカラ座の前の広場にはダ・ヴィンチの像があった。

スカラ広場とドゥオーモ広場を結ぶ巨大な十字形のアーケードが、ヴィットリオ・エマヌエーレ二世のガッレリアだ。ナポリにもガッレリアがあったが、あれより大きくて見事なものである。要するに、ブランド店やレストランの並ぶ商店街に、鉄枠にガラスをはめたアーケードの天井がついているのだ。一八七七年、イタリア統一後の時代に完成したもので、ヴィットリオ・エマヌエーレ二世は、イタリア王国の初代国王である。

十字形のアーケードは、交差部で巨大なガラスのドーム天井を持っている。四つ角にあるビルの上には、世界の四つの大陸、ヨーロッパ、アジア、アフリカ、アメリカを表すフレスコ画が描かれていた。とにかく、美しいアーケード街である。

そのガッレリアを出たところにあるのが、ドゥオーモ広場だ。そして、壮大なゴシック様式のドゥオーモが目にとびこんでくる。世界で三番目の大きさの大聖堂で、ミラノの街のシンボルでもある。

一三八六年に、当時の支配層ヴィスコンティ家によって着工されたものだが、完成したのは一八一二年である。屋根の上に、てっぺんに聖人の像ののっている尖塔《せんとう》が林立している光景は、他では見たことがなく思わず声がもれる。尖塔はなんと百三十五本もあるのだ。中央の一番高い尖塔の上には金色に光るマドンニーナ（小マドンナの意味。マリア様）の像がある。ミラノの市街地ではマドンニーナより高いビルを建ててはいけないのだそうだが、それは地面から百八メートルもあるのだ。

ミラノのドゥオーモはイタリアの他の街のドゥオーモ（カテドラーレと呼ぶことも）とはちょっと違う印象の建物である。それは、ヴィスコンティ家が、全ヨーロッパに通用する建物を造ろうとして、フランスとドイツから工匠を呼んで造らせたものだからだ。

中に入ってみると、びっくりするほど太い石の柱が高い天井を支える荘厳な空間が広がっている。美しいステンドグラスが、旧約と新約の聖書の場面を表している。それらは、字の読めない人に聖書の内容を教える役目を持っているのだ。

ドゥオーモ前の広場は大変な人出である。車が入ってこないので、思い思いにくつろいでいるのだ。ハトに餌《えさ》をやっている子供とその母なんかもいる。ここがミラノの中心なんだなあ、という気がした。

3

ドゥオーモを見物したあとレストランでランチをとったのだが、ミラノ風リゾットと、ミラノ風カツレツというメニューだった。ミラノ風カツレツとは仔牛《こうし》のカツレツだが、同行メンバーの男性たちは、ミラノ風とは薄っぺらいということなのか、なんて言っていた。

イタリア料理のことを考えてみよう。普通、ヨーロッパの料理といえばフランス料理が思い出されるのだが、古代ローマ時代がある上に、イスラムとも交流のあったイタリアのほうが古くには栄えていて、料理も進んでいた。イタリア料理がフランスに伝わったことにより、フランスでフォークやナイフが使われるようになったのである。

イタリア半島にはよい牧草が育たず、牛の牧畜ができなかった。イタリア料理が小麦や米の粉食中心になっているのはそのせいである。だからフランス人のモンテスキューは、「イタリアのご馳走《ちそう》はフランスの軽食と変らない」と書き残している。

ただし、イタリアでもアルプスに近い北部には肉料理も多い。ミラノ風カツレツはその一例なのである。

私と妻は、この旅行から帰ったあとミラノ風カツレツの再現に挑戦した。パン粉をフード・プロセッサーで細かい粉にし、ひいたパルメザンチーズを混ぜてコロモにする。仔牛は手に入らないから豚モモ肉を叩《たた》いて薄くして、揚げるというよりは、少量の油で焼きつけるようにすれば出来上りだ。トマトを煮つめたソースでいただいたら、とてもうまかった。

ついでに言えば、ミラノ風リゾットが出てきたことにも注目してほしい。北イタリアでは古くから米が栽培されているから、リゾットが名物なのだ。イタリアの米はジャバニカ種（ジャワ原産種）であり、やや大粒である。

そういう食事をとったあと、ミラノから南へ三十キロ行ったパヴィアに向かった。そこで華麗な修道院を見物するのだ。

そこに着く前に、ミラノの複雑な歴史を簡単にまとめておこう。北イタリアにも先史時代はある。紀元前五世紀にエトルリア人が入植したとか、紀元前四世紀にガリア人が入植したとか。だが、紀元前三世紀には古代ローマ帝国の支配するところとなった。そしてローマ帝国の中では重要な都市として栄え、一時は教皇庁が置かれたりもした。紀元三一三年に、キリスト教徒を迫害しないことを決めたミラノ勅令《ちょくれい》というものが出された。その後、三九二年にはキリスト教がローマ帝国の国教となるのだ。

だが、三九五年にローマ帝国は東西に分裂。四七六年には西ローマ帝国は滅亡してしまう。

すると、北イタリアに入ってきたのは東ゴート族であった。東ゴートはラヴェンナを都とする。だが、ビザンティン（東ローマ帝国）のユスティニアヌス一世が北イタリアを再征服して、ほんのいっときの平穏。

しかし、五六八年にランゴバルド族が来襲して、パヴィアを都にしてランゴバルド王国を建国。これによってイタリアは統一された国ではなくなり、一八六一年までまとまることがないのである。

八世紀にフランク族がイタリア北部に進出して、ランゴバルド王国を倒す。ローマ教皇とフランク族は接近し、カロリング家のピピンは中部イタリアを教皇に寄進した。ローマ教皇が領土を持つことの始まりである。

フランク王国は八七〇年に分裂し、北イタリアは諸侯の争いの時代に入った。しかし、ドイツのオットー一世が手をのばしてくる。

十一世紀になると、商業の活発化と地中海貿易の発展により、北イタリアの諸都市が力を強め、コムーネという自治都市になる。北イタリア史を見ていく上で、コムーネはとても重要なものである。ピサ、ミラノ、ジェノヴァ、ヴェネツィア、フィレンツェなどは大きなコムーネだが、ほかにも小さな自治都市がいっぱいあったのだ。イタリアが長らくひとつの国にまとまっていなかったというのは、都市がコムーネという小国だったということだ。イタリアではサッカーが盛んで、都市ごとにチームがあり、地元の人は熱狂して応援するのだが、あれはコムーネという概念を今も引きずっているからなのか、なんて気もする。

さて、十二世紀になると、神聖ローマ帝国の皇帝フリードリッヒ一世が北イタリアに遠征してくる。北イタリアの諸都市はロンバルディア同盟を結んでなんとかこれを撃退した。

十三世紀、コムーネはそれまで貴族たちの共和制で治められてきたのだが、党派間の対立や、都市相互の抗争が激しくなってきて、権力をただ一人の実力者にゆだねるようになってきた。その権力者がシニョーレである。

ミラノのシニョーレはヴィスコンティ家であった。ヴィスコンティといえば映画監督のルキノ・ヴィスコンティを思い出す人が多いだろうが、あの監督は、本家ではないがヴィスコンティ家の血筋を引く人である。

シニョーレが世襲制になると、それはもう君主制である。コムーネごとにそういう君主が生まれてくるのだ。

ところで、十三世紀にはフリードリッヒ二世が北イタリアに攻めかかる。この人はシチリア島や、バーリやシラクーサでも名前の出てきたドイツのホーエンシュタウフェンの、あのフェデリーコ一世である（フリードリッヒ一世の孫）。神聖ローマ帝国皇帝でもあったから、どこが攻めてきたのか混乱しそうになるが、母がシチリアのノルマン王国の王女だったので、神聖ローマ皇帝であると同時にシチリア王でもあり、ローマ教皇と対立して全イタリアを征服しようとした人なのだ。だが、長い戦乱のあげく、フェデリーコ二世の野望はついえた。さて、十五世紀になり、ミラノのヴィスコンティ家は正統の子孫が絶え、娘のビアンカ・マリーアの夫で傭兵隊長のフランチェスコ・スフォルツァが公爵位を継承する。スフォルツァ家の時代に入ったのだ。その家のロドヴィーゴ・スフォルツァは芸術を支援した人で、ダ・ヴィンチをミラノに招いて「最後の晩餐」を描かせたのだ。

しかし十六世紀になるとスフォルツァ家は没落。その後フランスと、スペインのハプスブルク家が北イタリアをめぐってイタリア戦争をするが、十七世紀にはスペインの支配するところとなった。

十八世紀にはオーストリアの支配下にあったが、突如ナポレオンが遠征してきて、イタリアは彼の一族のための領土のようになる。ナポレオン失脚の後は、再びオーストリアの支配下に。

そして、一八六一年にようやくのことでイタリア王国ができるのである。

簡単に語ろうと思ったのに、やはり長くなってしまった。とにかく、北イタリアではコムーネというものがキーワードであることと、ミラノはヴィスコンティ家とスフォルツァ家が支配者だったことだけを頭に留《とど》めてもらいたい。

4

さて私たちはパヴィア修道院に着いた。ランゴバルド王国の都だったパヴィアだが、私たちは市の中心部へは行かず、郊外の修道院だけに行ったのだ。

十四世紀に、ヴィスコンティ家が一族の墓所となる修道院を建てようとして着工したもので、スフォルツァ家に引き継がれ、一四七二年に完成したものだ（ファサード〈正面〉だけは一五六〇年に加えられた）。

カルトジオ会に属する世界有数の修道院で、今も厳しい戒律を守り、七人の修道士が修行をしている。この修道院のファサードはまことに重々しく、レリーフもいっぱいある見事なものである。

中庭に面して百二十二本の柱に囲まれた大回廊があり、その周囲には小さな裏庭つきの個室が二十四ある。修道士の住むところだが、中に入ってみると思いのほか広い。ここはかなり金持ちの子が修行をしたところなのか、と思ってしまった。

修道院の前には長い杉並木があるだけで、あたりに何もない静かなところだった。この静かさがここのいちばんの宝か、という気すらした。

黄色い枯草が一面の平地は、米の収穫がすんだあとの水田だという。見物を終えた私たちはバスでミラノに戻った。もう夕方であり、ホテルの近くのレストランで夕食をとった。ラザニアとポークとプリンというメニュー。

ホテルの裏手にあるスーパーへ行き、ワインを買って夜飲んだのは、私たち夫婦のイタリア旅行の恒例のやり方だ。

ホテルの窓から下を見るとトラム（路面電車）が走っていた。そして、通りの向こうを見ると、かなり広い土地が何もなくてただ工事中の様子である。二〇一五年にミラノで万博が開かれるのだそうで、その見本市会場予定地だったのである。

ヴェローナ

1

ミラノを出発して次の目的地に向かう前に、ミラノで印象に残ったことを少し補足しておこう。

スカラ座の前を横に走っている道はマンゾーニ通りであり、ガイドはこの近くにマンゾーニの住んだ家があるのだと教えてくれたが、案内はしてくれなかった。私にはそれが少し残念だった。

アレッサンドロ・マンゾーニの名は日本ではあまり知られていない。かなり詳しいイタリア文化の解説書でも、マンゾーニの名は出てこなかったりする。イタリアの文学者として、ダンテ、ペトラルカ、ボッカチオ、モラヴィアなどに触れていても、マンゾーニは無視だ。

イタリアでは、ダンテとマンゾーニが二大作家だとされているのに。マンゾーニは十九世紀の作家で、いくつか掌編がないわけではないが、主なものとしては生涯でただ一作、『いいなづけ』という長編小説を残しただけである。なのに彼が死ぬとイタリアは国葬にし、その一周忌にはヴェルディが彼のために「レクイエム」を作曲した、というぐらいの国民作家なのだ。近代イタリア語の形成に影響を与え、『いいなづけ』はイタリア国民必読の書とまで言われている。

日本でマンゾーニの名があまり知られていないのは、『いいなづけ』には長らく日本語のできるイタリア人神父による翻訳しかなく、それがあまりいい訳でなかったので評価が低かったからだ（その題名は『婚約者』だった）。

ところが一九八九年に平川祐弘《ひらかわすけひろ》氏による『いいなづけ』という題名の翻訳書が出て、これはすごい名作だと評価があらたまったのである（現在は同氏の訳本が河出文庫で手に入る）。

物語の舞台は十七世紀のミラノと近郊の村。ごく簡単にあらすじをまとめると、田舎の青年と娘が結婚しようとした時、娘に横恋慕した暴君がそれを邪魔する。二人はなんとか結婚しようと苦労するが、青年はミラノでパン屋襲撃事件に巻きこまれ、娘は悪党に誘拐されたりの苦難の連続。そうこうしているうちにドイツ傭兵隊《ようへいたい》が侵入してくるし、ペストが大流行して地獄絵のようになっていく。しかし、最後には青年と娘は結ばれるのであり、悲劇ではない。むしろ、北イタリアの人間を知りつくした物語展開は味わい深く、ユーモアに富んでいる。私の独断では、ダンテがイタリアの紫式部《むらさきしきぶ》なら、マンゾーニは夏目漱石だな、というところ（作家としての格だけです）。

そういうマンゾーニの家を見られなかったのは残念だったが、その小説の中のペストで地獄のようになったミラノのことが頭にあったので、その大都市の中を歩いていても、あそこが今はこうなっているんだなあ、という感慨が浮かんでくるのだった。

もうひとつ、別のミラノの印象。ミラノの人のファッションはやっぱり決まっていた。男性も女性も、スーツなどできっちり正装している人が目につく。冬が近くて寒いので、ダウンを着ている人も多かったが、やや細身のものをビシッと着ていて、あまりラフな感じではない。色では深い紫色が流行らしく、よく見かけた。そして、パンツや靴まできっちりとコーディネートされていて、どこも気が抜けていない。

つまり、ミラノ・ファッションは都会的で、一分の隙《すき》もなく決まっているという印象だった。シックな装いとはこれのことよ、とみんなが主張しているような気がした。

だから、ちょっと決めすぎかな、という感想もわいた。自分がファッショナブルであることに意識が集中しすぎているような感じなのだ。

そんなファッショナブルな大都市ミラノを出て私たちは次の目的地へバスで向かう。まず行く街はヴェローナだ。

2

その日は朝からしっかりと雨が降っていて肌寒かった。せっかくの観光なのにこの雨か、と少しガッカリである。

この旅行のツアー・メンバーは十五人ぐらいだったのだが、そういう中には必ず、「私はめちゃめちゃの晴れ男なんだ」とか、「私は雨男だなあ」なんて人がいるものだ。オーストラリアでの娘の結婚式の日も豪雨だったという雨男氏がいたので、この雨もあんたのせいだとみんなで恨んだ。すると晴れ男だという人が、私の力で明日以降は晴れにしてみせる、と力説した。ツアーにはそういう同行者との触れあいもあるものだ。

さて、雨の中を私たちはヴェローナにやってきた。ミラノから東へ百五十二キロ行ったところにある人口二十七万人の街だ。ミラノからヴェネツィアへ行こうとして、ちょうど中間ぐらいの場所にある。

ヴェローナではジュリエットの家を見物する予定だった。なるほど、言われてみればシェイクスピアの『ロミオとジュリエット』はヴェローナを舞台とした物語だった。その地には敵対するモンターギュ家とキャピュレット家があり、その家の子であるロミオとジュリエットが恋におちるが、その恋は悲劇をもたらす、という話である。

雨の中、傘をさしてジュリエットの家まで歩いた。着いてみるとそこは大変な人気で、中庭には人があふれかえっていた。ジュリエットが「ロミオ、ロミオ、なぜあなたはロミオなの」という有名なセリフを言ったバルコニーもある。その下にはジュリエットの像もあるが、その右胸にさわると幸福な結婚ができるという言い伝えがあるので、さわられまくってそこだけピカピカしている。以前は落書きのひどいことで知られていたが、今はメッセージを書いた紙をはるようになっていて、壁はそういう紙でうめつくされていた。若い人にとっては憧《あこが》れの場所、という感じだった。

しかし、考えてみると不思議である。ロミオとジュリエットは架空の人物なのに、なぜ家があるのだろう。

そもそも、生涯イギリスを出たことのなかったシェイクスピアは、なぜヴェローナの物語を書いたのか。

その答えは、あの話はシェイクスピアのオリジナルではない、ということである。イタリアで、元になる悲恋の物語が、何人もの作者によって書かれていたのだ。そういうもののひとつが英訳されていて、シェイクスピアはそれを読んで劇作したのである。シェイクスピアはそんなふうに既存の物語や伝説などをベースに自分の劇を書くことが多かった。『ハムレット』などにも元になる作品があるのだ。

そして、イタリアでヴェローナを舞台にしたあの話が生まれたのは、その地の名家同士が対立していた、という事実があるからだ。ヴェローナは小さなコムーネ（自治都市）のひとつだが、中世の北イタリアのコムーネは対立ばかりしていた。コムーネとコムーネが対立することもあるし、ひとつのコムーネの中でも名家が派閥を作って対立したりしていたのだ。神聖ローマ帝国につく皇帝派（ギベッリーニ）と、ローマ教皇につく教皇派（グエルフィ）に分かれてみたり、教皇派の中が白党と黒党とに分裂して争ったりだった。

だからこそ、ヴェローナを舞台にした敵対する二家の子女の悲恋の物語が生まれたのである。だから、架空の物語ではあっても、北イタリアの歴史につながる話ではあるのだ。

そんなわけで、観光用にジュリエットの家が用意されているわけだ。本物ではないんだ、とガッカリしてはいけないのである。

さて、私たちはジュリエットの家から少し歩いて、スカラ家墓廟《ぼびょう》を外から見物した。十三世紀から十四世紀にかけて、ヴェローナを統治したのがスカラ家である。裁判官から出た家柄で、ヴェローナのシニョーレ（権力者）になったのだ。スカラ家の紋章は梯《はし》子《ご》の図柄だが、スカラが梯子という意味だからだ（エスカレーターという言葉はスカラから来ている）。

ここは鉄格子の外から見るしかなく、しかも修復工事のための幕もかかっていたのだが、レース編みのような繊細な細工の塔を持つ墓碑などがあって、なかなか見事なものだった。

3

ヴェローナの成り立ちを少し考えてみよう。地図を見るとわかることだが、ヴェローナはイタリア第二の川、アディジェ川がS字形に蛇行している地点の両岸にある街である。そして、古代からアディジェ川の渡河地であり、交通の要衝として栄えたのだ。だから古代ローマ時代から重要な都市だったところで、紀元前一世紀に造られた円形闘技場も残っている。そのほかにも、通りから二、三メートル掘り下げた形で、古代ローマ時代の街並みの遺跡も保存してあった。

ローマ帝国が滅びた後の歴史は他の北イタリア諸都市とほぼ同じで、西ゴート族、東ゴート族の支配を受け、東ローマ帝国の版図《はんと》に入ったかと思えば、ランゴバルド族の支配を受けた。その後はフランク王国のカロリング朝（カール大帝やその子ピピン）に支配され、オーストリア、ドイツなどの統治を受けた時期もある。

だが、十二世紀には都市特許状を得てコムーネになった。そして十三世紀には、スカラ家が台頭したのだが、十四世紀末にはミラノのヴィスコンティ家に支配されることになる。

ミラノにあったスカラ座の話をした時に、そこには以前サンタ・マリア・デッラ・スカラ教会があったのでその名になったのだと言ったが、その教会は、ヴェローナのスカラ家からミラノのヴィスコンティ家に嫁いできたベアトリーチェが一三八一年に寄進したものだったのだ。そんなわけで、有名な劇場にスカラ家の名が残ったのである。

一四〇五年に、ヴェローナはヴェネツィアの支配下に入った。それ以来、十八世紀末にナポレオンがヴェネツィア共和国を倒すまで、ヴェローナはヴェネツィアの領地だったのである。

雨が降っているのであまりのんびりとは歩けなかったのだが、川がS字形に流れているせいで二つの舌状の地形が並んでいる格好のヴェローナは、古都の味わいをそのまま残すおもむきの深い街だった。まるで中世の街に迷いこんだような気がするのである。家々の赤い屋根も美しい。

私たちは、スカラ家墓廟から、アーケードの門をくぐってシニョーリ広場に出た。現在は県庁舎として使われている、十三世紀にスカラ家の宮殿として建てられたカングランデ宮殿や、昔は市庁舎になっていたラジオーネ宮殿など、十二〜十五世紀に建てられた名建築に囲まれた広場だ。建物は回廊でつながっており、アーチをくぐって外へ出る方式なので、この広場はまるで大きな中庭のようである。そんな、どこへつながるかわからないような道のつき方が面白い。

この広場の中央にはダンテの像がある。ダンテは一二六五年にフィレンツェの貴族階級の家に生まれた人だが、教皇派の中の自立政策を掲げる白党と、教皇と強く結びつこうとする黒党の政争に巻きこまれ、一三〇二年に市から永久追放の処罰を受けたのだ。そのため、以後のダンテは北イタリアの各地を流浪したのだが、スカラ家の庇護《ひご》を受けてヴェローナに住んだ時期があるのだ。そのせいでここに像があるのである。知的だが厳しい顔つきの像だった。

この広場に面するラジオーネ宮殿には、ランベルティの塔という、八角形の上部飾りを持つ、石とレンガでできた八十三メートルの塔がある。時計のついた古い塔だが、エレベーターで上ることができるのだ。私たちはそこに上り、赤い屋根の続くヴェローナ市街の眺望を楽しんだ。上から見てみると、ますます中世の街といった印象でとても美しかった。

そのあと、アーケードをくぐってシニョーリ広場を出ると、そこはエルベ広場である。エルベとは野菜という意味で、その名のとおり果物や野菜、花などの市場になっている広場である。晴れていれば大きなパラソルの下に店が並ぶのだが、この日は雨のためパラソルはたたんであった。ここはローマ時代から公共広場だったところだそうだ。広場の端に、翼のあるライオンが上にのった円柱があるのだが、翼のあるライオンはヴェネツィアのシンボルなので、ヴェネツィア時代に建てられたものだとわかる。

4

エルベ広場を見たあとは南西にのびるマッツィーニ通りを四百メートルほど歩く。するとぶつかるのが、古代ローマ時代に建てられた円形闘技場である。ここのものはアレーナと呼ばれるのだが、アレーナとは砂という意味。闘技場には血をしみこませるために砂が敷かれていたのでそう呼ぶのだ。日本にはアリーナという言葉になって入ってきている。

アレーナは巨大なものでイタリアで三番目に大きいのだそうだ。楕円形《だえんけい》をしており、長さ百五十二メートル、幅百二十八メートル、高さ三十メートルもある。もともと、二万五千人の観客が収容できたが、地震のために一部崩れて今は二万二千人を収容できる。それでも保存状態の良さで有名なんだとか。

そこは今も演劇や音楽公演に使われており、中に入って見物することはできなかった。毎年六月下旬から八月にかけて、ここで開かれる野外オペラ祭りは有名なんだそうだ。

アレーナの前は、市民が思い思いに憩うブラ広場である。私たちが行った日には、その広場で軍事展示会が開かれており、ヘリコプターや戦車や装甲車などが展示されていた。軍服を着た軍人もたくさんいたが、どうもイタリア人は、軍人や警官の服装をするとビシッと決まって格好がいい。第二次世界大戦の結果から考えると、そう強い軍隊ではないと思うのだが。

広場の脇には十八世紀の新古典主義（ネオ・クラシック）様式の堂々たる市庁舎が建っていた。ギリシア神殿のような入口があったり、ローマ風の円柱があったりする建物だ。この、新古典主義様式については、次に行くヴィチェンツァで詳しく説明することにする。

ヴェローナの観光を終えて私たちは昼食をとった。ピザ・レストランでマルゲリータを食べたのだ。南イタリアへ行った時にナポリでピザを食べたが、それは土台の生地のふちが厚いタイプのものだった。これに対して、北イタリアのピザは生地全体が薄いものが多いようである。私は生地の薄いピザのほうが好きだ。

しかし、イタリアではピザは一人で一枚を食べるものであり、私にはもてあましてしまうほどのボリュームだ。イタリアではナイフとフォークでピザを食べるのが正式だ。ピザを焼くには専用の竈《かまど》が必要なので、普通のレストランにピザはなく、専門のピザ店（ピッツェリア）で出される。イタリア人にしてみれば軽い食べ物で、夜食に食べられることが多いのだそうだ。

ところが、そういう専門店のピザとは別に、惣菜屋《そうざいや》のような店に、ピザの切り分けられたものが売られているのを北イタリアでは何度も見た。ローマ以北に見られるものだそうである。

円形、もしくは長方形に焼いたピザを、小さく切ってショー・ケースに並べている。グラム数を言って切ってもらう形式の店もあるのだとか。ショー・ケースの床が温かい石になっていたり、冷めたものをオーブンで温めたり、店によってやり方は違うが、温かく食べられるのだそうだ。これぞまさしくイタリアのファスト・フードだなあと思った。

　ピザという料理が誕生したのは一七六〇年頃のナポリだとされている。しかし、その原型になったものはそれより前からあったのであり、エジプトには円盤状のパンに具材をのせて焼いたものがあったのだから、エジプトが元祖か、という説もある。

　しかし、その説とは別に、私はイスラム世界から伝わったという仮説も成り立つな、と思っている。というのは私は、トルコでラフマージュンという、円形のパンの上にひき肉をのせて焼いたものを食べたことがあるのだ。あんなものが伝わってきて、ピザが誕生したのかな、と空想しているのである。

　ともかく、ヴェローナの観光を終えて、やっと昼食をとったところである。この雨の日に、私たちはもうひとつの街を観光するのだ。それはどんな街なのであろうか。

ヴィチェンツァ

1

　雨は午後になってますます激しくなってきて、コートだけでは寒いぐらいだった。マフラーを巻いているおかげでなんとか耐えられたのだ。

　その日の昼すぎ、バスはヴェローナから四十キロほど東のヴィチェンツァに着いた。私の旅はいつもそうなのだが、予習していないので、まったくの白紙状態で目的地に着く。ヴィチェンツァという、どうやらそう大きくはなさそうな街がどんなところなのか、まったく知らないのだ。何があって有名なんだろう、と思うばかりだ。

　するとバスはまず、街の中心から二キロほど離れた丘陵地へと私たちを案内した。そこで、あの建物を見よ、と言う。そこには美しく芝生のはえたなだらかな丘があり、なんとも壮麗な建物が建っていた。正方形の建物の四つの面に、六本のイオニア式の円柱とペディメント（三角形の切妻壁）のついた玄関がそれぞれついており、四方どの角度から見ても同じ形の建物である。玄関の前には幅広の階段がついている。この四角い建物の中央部は円形の吹き抜けの部屋になっているそうで、その部分にドーム屋根がのっかっている。

　玄関を見ると、古代ローマかギリシアの神殿のようである。それでいて全体の姿は、堂々たる田舎の邸宅風だ。一五六六年に着工したヴィッラ・アルメリコという建物で、設計したのはアンドレーア・パッラーディオという人だという。ヴィッラとは田舎にある邸宅のこと。アルメリコは最初の施工主の名だ。この建物は中央にある円形の部屋から、ラ・ロトンダとも呼ばれる。ロトンダは円形の建物という意味。

　ガイドの説明をきいているうちに、私にもだんだんわかってきた。ルネッサンス期の十六世紀に、パドヴァの生まれで、ヴィチェンツァやヴェネツィアで活躍したパッラーディオという建築家がいたのだ。ヴィチェンツァには彼の造ったヴィッラやパラッツォ（宮殿）が数多く残されており、パッラーディオの街とも称されるのである。ヴィチェンツァ市街と、このあたり一帯のパッラーディオの手になるヴィッラはまとめて世界遺産に指定されている。

　つまりこの街は、そういう有名な建築家の作品を見物するところなのだ。歴史的にとても重要なものなのだそうだ。

　確かに、ラ・ロトンダは美しかった。本来四角い建物に、よくぞこんな大きくて立派な玄関を四つもつけたものだという気もするが、とても調和がとれていて見事なのだ。ほかに建物のない芝生の丘の上にあるので、風格のようなものも感じられる。

しかし、雨が激しいので、二、三枚写真を撮ったらバスの中に退避ということになる。

次にバスが向かったのは丘を登る坂道の頂上にあるモンテ・ベリコ教会だった。これは十七世紀に建てられたバロック様式の建物で、パッラーディオの作品ではない。ペストの流行に人々が苦しんでいた頃、一人の女性がこの丘の上で祈っていたところ、マリア様が現れてここに教会を建てなさいとお告げがあり、そうしたところペストの流行がやんだ、という伝説のある教会だそうだ。バロック様式なので重厚感のある威圧的な建物である。丘を登ってくる道には、たくさんのアーチがずらりと並んだこの教会のための参道があって、見事なものだった。

妻は写真を撮っているのだが、それが大変な様子になっている。写真を一枚撮るたびに、ハンカチでカメラのレンズをふかなきゃいけないということになっていたのだ。私が妻に傘をさしかけ、その下でなんとか撮影するという非常事態である。

そうやって撮ったモンテ・ベリコ教会の写真が、苦労した割には一面に雨粒のついたものだったのである。かえってあの時のことが思い出されていい写真なのかもしれないが。

2

あらためてヴィチェンツァの中心部へ戻った。川がゆったりと流れる平坦《へいたん》な街である。

ヴィチェンツァの歴史はミラノやヴェローナと基本的には同じだ。古代ローマの都市だった時を経て、その滅亡後は東ゴート族、ランゴバルド族、フランク王国などの支配を受けた。十二世紀にはコムーネ（自治都市）になったが、強力なシニョーレ（権力者）は出ず、十四世紀にはヴェローナのスカラ家と、パドヴァのカッラーラ家の覇権争いに巻きこまれ自治が続かなかった。そして一四〇四年以降はヴェネツィアの支配を受けることになり、その強大なコムーネの領土のようになったのである。

十五世紀半ばから十六世紀にかけてのルネッサンス時代、ヴィチェンツァでは公共施設や教会や裕福層の邸宅に建築ラッシュがおこった。ヴェネツィアの金持ちが、内陸部にも関心を持つようになり、そこに邸宅を持つようになったのだ。

そこへ登場したのがパッラーディオである。

一五〇八年にパドヴァで生まれたパッラーディオは一五八〇年に亡くなるまで、建築一筋で生きた人だ。後期ルネッサンス、あるいはマニエリスムの巨匠と言われている。マニエリスムとは、ルネッサンス期に一度完成した建築法に、歪《ゆが》み、ずらし、奇想を持ちこんで大いに遊んだ一時期の建築様式をさす。ルネッサンスからバロックへ移行する前に、そういう時期があったのだ。

ただし、パッラーディオは奇想をもてあそんだ人ではない。彼がもたらしたのは、ギリシア建築や古代ローマ建築とルネッサンス様式との融合だったのだ。つまり、古代神殿の円柱や、アーチや、三角の屋根などを組み合わせ、新古典主義（ネオ・クラシック）とでもいう独創的な建築を生み出したのである。最初に見たラ・ロトンダにはギリシア神殿のような玄関が（四つも）ついていたではないか。

私たちは雨の中を歩き、パッラーディオの造った次の建物を見た。それがキエリカーティ宮殿だ。現在は一部が改装されて絵画館に用いられているので、キエリカーティ絵画館と呼ばれることもある。

一階がドリス式の、二階がイオニア式の円柱で支えられ、屋上には彫像が飾られている。なるほど、古代建築とルネッサンス建築の融合である。彼のその様式はパッラーディアン様式と呼ばれ、後世の建築に大きな影響を与えているのだ。現代建築なのにギリシア神殿のような円柱を持つビルを見たことがないだろうか。

たとえば、アメリカのホワイト・ハウスである。もちろんあれはパッラーディオの設計ではなく、ずっと後世のものだが、ギリシア建築のような円柱があって、まさしくパッラーディアン様式なのだ。ああいった建築物はヨーロッパにいっぱいあるのだが、それはパッラーディオが後世に残した影響なのである。

日本にだって、影響は伝わってきている。私が中学三年生の時、ギリシア文明のことを習って、ドリス式、イオニア式、コリント式の円柱のことを学んだ時、社会科の先生はこういうことを言った。

「(名古屋の) 広小路通りにある××銀行の本社ビルを見てくるといいよ。あれがイオニア式の円柱だ」

つまり、明治か大正の時代に建てられた銀行のビルが、ギリシア式の円柱を持っていたのである。それこそが、パッラーディオの残したものなのだった。

そのパッラーディオの作品が集中しているのがヴィチェンツァなのである。そして、数多くの宮殿やヴィッラを見てみて、同じものはひとつもない。彼はひとつひとつに別の工夫をし、新しい様式を試しているのだ。

パッラーディオは最初の専門建築家と言われている。ミケランジェロやベルニーニを思い出せばわかることだが、かつては絵や彫刻の作者が建物も設計したのだ。ところがパッラーディオは建築設計だけをした。そして数多くの設計図を残しており、建築理論の本も書き残している。その点においても、時代を切り拓《ひら》いた建築家なのだった。

3

次に私たちはオリンピコ劇場を見た。ここだけは中に入って見物したのである。パッラーディオが最晩年に手がけた、古代の円形劇場を模した劇場である。彼が死んでからは弟子のスカモッツィが引き継ぎ、四年後の一五八四年に完成させた。

とても面白い建物である。まさしくギリシアの円形劇場のようなものが、屋内にあるのだ。だから当然天井があるが、その天井には青い空と雲が描かれている。レンガ積みの建物に白い漆喰《しっくい》をぬって、大理石造りのように見せている。楕円形を半分に切った形の客席の背後には、円柱が並び、その上に彫像が立っている。

舞台背景は、彫像がいっぱいの古代都市の味わいに造られている。そして、遠近法による目の錯覚を利用して、古代テーベの七つの通りがずっと見わたせるかのように造られているのだ。だから、古代都市の劇場の中にいるかのような気分になれる。この劇場は常設の屋内劇場としては世界最古のものだそうである。今も春と秋には劇場として使われているのだそうだ（冬と夏は、空調がないので無理）。

イタリアを紀行したゲーテはヴィチェンツァへも来て、このオリンピコ劇場で歌劇を見ている。ゲーテはパッラーディオを高く評価していて、この劇場についてはこう書き残している。

「オリンピコ劇場は古代人の劇場を小規模に実現したもので、えもいわれぬほど美しい」（『イタリア紀行』相良守峯《さがらもりお》訳　岩波文庫）

同じ書の中で、ゲーテはラ・ロトンダについてはこう書いている。

「恐らく建築術上これ以上贅《ぜい》をつくした例はほかにあるまい。階段と玄関との占めている面積は、家屋そのものの面積より遥《はる》かに広いのである。一つ一つの側面いずれもが、殿堂としての体裁を十分に備えているからである」

ところで、ゲーテの時代よりずっと前に、この劇場へ来て見物した有名人がいる。それは日本の天正《てんしょう》遣欧少年使節たちだ。少年使節団は一五八五年にローマに着いてローマ教皇に謁見し、ローマの市民権を与えられるのだが、そのあとヴェネツィア、ヴィチェンツァ、ヴェローナ、ミラノなどの諸都市を訪問したのだ。それでヴィチェンツァで、完成した翌年のオリンピコ劇場に来て、その客席にすわったのである。

劇場を出た部屋の上部の壁に、少年使節たちが来た時の様子を描いたモノクロのフレスコ画があって、それを見物することができた。思いがけないところで知っている人に会ったような気分になったのだが、よく考えてみると少年たちのことをそんなには知っていない私であった。

劇場を出て少し歩く。すると、観光の中心であるシニョーリ広場がある。広場には翼のあるライオンの像がのった柱があって、ヴェネツィアの支配を思い出させてくれる。広場に面して、バシリカがある。もともとは平凡なゴシック建築だった十五世紀の議会と裁判所だった建物だが、市が改修案を募集したのだ。一五四六年にパッラーディオは改修案を出して、市に採用された。かくして、円柱とアーチと小さな円形のくりぬきを持つ見事なネオ・クラシック建築のようになったのだ。この改修プランが好評で、パッラーディオのもとに設計依頼が続々と来るようになったという出世作なのである。

そのバシリカの前に、すっくと立って建物を見ているパッラーディオの像がある。私の仕事を見よ、と言っているかのようである。

バシリカの横には、大時計のついた高い塔が立っていた。

ヴィチェンツァについてもうひとつ説明すると、そこは中世から貴金属産業が発達し、今もイタリアのジュエリー加工の中心地で、なかなか豊かな街なのだそうである。

4

さて、私たちは夕方四時くらいにヴィチェンツァの観光を終え、そこから一路ヴェネツィアを目指したのである。予備知識のあまりない私ですら、ヴェネツィアについてはいつの間にか数々のことを知らされている。それほど重要な街だということだろう。

そこに着く前にまず、私はヴェネツィアをどのように知っていたかをまとめておこう。見ると聞くとは大違い、という言葉があるが、どう違うのかをはっきりさせるために、どう聞いていたのかを整理しておくのだ。

まずはシェイクスピアの『ベニスの商人』で知っている。生涯イギリスを出たことのないシェイクスピアの書いたものなのだから、あの作品からヴェネツィアを理解しようとするのは無理があるかもしれない。しかし、主人公のアントニオが貿易のための船団を失って借金に苦しむ、というストーリーから、ヴェネツィアが古くから海洋貿易で栄えた都市だということはわかるのである。

それから、トーマス・マンの短編小説で、と言うより多くの人にとってはルキノ・ヴィスコンティの映画で、と言ったほうがピンとくるだろうが、「ベニスに死す」がある。あの映画のせいで、その街がとても栄えた観光地だということはよくわかった。

映画といえばデヴィッド・リーン監督の「旅情」が名作だ。キャサリン・ヘップバーン演じるアメリカのオールド・ミスが、旅先ではかない恋におちるという味わい深い小品であった。あの映画で、ヴェネツィアでは運河が道代りで、そこに可愛《かわい》い橋がいっぱいかかっているのだな、ということを知ったものだ。

最近のニュースや紀行番組によって、ヴェネツィアには水没の心配があるのだということを教えられている。海上の洲《す》のようなところにある都市だからそれも無理はないのだ。サン・マルコ広場という観光の中心地がすっかり水びたしになってしまった、という映像を何度も見せられている。

ざっとそのぐらいしか知らないヴェネツィアへ、いよいよ私は本当に行くのだ。

内陸を進んできたバスが、ついにアドリア海を望むところに出た、するといきなり長いリベルタ橋を渡るのだ。鉄道もその橋を渡ってサンタ・ルチア駅に入るのである。まさしく海の上の都市へ渡るのだなあ、という感慨がある。

しかし、激しい雨のために海上の都市をはっきりと見ることはできなかった。その時の気分としては、とにかく一度ホテルに入って落ちつきたい、と思っていた。だが、それは簡単なことではなかったのだ。

橋を渡り終えたところで、運河に面する船着き場でバスを降りた。そこで、ホテルの近くの船着き場まで行く小船に乗るのだが、それは十五人が乗ったらすし詰めの古びた小船で、美しいゴンドラなんかではなかった。屋根付きの船室はずっとしゃがんでいなければならない狭さで、文字通り、ほとんど身動きができないのだ。手荷物は甲板上に雨ざらしである。

そういう小船が、さながら通勤ラッシュの如《ごと》く何隻もひしめきあって進むのだ。定員オーバーなのか、水面が目のすぐ下という感じだった。

ホテルにいちばん近い船着き場が工事中なので、違うところに着け、少し歩いていただきます、と言われた。もうどうだっていいぞというやけくその気分だった。

陸にあがり、狭い路地のようなところを、一列になってかなり歩いた。迷路のような道を何度も曲がるので、どこを歩いているのか見当がつかない。手荷物を持って傘をさしてただ前の人について歩くのが、だんだん楽しくなってきた。

ようやくホテルに入った時は、これで雨に悩まされなくていいんだと、かなりホッとした。

ところが、ヴェネツィアの受難はそれで終りではなかったのだ。待てど暮らせど、ホテルの部屋にスーツケースが届かないのである。

考えてみれば、客のスーツケースも同様に船で運び、遠くの船着き場からひとつずつ押して運んでくるわけで、時間がかかって当然なのだ。多分、スーツケースは雨ざらしになっているはずである。

部屋に入ってから、一時間くらいしてスーツケースがようやく届けられたのだった。ホッとして開けてみると、中の衣類がしっとりとぬれていた。そんなことは数々の旅行をして、初めての体験だった。

しかし、ともかくヴェネツィアに無事着いたのである。

ヴェネツィア

1

ヴェネツィアでのホテルは有名なサン・マルコ広場にほど近いところだった。ホテルの部屋に落ちついた夜、夕食をとるためにレストランへ行ったと私のメモに書いてあるのだが、その時の記憶があまりない。どんな店でどういうメニューを食べたのだろう。ただ、夜のサン・マルコ広場へ行き、その端っこを歩いたことだけは確かな記憶だ。なぜなら、その広場が冠水していたことを鮮明に覚えているからだ。三センチくらいの深さで、広場が水におおわれていた。人が歩くための通路として、長机のような台が並べてあってその上を歩いた。しばしばニュース映像で見たことのある困った状況を、まさに自分が目撃しているのか、という感慨があった。街の人々は度々のことなので少しもあわてず静かなものだった。

さて翌朝のこと、ホテルの部屋の窓から下を見て、これぞヴェネツィアだ、とうなってしまった。ホテルの裏が見えるその窓から、小さな運河が、クの字の形に折れ曲がっているのが見えたのだ。

運河は見あきなかった。裏通りなので、ホテルやレストランがゴミを袋に入れて運河の岸に出す。すると、ゴミ収集船が来てゴミを集めていくのだ。普通ならトラックがやるその作業を、船がやっているのを見るのは面白かった。

ヴェネツィアを歩いていて、他の街とのいちばん大きな違いは、そこには自動車というものが走っていない、ということだ。バスでリベルタ橋を渡って島へ来たわけだが、島に渡ったところのローマ広場にバスは駐車し、あとはゴンドラかヴァポレットと呼ばれる水上バスか、水上タクシーで移動するのだ。道には歩く人や手押し車を押す人がいるが、自動車というものはいない。

有名な観光地である古都を歩いていて、車の多さに失望することがよくある。街並みのたたずまいはこの上なく美しいのに、道路には駐車した車がひしめきあっていて、興ざめだなあ、と思うのだ。だがヴェネツィアにはそれがなくて、さすがは水の都である。

部屋の窓から運河を見ていたら、ホテルがシーツなどの洗濯物を岸に出していて、やがて洗濯屋の船がそれを集めていった。何よりもヴェネツィアらしい光景だと思った。

さて、朝食をすましてヴェネツィアの観光である。実はこのツアーのスケジュールではこの日は一日自由行動ということになっていたのだが、そうなっている理由がだんだんわかってきた。

私たちはイタリアという大変に人気のある観光国へ来て、名高いところばかりをまわっているのだ。当然のことながら、イタリアへ来るのは二度目だとか、三度目だというような人も多いのである。私たち夫婦がひところ行っていたイスラムの国々とはそこが違う。

二度目、三度目というような人は、今さら基本コースをまわっても重複するばかりだから、自由に行動して下さい、ということになっているのだった。そして、希望する人には添乗員が基本コースを案内します、というやり方だったのだ。

南イタリアへ行ったことはあるが、北イタリアは初めてだという私たち夫婦は、添乗員の案内で基本コースをまわったのである。

この日は、時々小雨がパラついて道は濡《ぬ》れているが、傘をささなくていい時もある、という天気だった。そして、ヴィチェンツァではあんなに雨にたたられたのに、この翌日以降はイタリア旅行をしていく間、二度と雨にあわなかったのである。

2

午前中のサン・マルコ広場に再び出た。広場は濡れていたが、冠水はしていなくて、台の上を歩く必要はなかった。

ヴェネツィアの海に面した表玄関といった意味あいのこの広場は、世界中から来た観光客がひしめきあっている。奥行き百七十五メートル、幅五十二〜八十メートルの不等辺四角形の広場で、正面にはサン・マルコ寺院があり、その右がドゥカーレ宮殿（ドゥカーレは元首の、というような意味で、こう呼ばれる宮殿は各地にある）。サン・マルコ寺院の対面にあるのがコッレール博物館であり、ドゥカーレ宮殿の前が新政庁だ。テーブルの並べられている一角ではお茶を楽しむことができる。カーニバル用の仮面を売っている出店もある。なんだかうきうきしてくるような広場だった。

まずはドゥカーレ宮殿に入った。ヴェネツィアはドージェ（総督）を頂点とする共和国として千年近く続いたのだが、その政府のいわば合同庁舎がドゥカーレ宮殿である。十五世紀に完成したヴェネツィア・ゴシック様式の巨大な建物だが、火事にみまわれたりして何度も修復が重ねられているそうだ。白とピンクの外観はケーキのようである。宮殿の内部はまるで巨大な美術館のようであった。ヴェネツィア派の画家たちが競いあうように描いた壁画や天井画を見て歩くことになるからだ。

私はひとつひとつの部屋の大きさと見事さに圧倒されて歩いた。なかでも「大議会の間《ま》」のでかさにはど肝《ぎも》を抜かれた。その部屋にはティントレットの「天国」という壁画があるのだが、その絵が横二十二メートル、高さ七メートルもあるのだ。また、その部屋にはヴェロネーゼの「ヴェネツィアの勝利」という天井画もあった。

この宮殿には、狭い運河を橋で渡った裏手の別館という風情で監獄がある。その、屋根つきで窓のある小さな橋は、囚人たちがそこを渡る時に窓から外を見て、二度とあの市中に戻ることはできないのだ、とため息をついたという話から、「ため息の橋」という呼び名がついているそうだ。

監獄も見物した。ここから脱獄した人間は史上たった一人、それがカサノヴァです、という説明をきいて、カサノヴァとはこんなところへ名前の出てくる人物なのか、と思うことしかできなかった。私はいつも、旅先でいきなり史実を教えられ、旅の終ったあと勉強しなおして理解を深めていく、というやり方なのだ。

宮殿を出て、次にすぐ隣にあるサン・マルコ寺院に入った。正面に五つの入口の扉を持つ壮大な寺院（聖堂）である。中に入ってみると高い天井がアーチの柱に支えられており、天井には黄金のモザイク画があってキリストや弟子たちが描かれている。上から見ると十字架の形をした建物で、モザイク画によって、ビザンティン様式の寺院だとわかる。

あとで調べた知識も加えて説明すると、もともとヴェネツィアの街の守護聖人はギリシア系の聖テオドルスだったが、ややマイナーな聖人だった。そこで九世紀に、エジプトのアレクサンドリアから、キリストの弟子でエジプトにキリスト教を広めた聖マルコの遺体を盗んできたのだ。盗んできたのだが、ヴェネツィア側から言えば、イスラム化していたエジプトにあったのでは害されるかもしれないので救い出してきた、ということになる。

こうして聖マルコがヴェネツィアの守護聖人となり、九世紀から寺院が建てられたが、今あるものの原型は十一世紀に建った。その後たびたび修復されたので様々な様式の複合建造物になったが、基本はビザンティン様式であり、つまりはコンスタンティノープルにあった文化を取り入れたものである。

寺院の入口上部には四頭の青銅の馬像があるが、私と妻はそれを見上げて、「あれも盗んできたものだよねぇ」と言いあった。

入口の上部にあるのはレプリカで、実物は寺院内の宝物庫にあるのだが、その馬像はもともとコンスタンティノープルにあったものなのである。十三世紀に、第四次十字軍がビザンティン帝国を倒したことがあり、その時に戦利品として持ち帰ったものなのだ。

しかし、歴史をからめるととても複雑な話になってしまうので、ここでは寺院が壮大で見事だった話だけをしよう。ヴェネツィアの歴史は別のところでわかりやすく説明することにする。

3

サン・マルコ寺院で見たもののことを、もうひとつ語らなければならない。中央祭壇の後ろに、パラ・ドーロという名の金色の祭壇画があるのだが、まばゆいばかりの金色に輝く宝物である。金と真珠と宝石などで飾られた、宗教的場面や聖人たちの描かれている衝立《ついたて》のようなものだ。高さが三・五メートルもある。

この宝物を見て私たち夫婦は、「これも盗んできたんだよなあ」「そうよねえ」と言いあった。これもコンスタンティノープルにあったものなのに、第四次十字軍が持ってきたものだと思いこんでいたからだ。

しかし、後でよく調べたらそれは私たちの思い違いだった。パラ・ドーロはヴェネツィアで九七六年から制作が始められ、十四世紀に完成したものなのだ。この宝物の豪華さから思うべきは、十世紀ごろのヴェネツィアの豊かさなのだった。なんでも盗んできちゃうと考えて悪かったとあやまっておこう。

さて、見物を終えて私たちはサン・マルコ寺院を出た。そこで、海のほうに目をやりドゥカーレ宮殿のほうを見ると、その前の小広場に二本の柱が立っている。一本の柱の上には翼のあるライオンの像があり、もう一本の柱の上には、ワニを踏んづけている人間の像がある。

翼のあるライオンはヴェネツィアのシンボルだとこれまで書いてきたが、より正確に言うと、それは聖マルコのシンボルなのである。そして、ワニを踏んづけている人は、聖マルコがヴェネツィアの守護聖人とされる前の守護聖人、聖テオドルスの像である。

サン・マルコ広場とドゥカーレ宮殿前の小広場との境目に、鐘楼がある。赤いレンガ造りのシンプルな塔で九十六・八メートルもの高さだ。十世紀に物見の塔をかねて建てられたものだが、一九〇二年に倒壊してしまい、その後九年間かけて再建されたのだ。

ヴェローナのシニョーリ広場に面したラジオーネ宮殿にはランベルティの塔があり、そこにはエレベーターで上ることができた。考えてみるとそこに上ったのはきのうのことである。同じように、サン・マルコ広場の鐘楼にもエレベーターで上ることができた。その上からは、ヴェネツィアの街々、すぐ前の海、そこにあるいくつかの島、島にある教会などが一望できて、思わず声をもらしてしまいそうなほど美しかった。だんだん天気がよくなってきて、大きな虹《にじ》が見えたのも幸運だった。

サン・マルコ広場を上からながめる。まるでお祭りをやっているかのように見えた。サン・マルコ寺院の横には時計塔が見える。十五世紀に建てられたもので、てっぺんには二人のムーア人（アフリカ系イスラム教徒）の像があり、時がくるとその像が大きな鐘を打って時を告げるので、ムーア人の時計塔とも呼ばれている。

海のほうを見れば、すぐ近くにサン・ジョルジョ・マッジョーレ島があり、パッラーディオの設計したサン・ジョルジョ・マッジョーレ教会が見える。その横はジューデッカ島だ。ちょっと遠くに見えるのがリド島だが、そこは有数のリゾート地であり、『ベニスに死す』の舞台となったところだ。

海に浮かんでいるゴンドラも見えた。ヴェネツィア本島を逆S字形に区切っている大運河（カナル・グランデ）の入口あたりも見える。自分の目でそうやって見てみれば、ここは疑いの余地なく水上の都市である。考えてみれば、大運河だけではなく、縦横に小運河があって居住地を区切っているのであり、その一区画ずつが小さな島だと考えることもできるのだ。ヴェネツィアは無数の島の寄り集まりだとも言えるのである。なんとも面白いところへ来たものだ、という気がした。

4

サン・マルコ広場の見物を終えた私たちはドゥカーレ宮殿の裏手の、食べ物屋が並ぶ狭い路地のようなところを歩いた。焼きあがったピザが切って売られているのをいっぱい見たのはこの時だ。サンドイッチのようなものもある。この日の夕食はツアーにはついていないので、あんなものを買ってワインといっしょに食べるのもいいかなあ、などと考えた。

やがてたどりついた路地の奥のようなところにあったのが、サン・ザッカリア教会だ。カマボコ形の屋根を持ち、アーチの曲線が優美な教会だった。中に入ってみるとほとんど人がいなくて静かである。壁には壁画があったり、額に入った絵が飾ってあったりした。ベッリーニの「王座の聖母と諸聖人」、ティントレットの「洗礼者ヨハネの誕生」などが必見であろうか。

そこまで見物して、ひとまずホテルに帰ってトイレ休憩。二十分後、今度はサン・マルコ広場からどんどん離れていく方向に歩いた。ブランド店の並ぶ中心街だが、道幅は狭い。ジョルジオ・アルマーニ、フェンディ、プラダなどの店があった。ふいに裏運河にぶつかり、小さな階段状の橋を渡ったり、いきなり小さな広場に出たりした。

私たちがめざしたのは、大運河に架かる三つの橋のうちのひとつ、アカデミア橋である。そして、その橋を渡ったところにあるのが、アカデミア美術館だ。そこは、もともと教会だったのだが十八世紀に美術学院となり、ヴェネツィア派の画家の作品を数多くコレクションしたのだ。そして、イタリア王国ができてから、美術館として公開されるようになったのである。

中世のヴェネツィアの財力をバックボーンに、ヴェネツィア派と呼ばれる一連の画家たちが色彩豊かな絵を描いたのだ。そして、海にかこまれた砂洲上の都市にはほとんど木の緑がないのだが、そのせいでかえってヴェネツィア人は田園にあこがれ、自然の風景を好んだ。だから、ヴェネツィア派の絵は自然の中に人間を配するのである。明るく、色彩の美しい絵が多い。

ヴェネツィア派の画家としては、カルパッチョ、ベッリーニ、ヴェロネーゼ、ティツィアーノなどがいる。

と、今の私は調べて書くわけだが、実際に見物した時にはどの絵が誰の作品かなんてことが、頭の中でごちゃごちゃになっていた。イタリア旅行では、次から次へと名前しか知らない画家の絵を見せられて、とても覚えきれないのだ。なんとなく、あそこにあったのは赤味がかった自然豊かな絵だったな、などと覚えているだけである。その中で、サン・マルコ寺院の描いてあったベッリーニの「サン・マルコ広場の十字架の行列」と、木製のリアルト橋が描かれていたカルパッチョの「十字架の聖遺物の奇跡」という絵だけはかろうじて記憶に残った。

美術館を見物したあとは、ヴァポレットでリアルト橋まで行った。その時、ヴァポレットの乗り場である桟橋に立って、私は今自分が立っているこの足場が動きだすんだろうか、と思っていたのだからおマヌケであった。そうではなく、やがてそこにヴァポレットと呼ばれる水上バスがやってきて、それに乗ったのである。

ヴァポレットで両岸の美しい建物を見ながら大運河を運ばれていくのはこの上なく気持ちよかった。立派な建物が、海に面して直接入口を持っていて、床ぎりぎりまで海水で洗われていたりした。海と洋館が接しているのである。バロック様式の建物や、ルネッサンス様式の館《やかた》などが並んでいる。その近くをゴンドラが漕《こ》ぎ進んでいたりする。まさしく、運河がこの街の大通りなのだ。水と建物がまじりあっているようなこの景色は、世界でもここでしか見ることのできないものなんだ、と強く思う。

宮殿が見えたり、大きな教会が見えたりする。そしてヴァポレットの前方に、白い石造りの屋根つきの橋が見えてきた。それがリアルト橋だ。

5

大運河のほぼ中央にリアルト橋は架かっている。そのあたりはかつてヴェネツィアの商業の中心地だったのだ。今は両岸に豪奢《ごうしゃ》な貴族の邸宅や外国の商館が建ち並び、レストランや通りにテーブルを並べたカフェがあるが、昔はここは世界中から運ばれてきた荷が陸揚げされるところだったのだ。

リアルト橋はアーチ構造で支えられた屋根つきの白い橋で、とても面白い形だ。十三世紀に架かった時は木造だったが、十六世紀に石造りのアーチ橋に架けかえられたのだ。この橋の上には、両側にずらりと商店が並んでいる。ゆるい階段を上って、後半は下るという橋である。

ヴァポレットを降りた私たちは、ゴンドラや様々の船がいっぱい行き交う景色をながめ、リアルト橋を渡ってみた。これぞヴェネツィアなり、という印象であった。

本来この日は自由行動なのだから、食事はついていない。そこで、女性添乗員おすすめのシーフード・レストランへみんなで行った。

ヴェネツィアのシーフード・レストランには、店の前の棚にぶっかきの氷を敷き、魚を美しく並べてディスプレイしているところが多い。魚や甲殻類を美しく並べることに全精力を傾けていて、ディスプレイの美しい店だと確かにおいしそうに見えるのだった。

私たちが行ったのは、路地にある隠れ家のようなレストランで、地元の人もよく来るようなところだった。その店に入ったところに、魚がディスプレイしてあったのだが、その中にひめじがあった。私と妻は、おお、なつかしいひめじだ、と目の色を変えた。ひめじという小型の赤い魚は、以前にチュニジアへ行った時に何度も食べて気に入っていたのだ。淡白だが、炭焼きなどにすると上品なうまみがある。

日本で釣りをする人にきいてみたことがあるのだが、その人の言うには、ひめじは外道《げどう》（釣る目的の魚でないこと）なので、釣れても放してしまう、ということだった。食べるにはちょっと小型なのでそういうことになるのだろうが、おいしい魚なのにもったいないことをする。

と、思っていたら、最近テレビのニュースで、山口県では資源活用のために、ひめじを「きんたろう」の名で売るようにして、結構評判がいい、ということを伝えていた。

レストランで、あの赤い魚をグリルしてくれ、と頼むと、イタリア人の若いウエイターは日本語で、あれはめばるだ、と言った。めばるは違う魚だろうが、と思ったが、そう説明すれば日本人客は納得して食べるのであろう。

ほかに、海老《えび》や烏賊《いか》などを頼み、とてもおいしい充実した食事をとることができた。ワインを楽しんだことは言うまでもない。

それにしても、チュニジアで好きになった魚にイタリアで出会えたのは面白いなりゆきだった。考えてみれば、どちらも眼前の海は地中海なのだ。そして、チュニジアは多くの人が、アフリカだからずっと南なんだろうと思いがちなのだが、びっくりするほどイタリアに近いのである。チュニジア人の漁師は海の上で、獲った魚をシチリアの漁師の船に売ってしまうことがあるときいたものだ。

三時半頃までかけてやっと昼食はすんだ。満足した私たちは迷路のような細い道をぶらぶらと歩き、とりあえずホテルに戻ってひと休みしたのであった。

夕方、近いのでもう一度サン・マルコ広場へ行ってみた。するとそこは、ごくわずかだが冠水していた。五ミリくらい水につかっているだけだから、台の上を歩くほどではないが、水の張った広場になっている。

そして、夕陽を浴びてサン・マルコ寺院が金色に輝いていた。すると、水の広場がまるで鏡のようになって、ゆらめく金色の大寺院を逆さまに映しているのだ。思わず息をのむほど美しい光景だった。

6

ヴェネツィアとアマルフィは成立の事情に似たところがある。どちらも侵入してくる異民族から逃れて、通常ならば住みにくいところに街を作って住んだのだ。アマルフィでは背後に険しい山が迫った谷あいの狭い土地に住んだ。それに対しヴェネツィアではラグーナという浅い潟《かた》にあるいくつかの干潟に街を作って住んだのだ。五世紀から七世紀にかけての頃である。フン族、ゴート族、ランゴバルド族などの侵入から逃れたのだ。

だからヴェネツィアは北イタリアの多くの都市と違って、古代ローマ帝国時代の地方都市として始まったのではない。五世紀頃に無から発生したのだ。そして、そんな海の上の街だったから、初めから海上貿易に有利だった。地中海をたどって当時の政治経済の中心、コンスタンティノープルと交易することもできたのである。

ヴェネツィアを逆さまにすると森がある、という言葉がある。干潟の軟弱な地盤に、何千、何万もの木の杭《くい》を打ち込んでいるからだ。ヴェネツィアには森などなく、農業もできないが、本土の近郊地を支配していて、そこから唐松《からまつ》や樫《かし》などの硬い木を伐採してくるのだ。そういう巨大な杭を、粘土や砂の土壌に深々と打ち込む。空気に触れることなく水につかった木は、長い年月で真っ黒なコンクリートの柱のようになるのだそうだ。

そうしておいて、石を敷き並べ、その上にレンガを敷きつめてようやく、家を建てられる土台ができる。ヴェネツィアとはそのように、土地そのものも住人が無から作りだしたところなのだ。作るのは土地だけではない。浅いラグーナに船の通れる航路も作り、管理しなければならない。ヴェネツィア人は自然の威力の前で、常に自分たちの街を守る努力をしなければならなかった。

六九七年に最初のドージェが選出されて以来、ヴェネツィアではずっと市民による共和制が守られ、独裁君主が出たり、派閥に分かれて権力闘争をしたりすることはなかった。それは、ラグーナにある土地を守るために、常に市民が協力しなければならなかったからだと言われている。

八一〇年、フランク王国のカール大帝がヴェネツィアに侵攻してきたが、この侵攻はラグーナにはばまれて失敗に終った。この結果、ヴェネツィアはビザンティン帝国と深く結びつくことになり、地中海貿易に特権を得る。このあたりがヴェネツィアの繁栄の始まりだ。

九世紀にはドゥカーレ宮殿とサン・マルコ寺院の最初のものが建設された。宮殿と宗教の中心が同じところにあって協力的なのはビザンティン帝国に似た形態である。

十一世紀に十字軍運動が始まると、ピサやジェノヴァやヴェネツィアの商人にとって大きなビジネス・チャンスとなった。十字軍戦士を船で東方の聖地へ運ぶことを請け負い、東方貿易の商権を手に入れるのだ。香辛料の貿易で巨万の富を得ることができた。

そして、問題の第四次十字軍だ。一二〇二年のこの十字軍は、ピサやジェノヴァは手を引き、ヴェネツィアが独自に兵を運んだ。そして、十字軍ならエルサレムへ行くであろうものを、行き先を変えてコンスタンティノープルへ行き、攻めかかったのである。イスラム制圧のための十字軍のはずなのに、ギリシア正教の総本山を襲ったのだからむちゃくちゃである。盗賊十字軍と呼んでもいいくらいのものだ。

コンスタンティノープルは陥落したが、ビザンティン帝国は一時的にほかの場所に避難しただけで、一二六一年に首都を取り戻して再興する。だからビザンティン帝国を滅ぼしたわけではないが、それにしてもひどい話である。一時的にラテン帝国という、ヴェネツィアの傀儡国《かいらいこく》のようなものを作ってしまったのだから。

でも、それによってヴェネツィアがますます繁栄したというのは事実だ。

7

ヴェネツィアの歴史の後半を簡単にまとめておこう。

一二〇四年には、ヴェネツィアはクレタ島を支配するようになる。そしてそのほか、アドリア海に面するビザンティン帝国の支配下にあった諸国（今のクロアチアとかセルビア、モンテネグロなどの旧ユーゴスラヴィアの国々）も支配していく。その中で、今のクロアチアのドゥブロヴニクだけは独立を守ってお見事なのだが。

そういうわけで、ヴェネツィアはずっと共和国なのだが、この頃からはヴェネツィア帝国と呼んだほうがいいのではないか、と言う歴史学者もいるのである。

当時のヴェネツィアのライバルは北イタリアの西海岸にあった商業都市ジェノヴァだった。一二九八年、ヴェネツィアとジェノヴァは戦争をし、この時はジェノヴァが勝った。

この時、捕虜になってジェノヴァの牢《ろう》に入れられたヴェネツィア生まれの商人がマルコ・ポーロである。牢の中でマルコは、おれは中国の元《げん》の都まで行ってそこで王に仕えていた、という途方もない話をしてみんなを煙に巻いていたが、同じ獄中にピサの物語作者ルスティケロがいて、マルコの話をまとめたのが『東方見聞録』である。

と、いうことに普通はなっていて、私もそう信じていたのだが、最近、マルコ・ポーロは実在しないのではないか、という説が有力になっているんだそうだ。元の側の資料にマルコの名がまったく出てこないことから出てきた説だ。しかし、『東方見聞録』の内容は元へ行った者でなければ書けない信用できるものである。そこで、ヴェネツィアの商人で元へ行ったことのある者何人かから話をきき、それをルスティケロが一人の男の冒険譚にまとめたのではないか、という説が立てられている。そんなところが真実かもしれない。

しかし、そうであっても十三世紀頃のヴェネツィアが中国にまで足をのばすほどの貿易都市であったことは事実なのである。

一三八〇年の戦争では、ヴェネツィアはジェノヴァを破っている。

しかしそれよりも意味が大きいのは、一四五三年にオスマン・トルコのメフメット二世がコンスタンティノープルを陥落させ、ついにビザンティン帝国を滅亡させたことだ。オスマン・トルコはヨーロッパのギリシアやブルガリア、ルーマニアなどにも侵攻していく。そして地中海を我が物顔で航行するようになるのだ。

つまり、十五世紀からは、ヴェネツィアの敵はオスマン・トルコになったのである。しばしばトルコと戦争をし、時には負け、時には勝った。一五七一年には、スペインとローマ教皇軍とヴェネツィアが組んでレパントの海戦でオスマン海軍を破った。だがしかし、それでオスマン・トルコが滅びたわけではなく、ヴェネツィアはだんだん地中海の制海権を失っていくのだ。

十六世紀になると、ヴェネツィア人は海ではなく陸に目を向けるようになる。交易による利益ではなく、資産をほしがるようになったのだ。ヴェローナやヴィチェンツァがヴェネツィアの支配を受けたことは既に語ったが、そういう内陸に土地を所有し、農園の経営をして、安定した大地主になろうという動きだ。ヴェネツィアの貴族たちは田舎にヴィッラを造って住むようになり、まさにそこにパッラーディオという天才建築家が出て、数多くの仕事をしたというわけだ。

ひとつ、意外なこぼれ話をしよう。一四九二年にスペインはユダヤ人追放令を出して国からユダヤ人を追い出す。何万人ものユダヤ人がオランダやイタリアに渡ったのだ。ヴェネツィアにもユダヤ人がだんだん多くなってきた。そこで一五一六年のこと、ヴェネツィアでは、ユダヤ人はすべてヴェネツィア市の北端にあるゲット・ヌオーヴォ地区に住むようにという法律を作った。このゲット・ヌオーヴォというのは新熔鉱炉施設という意味で、以前そこにはそういう施設があったので地名になっていたのだ。ところがこの言葉が、ヨーロッパでユダヤ人居住地区を表す「ゲットー」の語源になったのである。

ついでにイタリア語が語源になっている話をもうひとつ紹介すると、ここまで北イタリアの街々を語ってきて、何度もコムーネについて述べた。自治都市のことである。このコムーネが、共同体を表す英語のコミューンになったのである。共産主義という意味のコミュニズムもその派生語だ。コムーネがコミュニズムとつながっているとは、意外な話ではないだろうか。

さて、むだ話はそれくらいにして、ヴェネツィアの運命はどうなっていったかだ。十七世紀には、イギリスなどの北西ヨーロッパの諸国が地中海貿易に乗り出してきて、ヴェネツィアは没落しはじめる。そして十八世紀には、世界貿易の中心からは外れた地中海の、自由かつ洗練された歓楽的ムードの小国として人気の高い街になったのである。貴族たちが仮面をかぶって身分を隠し、カーニバルで大いに遊びまくった時代である。仮面をつけていれば正体は不明、ということにして、風俗も乱れまくったのだ。その頃のヴェネツィアには、一年のうち半分がカーニバル、という年さえあったそうである。

そういう乱れたヴェネツィアに出たのがジャコモ・カサノヴァだ。この稀代《きたい》の色豪はヴェネツィアで遊びまくっていて、ついに牢獄に入れられるのだ。だが、じっくりと計画をねって、見事にそこを脱獄したのである。

あまりにも退廃しきっていて、ヴェネツィアの命運もついにつきようとしていたのかもしれない。一七九七年、ナポレオンが北イタリアに侵攻してきて、ヴェネツィアもあっけなく征服されてしまう。千年くらい続いたヴェネツィア共和国はついに滅亡し、ナポレオンに委譲されたオーストリアに支配されるようになった。

この時、ナポレオンはサン・マルコ寺院にあった、あのコンスタンティノープルから奪ってきた青銅の馬像をパリに運び、凱旋門《がいせんもん》の上に飾ったのだ。後に返したけれど。ナポレオンは北イタリアでは評判が悪い。この教会の床が損傷しているのはナポレオン軍が馬で入ったからだとか、ここにあった宝物はナポレオンが奪っていった、などという話をよくきくのだ。確かに、ナポレオンがイタリアに対してしたことは、自分の兄弟や親族のために国をぶん取って与えたってことであり、よく言われないのも当然かなあ、という気がする。

だが、ナポレオンによってコムーネの時代に終焉《しゅうえん》がもたらされたからこそ、後にイタリアがひとつの統一国家になれたというのも、一面の事実ではあるのだ。

8

その日の夜は、自分たちでディナーをとらなければならなかった。希望する人は添乗員がおすすめのレストランへ案内してくれたのだが、私と妻は何かをホテルの部屋で食べることにした。というのは、こういうツアーで毎回レストランで食事をとっていると、いつも前菜、パスタ、メインディッシュ、デザートというしっかりしたコースを食べることになり、旅の疲労もあって、だんだん胃が疲れてくるのだ。だから食料品店で何かを買って、好きなもので軽くすませたいのである。

街を歩いているうちに目をつけておいた小さな食料品店がホテルの近くにあった。夜になってまた小雨がパラついていたので、傘をさしてそこへ行った。

店には、イタリア人とは思えないような無口な店主がいた。そこで私たちが買ったのは、ワイン一本、生ハム百グラム、セミハードタイプのチーズ百グラム、塩漬けのオリーブ百グラムである。

妻はこの旅行のために旅のイタリア語会話の本を買って持っており、百グラムはウン・エットというのだ、というのを調べてあったのだ。

ウン・エット・ディ・クラッテロが、生ハムを百グラム、である。言ってみたらその言葉はちゃんと通じた。

無口な店主がとても丁寧な仕事をすることに驚かされた。生ハムの塊から、多すぎる脂身をちゃんとこそげ落としてからスライスし、紙の上に美しく並べてくれるような売り方だったのだ。すべて無言のうちに仕事をし、代金を正しく計算し、商品はポリ袋に入れてくれた。

ホテルの部屋でワインつきの軽食を楽しむ。生ハムは美しくておいしくて、オリーブは大粒で、大満足の軽いディナーであった。

食べ物や飲み物は旅の重要な要素である。その意味で、ヴェネツィアはとても満足度の高い街だった。いいところだったなあ、という感想を持つことができたのである。

パドヴァ

1

ヴェネツィアからバスで西へ進み、一時間もたたないうちにパドヴァに着く。ヴェネツィアから四十キロの小さな街なのだ。

交通の要地にあり、工業も盛んなところだという。だが一般的には、イタリアで二番目に古いパドヴァ大学があることで有名だ。

私たちはまずスクロヴェーニ礼拝堂を見物した。時間調整のために、隣にある市立博物館の中も見たらしいのだが、私はそのことをまったく記憶していない。

外観の質素なスクロヴェーニ礼拝堂で見るものは、ジョットのフレスコ画である。その説明をする前に、まずこの礼拝堂のいわれを紹介しよう。

十三世紀に、レジナルド・スクロヴェーニという金貸しがいたのだ。資料によっては豪商とか、銀行家と書いてあるものもあるが、あくどいサラ金業者のようなものだったらしい。なにしろ、ダンテの『神曲』の「地獄篇《じごくへん》」の中に、地獄に堕《お》ちる者として名前が出てくるぐらいだから、名高い悪徳商人だったのだろう。その人物が死んだあと、息子のエンリコ・スクロヴェーニが、父の暴利の贖罪《しょくざい》を願って一三〇五年にこの礼拝堂を建立したのだ。中の壁一面に、聖母マリアの生涯とキリストの生涯をテーマにした三十八のフレスコ画がある。そのすべてを描いたのがジョットだ。

ジョットは一二六七年に生まれ、一三三七年に没したゴシック絵画の巨匠で、ルネッサンス以前の人だ。だが、絵画の祖とも呼ばれている人で、イタリア・ルネッサンスはジョットの影響の中で生まれてきたとも言えるのだ。もちろん人間の表現はまだ素朴なのだが、いわゆる中世の宗教画のプリミティブさからは一歩踏み出している。

最初に、待機する部屋で十五分のビデオ解説を見てから、人数を限って内部に入り十五分見物をするという方式になっていたのだが、中に入った瞬間にはやはり息をのむ。

天井の高い細長い部屋で両側の壁には三段に分けてマリアの生涯とキリストの生涯がずらりと並んでいる。そして本来の入口面の壁には大きな「最後の審判」の絵があり、見学者の入口側の面には「受胎告知」などの絵がある。まさしく、聖母マリアが生まれる前から、キリストの昇天に至るまでのストーリーが、三十八面の絵物語になっているのだ。

ジョットの絵にはその時代にしては立体的な空間表現がある。聖人が横一列にただ並ぶだけのような宗教画ではなく、奥ゆき感と物語性が感じられるのだ。

ムードだ。
「マギ（東方三博士）の礼拝」という絵には、天に、ジョットが実際に見たというハレー彗星《すいせい》が描かれている。青い空に、赤く尾を引く人魂《ひとだま》みたいな彗星で、なかなか妖《あや》しいムードだ。

「ユダの接吻《せっぷん》」という絵は、中央に立つキリストを黄色のマントで全身をおおったユダが抱擁する瞬間を描いているが、両者がすごく激しい視線をぶつけあっていて、ぞくぞくするほどドラマチックであった。

礼拝堂見物のあとは、ぶらぶらと歩いて街の中心部へ出た。ラジオーネ宮殿という大きな宮殿があり、その前はエルベ広場となっていて、テントを張った食料品の市場が立っていた。野菜があり、果物があり見ていて楽しい。巨大な赤いかぼちゃとか、白いアスパラガスが目を引く。

生のポルチーニ茸が売られていたが、私の妻は生ではどうしようもないわね、料理できないから、とあきらめた。ところが、あとで調べたら、ポルチーニ茸は生で食べてもおいしい、と本に書いてあったそうで、くやしがっていた。

食料品の市場を奥に行くと、もうひとつのシニョーリ広場につながっていて、そこは衣料品の市場になっていた。

広場のつきあたりには市庁舎があり、美しい時計塔が目立っている。

2

ラジオーネ宮殿からそう遠くない街中に、パドヴァ大学があった。一二二二年に創立されたもので、ボローニャ大学に次いでイタリアで二番目に古い。ガリレオ・ガリレイ、ダンテ、ペトラルカなどが教授を務めたこともある名門校だ。

私たちは行かなかったが、パドヴァ大学は植物園を持っている。これが、一五四五年に開園したヨーロッパで一番古い植物園だそうで、世界遺産に登録されている。

さて、大学内に入るわけにはいかないのだが、大学の一部分になっているボー宮殿という、円柱の回廊で囲まれた中庭を持つ宮殿には入っていいというので見物した。古くて見ごたえ十分の回廊だった。壁に卒業生たちの家の紋章が飾ってある。中世の頃には卒業するとそういうものを大学に寄進したのであろう。

十五分ほど歩いてもうひとつの見所へ行く。道がだんだん参道風のムードになってきて、商店なども参拝者向けの店という感じである。すると、広い通りのむこうにいきなり大きな聖堂が見える。それがサンタントニオで、つまり聖アントニオ聖堂だ。サンタントニオは、きっちり区切って言えばサント・アントニオ聖堂ってわけだ。

聖アントニオはフランチェスコ派のポルトガル人で十三世紀にパドヴァで様々な奇跡をおこしたという聖人だ。魚やラバに説教したとか、死んだ子供を蘇生《そせい》させたなどの、不思議なエピソードが残っている。

それで、パドヴァといえば大学の街であると同時に、サンタントニオにお参りする巡礼地でもあるわけなのだ。日本人が宗教施設にお参りするのと同じで、病気の回復や、悩みの解決などをお願いするため、ものすごい数の信者がやってくる。参拝者が多いことでよく知られた聖堂なのである。

サンタントニオ聖堂はビザンティン様式の八つのクーポラ（円蓋《えんがい》。ドーム式の屋根のこと）と、イスラムのミナレット（尖塔《せんとう》）のような鐘塔を持つ壮大な建物である。聖堂内はロマネスクとゴシックの折衷様式だ。

聖遺物礼拝堂にある聖遺物箱には聖アントニオの舌、あご、のどぼとけが遺《のこ》されているんだと現地ガイドは説明してくれた。説教するには口が必要だからだろうか。

この聖堂の主祭壇には聖母子と諸聖人をあらわすドナテッロのブロンズ像が並んでいた。

ドナテッロは一三八六年頃フィレンツェに生まれた人で、一四六六年に死んだ。初期ルネッサンス最大の彫刻家と言われる人である。もちろん、ミケランジェロなどとくらべたら肉体表現がまだぎこちないが、それでも、キトン（古代ギリシア人の服）のような衣服の下にはちゃんと肉体がある、と感じさせてくれる彫刻である。初期ルネッサンスとはこういう感じなのか、と納得した。サンタントニオ聖堂の中には、聖アントニオが奇跡をおこしているシーンの、ドナテッロによるブロンズのレリーフが何枚もあり、それもとても見事なものであった。

見物を終えて聖堂を出た。聖堂の前は広場になっている。そこに、小さな出店がいくつも並んで、みんなローソクを売っていた。太いものや、飾りの絵つきのものやいろいろである。

聖堂の前にずらりとローソク屋、というのが、まさしくここが信心されている宗教施設であることを物語っている。

ふと聖堂の脇を見ると、そこに高い石の台にのったブロンズの騎馬像があった。その時は知らなかったのだが、それもドナテッロの作品で、勇壮典雅な名作とされているのだそうだ。ドナテッロは、晩年の十年ほどをパドヴァで過ごし、作品を多く残しているのだ。

それで、馬上の人物は誰かというと、ヴェネツィア共和国の傭兵隊長エラズモ・ダ・ナルニだそうだ。その人は猫のように狡猾《こうかつ》で巧妙な策略を弄《ろう》する人だったので、通称「ガッタメラータ（狡猾な猫）」といわれた。だからこの像を、ガッタメラータ騎馬像というのだ。ヴェネツィアの傭兵隊長の像がパドヴァにあるのは、一時はここがヴェネツィアに支配されていたからである。

3

ヴェネツィアの傭兵隊長で思い出したことがある。文学史上有名な作品で、ヴェネツィアの傭兵隊長を主人公にしているものがあるのだが、それは何でしょうか。

その答えはシェイクスピアの『オセロー』である。妻が浮気をしているという嘘《うそ》を信じてしまい、妻を殺し、あとになって自殺する将軍の悲劇を描いたのが『オセロー』だが、オセローがヴェネツィアの軍人だと気がついている人は意外と少ないかもしれない。物語の前半の舞台がヴェネツィアで、後半は戦争のために行ったキプロス島が舞台になっている。

それで、私の持っているシェイクスピア全集には、註《ちゆう》としてこんなことが書いてあった。

当時ヴェネツィアでは政策として、軍隊の指揮は他国人を雇ってその者にまかせていた。その理由は、本国人が軍隊を自由にして実権を握ると、ひいては国権を危うくするおそれがあるからだそうだ。軍人が権力を持ちすぎるとクーデターをおこして軍事政権を作ってしまうので、将軍はよそからの雇い人にした、ということだ。

オセローはムーア人（アフリカ系イスラム教徒）という設定は、そこから出てきているのである。もちろんオセローは架空の人物だが、エラズモ・ダ・ナルニ、通称ガッタメラータは実在の傭兵隊長だったわけである。

そして私はヴェネツィアの次にパドヴァに来たわけだが、パドヴァはシェイクスピアが『じゃじゃ馬ならし』で舞台としたところなのだった。なぜかシェイクスピアは北イタリアの都市を舞台にすることが多かったのだ。

ところで、パドヴァは北イタリア最古の都市である、と言われている。伝承によれば、紀元前一一八三年に、トロヤの王子アンテノポスがやってきてパドヴァを作ったというのだ。そして、中世のコムーネ（自治都市）時代に証拠となる遺跡が発見され、それが事実だと証明されたと、少なくともパドヴァ市は信じているわけだ。いくらかは本当のことで、パドヴァは古代ローマより前からあった都市らしい。

その後はキリスト教化し、ローマと関係を保ちつつ発展した。ローマ滅亡後は、フン族、ゴート族、ランゴバルド族らに支配されたのだが、そういう異民族はキリスト教に改宗し、言語もイタリア語を使うようになるなど、イタリア化していったわけだ。

一時は衰退していたが、フランク王国のカロリング朝の時期に多くの特権を得て再興した。十二世紀にはコムーネになったが、パドヴァはヴェローナやヴィチェンツァを支配する時期があったり、ヴェネツィアと戦ったりのこぜりあいの中に歴史をつないでいった。

一三一八年、パドヴァのシニョーレ（権力者）としてカッラーラ家が選ばれる。それから、何度も他の支配を受けた時代があるのだが、カッラーラ家から九人の領主が出て、とりあえず独立を守ったのだ。

しかしそれも一四〇五年に終る。パドヴァはヴェネツィアのもとに下るのだ。それは一七九七年にヴェネツィアが没落するまで続いた。

ヴェネツィアの歴史を見た時、ヴェネツィアが内陸地方で農地経営に積極的になった時代があることを語ったが、その時、ヴィチェンツァなどと並んで、パドヴァにもヴェネツィア人が多く住むようになった。ヴェネツィアはパドヴァの湿地帯の干拓事業もしている。

それから、ヴェネツィアは土地の面積が限られていたので大学を作ることができず、良家の子息たちはみんなパドヴァ大学で学んだのである。

そして、ナポレオンの侵略によってヴェネツィア共和国が滅んだあとは、他の北イタリアのコムーネと同様にオーストリア帝国へ割譲され、その後一八六六年にイタリアに統合されるのだ。

パドヴァはこんなふうに言われる街だ。ジョットをはじめ、ドナテッロ、マンテーニャ、ティツィアーノなどの傑作が、美術館ではなく本来の場所で見られるパドヴァのような街は、美術の王国イタリアといえどもそう多くない、と。

4

パドヴァは学生の多い街だった。パドヴァ大学があるせいである。街自体は古都のおもむきなのに、そこに若い人がいっぱいいるため活気が感じられた。

私は日本国内を旅行していても思うのだが、地方都市を見ていて、そこに大学があるかないかは重大な問題である。大学のある街は学生が大きな顔をしてのし歩いていて、活気があり、文化性が感じられるのだ。文化祭があったり映画上映会があったり、喫茶店に学生がたむろしてダンス・パーティーの企画をしていたりする。大学のない街は、パチンコ屋ぐらいにしか元気がない。

パドヴァはその点でも、小さな都市のわりには活気のあるところだった。

時間が余ってしまったので、またぶらぶらと歩いてエルベ広場に戻る。自由時間があと三十分くらいあります、ということになっていた。つまり、見るべきところは大体見てしまったのに、ランチをとるレストランがまだ開いていないというわけだ。

ラジオーネ宮殿の一階が食料品市場になっているので入ってみた。肉屋やチーズ屋や酒屋などがびっしりと軒を並べて商売をしていた。人出も多く活気がある。そこはパドヴァの台所と呼ばれているのだ。

酒屋にはトスカーナ地方などの、なかなかよさそうなワインが売っていた。思わず、一本買っておこうかと思うわけだが、妻にこう言われてしまった。

「私たち、ヴェネツィアで買ったワインを一本持ってるのよ。二本持つのはやめましょうよ」

それもそうだな、と思い、広場に出て、また野菜市場をひやかして歩く。ところがこのころ、だんだん足が痛くなってきたのだ。

それは、道路の敷石のせいである。

北イタリアを旅して、どの街もかつてはコムーネという自治都市だったと知っていったのだが、そのせいでどこも自分たちのやり方にこだわっており、いろんなことが都市ごとに独自だとわかってきた。そのひとつが、道や広場に敷く石だ。大きな石を並べるところ、小さな四角い石のところ、三角の石のところ、やけに丸くふくらんでいる石を敷きつめるところなどがあって、街ごとに歩き心地が違う。わりに靴底が硬い靴をはいていたのだが、小さな敷石のゴツゴツ感が苦痛になりかけていたのだ。

敷石だけがそういう違いではなく、洗面所の水の出し方が都市ごとに違うのにも面くらった。ある都市では自動で水が出る、ある都市ではハンドルを押す、次の都市ではハンドルを引き上げる、そしてある都市では足元のペダルを踏むと水が出る、なんてふうだ。どうすればいいのかわからなくて手洗いをあきらめるトイレもあった。

ツアー・メンバーに年配のご夫婦がいたが、その奥さんは、トイレでは必ず私の妻にまとわりつき、どうすればトイレット・ペーパーが出るのか、どうすれば水は出るのかをいちいちきいたそうである。

イタリア人はアイデンティティーを重んじる、だからどの都市も独自性を持っている、なんて言うのであるが、それは要するに、みんな「オラが一番」と思っていて、めいめいに工夫して生きている、ということなんだなぁ、と私は少しあきれ加減で思った。

野菜市場には素朴なおかしも売っていた。ナッツを砕いて甘く固めたものとか、野菜や果物の砂糖菓子なんてものだ。メンバーの中に砂糖菓子を買った人がいて、ひとつ分けてくれた。

私は、昼食の前に甘いものを食べるとビールがまずくなるんだがなぁ、と思いながら食べたのだが、生姜《しょうが》の味がして、なんだか懐しい感じのものだった。

フェッラーラ

1

パドヴァでランチをすまして、バスで次の街へ向かう。今度はひたすらに南下していくコースだ。途中で、大きな川にかかる橋を渡った。イタリアで最大の川、ポー川である。流域面積は七万四千九百七十平方キロで、イタリア全土のほぼ四分の一を占めるのである。

ここまで、私たちが巡ってきている北イタリアの都市は、すべてポー川が作った平野にあるわけなのだ。ポー川はたびたび大洪水をおこして住民を苦しめてきたが、その水のおかげで米が収穫できているのも事実である。北部より南部のほうが稲作には向いているような気がするが、イタリアでは北部が米、南部は小麦なのである。だから北部にはリゾットなどの米料理があり、南部はパスタばかりになるのだ。

一時間ほど走って、私たちはフェッラーラに着いた。バスを降りてメインの大通りを歩いていて、他の街と印象が違うなぁと思うのは、地面が真っ平らで、道のつき方が直線的であることだ。

市の南部の地区は道が細く入り組んでいるのに対し、北部の地区は見通しのよい直線道路が走っており、大きな宮殿が建ち並ぶのだそうだ。そうなっている理由は、南側が中世以来の古い街並みで、北側はルネッサンス期に、新たな都市計画に基づき拡張された市域だからなのだ。そのことをもって、フェッラーラはヨーロッパ最初の近代都市ともいわれるのである。

中世初期に街が形成され、カノッサ家の支配を受けた時期があり、そのあと十二世紀にはコムーネ（自治都市）となった。ロンバルディア同盟の一員として神聖ローマ皇帝に対抗したのだ。

一二六七年頃にフェッラーラを支配するようになったのがエステ家である。このエステ家の統治下で黄金時代を迎え、ルネッサンス期には宮廷文化と芸術が花開き、フィレンツェにひけをとらない重要都市となったのだ。

私たちはまずエステンセ城へ行った。エステ家の居城、という意味である。四隅に塔のある、赤レンガ造りの正方形の城で、周囲に堀をめぐらせている。中世の要塞《ようさい》風でもありルネッサンス様式でもあり、見事な城だ。

戦争の時には上げてしまうはね橋を渡って城内に入る。実はこの城は現在市庁舎として使われているのだが、一部が公開されているのだ。そのせいで、狭い隠し通路のようなところを通ったり、バルコニーに出てみたり、要するに市役所業務の邪魔をしないように歩かされるのが面白い。

見事な天井のフレスコ画を見上げたり、シャンデリアのあるサンルームを見物したりする。中庭を見下ろすと立派な井戸があった。

とても豪華な宮殿であると同時に、難攻不落の要塞という感じもある堂々たる城であった。

壁画や天井画を見ていて、ちょっと奇妙な味わいがあるのに気がついた。人体が変にねじまがっていたり、くびれていたり、脚がカエルの脚になっていたりするのだ。実はそれはフェッラーラ派絵画の特徴だそうだ。

十五世紀半ば、エステ家は芸術家を大いに後援して、ヨーロッパ中から画家や文人を招き、ルネッサンス文化の発信地となった。そんな中で、突然変異的に独自の絵画様式が生まれたのである。硬質な線によるねじまがった形態と、不健康ともいえるほどに艶《あで》やかな色彩による奇矯《ききよう》な美であった。グロテスク様式のさきがけ的美意識である。

要塞の質朴さを感じさせるのに、内部は奇矯な美意識の絵画で飾られている、というのがエステンセ城の独自な味わいなのだ。この城では、夜な夜な絢爛《けんらん》たる饗宴《きようえん》が催され、音楽が鳴り響きダンス・パーティーが行われていたのだ。そういう宮廷文化の中心地として、フェッラーラは理解されなければならない。今ではこぢんまりとした街なのだが、実は見る価値が大いにあるのである。

2

エステ家は長らく侯爵だったのだが、一四七一年にボルソ・デステが公爵となり、フェッラーラは公国となる。それ以降が最高の繁栄期であろう。

なお、デステは、正しく区切れば、ド・エステであり、エステ家の、という意味である。

私が今書いていることは、旅行中にわかっていたことではなく、旅が終ってから、調べてみてわかったことだ。だが、有名な人がいっぱい出てきて面白いし、フェッラーラの歴史的位置がよくわかる話なので、わかりやすく語る。

ボルソの子のエルコーレ一世は周囲に学者や芸術家を集める偉大なパトロンだった。この人は建築家ピアージュ・ロッセッティに近代的な都市計画にのっとって市を拡大させた人である。その頃フェッラーラには『狂えるオルランド』という騎士叙事詩を書いた詩人のアリオストが出たが、この詩人を後援したのもエルコーレ一世である。ほかに、何人もの音楽家も重用して、フェッラーラはイタリア一の音楽の都であった。

エルコーレ一世の子供たちは、枢機卿《すうきけい》となったイッポリトを別にすれば、当時の有力者の子女と結婚して強力なネットワークを築いた。

たとえば、長女がイザベラ・デステである。知性があり文化人の保護をしたことで名高く、レオナルド・ダ・ヴィンチもイザベラの肖像画を残している。それどころか、かの「モナリザ」のモデルはイザベラ・デステだという説もあるのだ。

イザベラは一四九〇年にマントヴァのゴンザーガ家に嫁いだ。

そして次女ベアトリーチェ・デステは一四九一年ミラノのスフォルツァ家に嫁いだ。

ひとつ違いの姉妹は、じつに仲良しだった。里帰りするたびに、政治の話をし、学術や芸術についての情報交換を行った。北イタリアのルネッサンスの裏には、彼女たちのコミュニケーションがあった、というぐらいのものだ。

エルコーレ一世の息子はアルフォンソ一世といった。アルフォンソ一世は、小都市国家が列強の中で生き残るには文化性を持たねばならない、というエステ家の政略をよく知っていた。

最初の妻が早死にしたあと、アルフォンソ一世が再婚した相手がルクレツィア・ボルジアである。いまをときめく教皇アレキサンデル六世の娘で、教皇庁第一の政治家チェーザレ・ボルジアの妹である。このチェーザレ・ボルジアは悪名高い策略家だが、イタリアに侵攻したフランス王国のシャルル八世をおしもどしたのは、チェーザレの硬軟両様の策謀のおかげだったとも言われているのだ。

以上ざっとまとめたようなエステ家の閨閥《けいばつ》による世渡り術のことを、私は知らずにエステンセ城を見物していたのだった。イザベラ・デステを描いたレオナルドの肖像画は見たことがあり、名高い美女で教養もあった人だと承知していたが、その人が生まれ育ち、仲良しの妹と遊んだのがエステンセ城だったのである。

私たちは城を出て、その裏手にあるカテドラーレ（大聖堂）に向かった。ところがその前に黒々とそそり立つ印象的な銅像が目に入ったのだ。

フード付きのオーバーコートをまとい、両手を広げて人々に何かを説いているような姿の像である。それはフェッラーラ生まれの宗教改革家サヴォナローラの像だった。

ドミニコ会修道士で、一四九一年にフィレンツェのサン・マルコ修道院長になってからは、享楽的なメディチ家の政治を弾劾《だんがい》し、ロレンツォ・デ・メディチと対立した。シャルル八世が南下してメディチ家が追放されたあと、厳しい神権政治を行い、あたかも文化大革命のようだったという。

しかし、教会の権威に反抗して、教皇アレキサンデル六世に破門され、対外戦争の不成功もあって人心が離れ、一四九八年、異端の責めをおってフィレンツェで火刑に処せられた。フェッラーラのエルコーレ一世はサヴォナローラの熱心な賞賛者だったそうで、出身地でもあることだし、ここに銅像があるのだろう。とにかく、鬼気迫る熱心さで人々の誤りを糾弾する聖人という雰囲気があり、忘れられない像であった。

3

カテドラーレはフェッラーラの守護聖人、聖ジョルジョに捧げられた聖堂で、まだエステ家の支配以前の一一三五年にロマネスク様式で建設された。その後一二三〇年にはゴシック様式のファサード（正面）を持つ形に改修され、十四世紀まで何度も手が加えられた。内部にはバロック様式のところもある。

ファサードをよく見ると、下部はロマネスク様式で、上部がゴシック様式である。中央の扉口上部には「最後の審判」の彫刻があった。

内部の一部はカテドラーレ美術館になっていて、フェッラーラ派の絵画が多く見られる。祭壇の後方にはバスティアニーノの「最後の審判」があるが、ミケランジェロの弟子であるため、ローマのシスティーナ礼拝堂にあるミケランジェロの「最後の審判」にそっくりであった。

しかし、カテドラーレの内部は薄暗く、何枚も撮った写真はほとんど手ブレしていた。その後調べたところによると、フェッラーラではエステ家の別荘であるスキファノイア宮殿とか、大理石で造られた壁面の切石の先端がダイヤモンド状に尖《とが》っているためにディアマンティ宮殿と呼ばれるところなども見所のようである。だが私たちは半日の見物なので、それらは見られなかった。でも、フェッラーラには立ち寄りもしない観光客が多いのだそうで、エステンセ城を見ただけでも得たものは大きかった。

ちょっと話題を変える。イタリアのことをひたすら考え、いろいろな資料に目を通しているものに思いがけないものにぶつかることがある、という話である。

　二〇一〇年になって私は、イタリアに関するものをいろいろ読んでいた。そんな時、レンタルＤＶＤ店で「コンクラーベ　天使と悪魔」という映画を発見したのである。どんな映画なんだろうと思って、借りて観《み》てみた。

　地味な映画だった。十五世紀に、あるローマ教皇が亡くなって、次の教皇がコンクラーベで選出されるのだ。そこにスペインのボルジア家出身のロドリゴという枢機卿が巻きこまれる。ロドリゴは聖職にあるのに愛人がいて子供もあるという不行状の男である。いろいろと手に汗握る裏取引きがあったりして、結果的には、ロドリゴの裏切りもあって、ピウス二世が新しい教皇に選ばれる、という話だった。

　これは実話なんだろうか、と思ってインターネットで調べてみたら、ピウス二世が自分が選出されたコンクラーベのことを書き残していて、それをもとに作った映画だということがわかった。

　ところが、更に調べているうちにわかったのだが、そのロドリゴは後に買収によって教皇となるのだ。その名が、アレキサンデル六世なのである。

　なんと、教会の腐敗を叫んだサヴォナローラを破門したあの教皇だ。そして、エステ家のアルフォンソ一世のところへ嫁いだルクレツィア・ボルジアの父である。

　聖職者なのに子が五人もいるという不道徳な教皇の、男の子のひとりがチェーザレ・

ボルジア、女の子のひとりがルクレッツィア・ボルジアであり、悪評は高いのだが、歴史的に重要な人物である。

そんな人物に関わるなんとも地味な映画を、偶然に観たのは奇跡的である。熱心に集めていると情報とはむこうから寄ってくるのであろうか、なんて気のする体験であった。

4

あれは、カテドラーレのそばだったと思うが、観光案内所があった。そして添乗員はこういうことを教えてくれた。

「あの中に、この街の地図があるからもらってきていいですよ」

そこで私は中に入って、それらしい地図をもらってきた。

ところが、妻がそれを見て、これは違うじゃないの、と言った。もっと広域の地図らしい。しょうがないわね、ということになり、妻がちゃんとフェッラーラの地図をもらってきた。

さてその後、日本へ帰ってきてから、資料を整理していて、私がもらってきた間違いのほうの地図が出てきた。これは何なんだろうと丁寧に見ているうちに、わかった。それはフェッラーラのあたりの、サイクリング・コースのロード・マップだったのだ。フェッラーラからラヴェンナへ行くならこのコース、なんてことが赤いラインで示してあって、この間何キロ、というようなことが記されている。

というわけで、フェッラーラは自転車の街だったのである。人口約十三万人の都市だが使われている自転車は十五万台もあるのだ。

そういえば、確かにあちこちで自転車をいっぱい見た。道路脇の鉄の柵《さく》に駐輪してある自転車があったが、それが、象の足枷《あしかせ》か、と思うような太いチェーンでつながれていてびっくりした。絶対に盗まれたくない、という根性が入っているのだ。

フェッラーラの中心街には自動車の乗り入れが制限されている。それは、自転車の利用を広めようと考えている市の政策なのだが、狙《ねら》い通り人々は大いに自転車を使うようになっているのだ。大通りは車道と歩道のほかに、二車線あってすれ違うことのできる自転車道があり（でこぼこの石畳ではなく、そこだけは平坦な石でできている）、とても走りやすい。

フェッラーラの人は、自転車を三台持っている、なんて言われている。一台は駅まで行くためのボロい自転車だ。駐輪中に盗まれることがあるのでボロがいいのだ。二台目は街へ行く時のいい自転車。そして三台目は、休日にツーリングを楽しむためのスポーツタイプのもの。

一九七〇年頃からの市の政策がうまくいって、フェッラーラはイタリア一の自転車の街になったのだ。そうなった大きな理由は、真っ平らな街だったということだろう。

もし時間があるなら、フェッラーラはレンタル自転車でまわるといい街だと思う。

さて、エステ家のアルフォンソ一世以後のフェッラーラの歴史を見ておこう。アルフォンソ一世は一五〇九年に教皇ユリウス二世から破門されるが、一五一二年にラヴェンナ包囲戦に勝利している。その子のエルコーレ二世はフランス王女ルネと結婚し、その時代も繁栄が続いた。

一五五九年に公位についたアルフォンソ二世はフェッラーラの地位を最高に高めた人物だったが、三度の結婚によっても嫡子を得ることができず、一五九七年に教皇クレメンス八世によって後継者不在の封土を返還要求されてしまう。いとこのチェーザレを擁立しようとしたが、教皇と、神聖ローマ皇帝のルドルフ二世は認めず、一五九八年にフェッラーラ公国は教皇領となった。

このあたりの事情、実はとてもややこしいのである。エステ家がフェッラーラ公国を支配していた時も、正式には教皇領内に自治を認められていただけという形態であり、教皇に領地を与えているが真の支配者は神聖ローマの皇帝、ということになっているのだ。そんなことだから、常にどこが支配するかでもめるのである。

とにかく、エステ家の時代が終ってフェッラーラは衰退していった。一七九六年にはフランスに支配され、フランス撤退後は教皇領に戻り、一八五九年にサルデーニャ王国に併合された。そうして、ルネッサンスの頃にはあんなに輝いていたフェッラーラも、だんだん光を失っていったのである。

というところで、私たちはその夜泊るボローニャをめざして出発した。

ボローニャ

1

午前中にパドヴァ、午後にはフェッラーラを見物した日の夕方、私たちはフェッラーラから五十キロほど南のボローニャに着いた。ただしその夜はホテルで休むだけで、旧市街地の観光をするのは翌日だった。私たちの泊ったホテルは郊外の、ほとんど人家がないようなところにあった。

イタリアの街の郊外について語っておこう。イタリアの都市は、比較的古い景観をよく守っている。都市部なのにバロック様式やルネッサンス様式の建物が残っていて、それを今も使っているのだ。きくところによるとそういう建物の内部は電気が引かれ、エアコン設備がつけられ、すっかり今風に改装されて住みやすくなっているのだそうだが、外観は昔のままにしておくのだ。ミラノとか、ローマなどにもそういう感じがある。ピカピカの高層ビルが入り混じって、景観がごちゃまぜになるようなことがあまりないように、みんなが配慮しているようだった。

しかし、昔のままの都市に住んでいちゃ不便だろう、という気もした。大型電機店などがなくて、都心には小型の個人商店ばかりなんだから。これではまとまったショッピングができないなぁ、と思った。

ところが、バスの中から見ていてわかってきた。都市に近づいてくると、郊外に大型ショッピング・センターがいくつもあるのだ。大型ファッション店や、電機店もあった。私は家具のイケアも見つけた。大変な車社会に住んでいるイタリア人は、まとまった買い物はそういう郊外の大型店へ車で行ってするのであろう。そうやって都心部は昔のままの景観を保っているのだ。

さて、ボローニャの郊外である。私たちの泊ったホテルのすぐ隣に、十階建てくらいの立派なビルがあり、そのまたむこうに巨大なショッピング・センターがあった。そして周辺は広大な駐車場である。

そのショッピング・センターは最近できたばかりとおぼしきピカピカのもので、CO-OP（生協）であった。そして立派なビルはイタリアの生協のひとつであるアドリアティカ生協の本部ビルだったのだ。

イタリアでは、ここ以外でもよくCO-OPを見た。イタリアに生協ができたのは一八五四年であり、共産党も力を持っているあの国で、生協の歴史は古いのだ。生協はいくつかの組織に分かれているが、合計すると二〇〇七年現在で千四百二十五店舗も持っており、小売業界のシェア十七・七パーセントを占めていて、イタリアでトップの小売業者なのである。

で、その夜夕食のあと、私と妻は巨大CO-OPへ歩いて行ってみた。その日の夕食はボローニャ名物のボロネーズ・スパゲティ（ミートソース・スパゲティ）と七面鳥のソテーだったが、七面鳥はうまくなくてあまり食べられず、小腹がすいていたのだ。

ホテルのすぐ近くだから歩いて行ける。ただし、巨大店舗の裏あたりに来てしまい、入口が見つからない。それから、ぐるりと店舗をまわり込んで、やっと入口を見つけて中に入るのに十分くらいかかったのだから、いかに大きな店舗かわかるであろう。

中は照明が煌々《こうこう》とともったショッピング・センターであった。いわゆるスーパー部分もあってそれも広いのだが、それ以外に、ファッション店も、ゲーム・センターも、ファスト・フード店も、いやそれ以外にも楽しいショップがわんさかあって華やかだ。若い人や家族連れなどで賑《にぎ》わっていた。ここへ来れば何でも買えるし、遊んで時を過ごすこともできる、という感じだった。ヴェネツィアの小さな食料品店へ行ってみる、というのとはまるで別の、現代の我々にはむしろなじみのある買い物空間である。

大きなスーパーをうろつきまわり、私と妻はワインとミネラル・ウォーターをカートに入れた。何かつまめる食べ物はないかと物色する。

妻がモッツァレラ・チーズを見つけた。そこで、枝つきの小ぶりの真っ赤なトマトも買った。カプレーゼ（トマトとモッツァレラ・チーズのサラダ）を作ろうという作戦だ。

レジで会計をすます。売り子が、袋はいるか、ときくから、私たちは、持っているからいらない、と答えてエコ活動をした。日本でスーパーに行く時、袋を持っていくので習慣になっていたのだ。

ホテルの部屋で、果物ナイフ（海外旅行にはそんなものも持って行くのだ）でトマトを切り、カプレーゼを作った。このモッツァレラ・チーズは私がこれまでに食べたうちで最もおいしくて、このサラダの愛好者になってしまった。

妻が、「ちょっと塩したいんだけどね」と言った。すると私は、「塩ならあるよ」と言い、オーストリア航空の機内食についていた塩の小袋をポケットから出したのだった。ワインとカプレーゼで、とても満足な時を過ごせた。こんなことも、私たちの旅のとても重要な楽しみ方なのである。

2

翌日、バスでボローニャの旧市街へ行った。旧市街は城壁で囲まれているのだが、ヌオーヴォ門の前でバスを降りる。バスは旧市街には入れないのだ。

味わいある街並みを歩いて行き、やがてマッジョーレ広場へ出た。大きな宮殿と教会に囲まれた広場である。イタリアの都市観光は、まず広場へ出ることから始まる、と私にもだんだんわかってきた。

広場に面して建つのは、市庁舎として使われているコムナーレ宮殿だ。十三世紀から改修が重ねられ、いろんな時代の様式が複合している建物は、政治の中心だ。この宮殿の入口の上には、ローマ教皇グレゴリオ十三世の像がある。私たちが今使っているグレゴリオ暦を作らせた人だ。

コムナーレ宮殿に並ぶのが、コムーネ（自治都市）の長官の住まいだったポデスタ宮殿である。神聖ローマ皇帝の任命した長官がここに住んでいた一一六四年に、ボローニャの市民が追い出したことがあって、自由都市ボローニャのシンボルだとされている。

そのポデスタ宮殿と、広場を挟んで向きあっているのがサン・ペトロニオ聖堂である。この聖堂は、一見しただけでその異様な外観に目を奪われる。ぎょっとするほど巨大な聖堂なのだが、そのファサード（正面）は、下半分だけが大理石で美しく装飾されていて、上半分はレンガがむき出しなのだ。つまり、今も未完成のままなのである。聖堂の裏手にまわってみても、レンガがむき出しで未完成であることがよくわかる。

これがなぜ未完成なのかについては、真偽のほどはともかく、こういう話が伝えられている。ゴシック様式のこの聖堂の建設が始まったのは一三九〇年だが、当初の計画では世界で最も大きな教会になる予定だった。ところが、当時のローマ教皇が、ヴァティカンのサン・ピエトロ寺院より大きな教会を作ることはまかりならんと、許可を出さなかったのだそうだ。そこで、本来ならば上から見て十字架の形になるはずだったものを、上方の三つの張り出しをけずり、シンプルな長方形の聖堂にしたのだ。ボローニャ市民にしてみれば不本意な工事中断であり、これはまだ未完成なのだということがわかるように、ファサードの大理石の飾りも下半分しかつけないでいるのだ。面白い話である。

私たちはこの聖堂に入ってみた。あきれるほど太い柱が高い天井を支えている壮大な聖堂である。この聖堂の高さは四十五メートルもあるのだ。外光をうまく採り入れていて内部は意外に明るい。

そして、この聖堂の天井には小さな穴があけられている。床には目盛のついた直線が描かれており、正午に天井の穴からさし込む光が直線のどこに当たるかで、暦がわかるようになっているのだ。一六五五年に天文学者のカッシーニが作ったものである。一九九七年に打ち上げられた土星探査機カッシーニの名の由来になった人である。いろんな意味で面白く、必見の聖堂であった。

3

マッジョーレ広場にある噴水の説明をするのを忘れていた。ポデスタ宮殿の前にある、三叉《みつまた》の矛《ほこ》を持ってそびえる巨人像は海神ネプチューンであり、下段の四人の女性は海の精霊セイレーンだ。十六世紀に造られた青銅製の噴水である。この噴水はボローニャのシンボルと言われている。

さて、サン・ペトロニオ聖堂を出た私たちはその横を裏手に出るように進んだ。この時、裏のほうも未完成状態であるのを確認したのだ。細い路地のようなところに銅像があった。ルイージ・ガルヴァーニという十八世紀の医学者兼物理学者の銅像だが、何をした人なのかご存じでしょうか。私はガイドの説明をきいて、ああ、そんな人がいたなあ、と思い出した。カエルの解剖をした際、カエルの脚に二本の金属棒を刺すと電流が流れて脚の筋肉が震える。あの、電気生理学を発見した人なのだった。ボローニャの人だったので、そこに銅像があったのである。

その路地を更に奥へ行くと右手にあるのが旧ボローニャ大学である。ボローニャという街を天下に知らしめているのがボローニャ大学だ。一〇八八年に開かれた、ヨーロッパ最古の大学である。今もその大学はあり八万人近い学生がいるのだが、現在は別の場所の校舎を使っている。

というわけで、一八〇三年まで使われていた旧大学の中に入って見物。美しい中庭の周囲と二階の廊下の壁には、ここで学んだ学生や学者の紋章がぎっしり並べて飾ってある。パドヴァ大学にもあったものだが、ここのほうが数が多い。

そして、世界初の人体解剖が行われたという解剖学教室の中を見物した。白大理石の解剖台を取り巻いて階段状の見物席があるという教室だ。

ボローニャには大学があるせいで古くから自由の気質があったと言われている。そしてもうひとつ、大学があったせいで発展したのが、ポルティコと呼ばれるアーケード通りだ。

世界中から学生の集まってくるボローニャには下宿屋がいっぱいあったのだが、家賃があまりに高いので学生がほかの街に逃げだす、なんてこともあったそうだ。とにかくそんな下宿屋の街だったのだが、学生を一人でも多く受け入れるため、下宿屋は二階部分を一階より前にせり出させるのだった。そして、二階が落ちないように四角い柱、時には円柱で支えたのだ。すると、建物の前が、柱で支えられた天井を持つアーケードのようになるのだが、これがポルティコである。雨が降っても濡《ぬ》れることなく散歩ができる柱廊であり、ボローニャ市内には四十二キロにわたって張りめぐらされている。学生が多いので二階をどんどん前へせり出してできたというのが面白いと思う。

大学を見たあとは、狭い道に面して食料品店や八百屋が建ち並ぶ市場の中を人をかき分けるようにして歩いた。市場を見て歩くのはいつでも楽しいものだが、イタリアでは、八百屋などで、トマトなんかを手で触ろうとすると、おばさんが、シッシッと怒ることがあるので触らないようにしよう。

一軒の食料品店で、ここは中に入って写真を撮ってもいいと言われたのでそうした。小さな店だったが日本にも商品を卸しているのだそうだ。ハムやチーズがうまそうに並んでいる。写真を撮らせてもらうだけではなんなので、乾燥ポルチーニ茸を買った。南イタリアで買った時より値段は高かったが、モノはよかった。

それとは別の店では、シーズンらしくイノシシのサラミをすすめられたが、妻は白カビのサラミと日本では手に入らないリング状のパスタを買った。

ボローニャでの現地ガイドは建築に詳しい、まだ学生とおぼしき若い女性だった。私と妻が、ゆうべCO-OPへ行ったと話すと、あそこは何でもあって本当に楽しいところ、と目を輝かせて喜んだ。そんなふうに現地ガイドと話が通じるのは、なんだか嬉《うれ》しいものだ。

4

路地めぐりを終えて広い通りに出ると、目の前にあっと驚く二本の塔がそびえ立っている。正四角柱のやけに高い塔で、なんと傾いているのだ。ボローニャの斜塔と呼ばれているものである。あたかも、巨大な柱が二本地面に突き刺さっているように見える。

高いほうがアシネッリの塔で九十七・二メートルもあり、上端で二・二メートル分横にずれる傾きを持つ。低いほうがガリセンダの塔で四十八・二メートル。こちらは上端で三・二メートルずれる傾きだ。二本の塔の傾きの向きは違っているから、自分の目がおかしくなったのかと錯覚してしまうような不思議なながめである。高いほうのアシネッリの塔は四百九十八段の階段で最上階まで上れるのだそうだが、上りたいとは思わなかった。くたびれるからではなくて、あんな傾いた塔に上ったらこわくてたまらないだろうと思うからだ。

二つの塔は、十二世紀から十三世紀にかけて、市民が皇帝派と教皇派に分かれて、競いあって高い塔を建てた時代に、皇帝派の建てた塔だそうだ。

シェイクスピアの話の時にも、皇帝派と教皇派の争い、ということが出てきた。一体それはどういうことだったのだろう。

それを知るために、ボローニャの歴史を簡単にまとめておこう。

ボローニャは古くから農作物の集散地として、また交通の要地として栄えた。紀元前六世紀から紀元前四世紀にかけてはエトルリア人の支配を受けたが、前一八九年にはローマの植民地となった。ローマ帝国が滅んだあとは、ラヴェンナ総督府に含まれたり、ランゴバルド王国の一部になったりしたが、十一世紀にコムーネとなり再成長を始める。一〇八八年にボローニャ大学ができたことは、この市を繁栄に導くとともに、自由の気質を育てた。一二五六年に農奴解放を含む天国法が作られたのもそのためであろう。

十二世紀から十三世紀にかけては、当時のイタリアの多くの都市と同様、教皇派と皇帝派に分かれての抗争が続いた。ボローニャではその二派が高い塔を建てることで競いあい、現在では七つの塔しかないが（私たちが見たのは二つの塔だけ）、当時は二百近い塔が建てられたそうである。塔は実際に戦闘する時にも使ったが、力の誇示でもあったのだ。

さてそこで、教皇派、皇帝派とは何か、である。この皇帝とは、神聖ローマ帝国の皇帝のことだが、ドイツやオーストリアを基盤とするその帝国がなぜイタリアに手をのばしてくるのか。

これは十世紀に出たローマ教皇のヨハネス十二世の時に始まるのだ。九五五年に十八歳の若さで教皇となったヨハネス十二世は、若さ故か、無謀な教皇領拡大に乗り出し、イヴレア辺境伯ベレンガーリオと戦って大敗し、攻め込まれる。窮したヨハネス十二世は東フランク王国の国王オットー一世に助けを求め、彼の援軍をローマに迎えることで窮地を脱した。そして、その見返りとして九六二年にオットー一世にローマ皇帝の冠を与えるのである。これが神聖ローマ帝国の始まりなのだ。

つまり、ローマ皇帝の位を与えたといっても、それは名目上だけのことで、ローマを支配するのは教皇だ、と教皇の側は思っているのである。だが神聖ローマ帝国のほうでは、皇帝たちがごく自然に、私はドイツ、オーストリアあたりにいるが本当はローマの皇帝なんだ、と思い、イタリアに手を出してくるのだ。イタリアの領土の多くを教皇に寄進しているが、本当の所有者は皇帝なのだ、という意識と、イタリアはローマ教皇のもの、という意識とがあってぶつかるわけである。

そういうつまらないぶつかりあいの中で、ボローニャには二百近い塔が建てられ、その多くが傾いていたのだ、きっと。イタリアの諸都市がコムーネとなり、ひとつひとつが国のようだった背景には、そんな奇妙な事情もあったのである。

さて、ボローニャはルネッサンス期には、ミラノのヴィスコンティ家のものになったり、教皇領になったりと変転を繰り返したが、一五一三年からは安定した教皇領となり、その状態がナポレオン時代を除いて、イタリア統一まで続いたのである。現在では、交通と産業の中心地として栄えている。

そういうボローニャを私たちは午前中に見てまわった。ポルティコが面白く、市場に賑わいがあり、異様に高い塔が傾いているのが印象的だった活気のある街であった。そろそろ次の目的地に向かうことにしよう。

ラヴェンナ

1

ボローニャをあとにした私たちは東に進み、アドリア海にほど近いラヴェンナをめざした。お天気は上々である。

こういうバス旅行では、一時間も走ればガス・ステーションなどでトイレ休憩をする。私にとっては、タバコを一服できる貴重な時間である。一服したあと、ショップをのぞいてミネラル・ウォーターを買ったりする。

コーヒーが飲めるスタンドがあったので、エスプレッソを頼んだ。そうすると、イタリア式の二度手間ビジネスを見ることができる。

イタリアでは、コーヒー・スタンドでもアイスクリーム・ショップでも、ひとつの商品を売るのに二人がかりなのだ。まず一人に注文を告げると、エスプレッソなら、エスプレッソと書いてある紙きれをくれて、金を受け取る。おつりも出す。次に紙きれを、作る係の者に渡すと、エスプレッソを作って出してくれるのだ。ほとんどがそういうやり方で、空港のコーヒー・スタンドなどもその方式である。

イタリア人って少しおバカなんだろうか、と思ってしまう。あんなに見事な文化を持つ国の人なのに、一人でコーヒーの注文を受けて、作って出して、金を取っておつりを渡す、ということができないのだ。金をもらうのに一人、作って出すのにもう一人必要なのである。インド人なら、五人くらい客が重なってもすべて一人でやってのけるのに、と思ってしまう。

おバカと言うのは失礼なので、イタリア人の面白さ、と言っておこう。面白いと言えば、ごつい大男のバスの運転手が、何か面倒があるたびに「マンマ・ミーア」と叫ぶのも面白い。イタリア男って、あきれるくらいにマンマを愛していて、マンマの作るスパゲティさえあれば幸せ、という感じである。誰も彼も隠しもしないでそういうふうなので笑えてくる。

ついでだからパパとママの話をしよう。日本では太平洋戦争後に、父と母のことをパパ、ママと呼ぶ人が増えた。あれを、アメリカに負けてかえって憧れ、アメリカ式の呼び方が流行したのだ、と思っている人が多い。

しかし、パパとママは英語が元ではないんじゃないか、と私は思っている。英語なら、ダディとマム（またはマミー）なんだから。パパとママは、イタリア人の言葉が元じゃないだろうか。戦後イタリア・リアリズムの映画（「自転車泥棒」「鉄道員」など）が流行したが、それらの映画の中でイタリアの子供たちは「パパァ」「ママァ」と言っている。あれが流行したんだろうな、というのが私の想像である。

むだ話はそのくらいにしよう。私たちのバスはラヴェンナに近いところまで来て、レストランに入ってランチをとった。食べたのは手打ちのラザニア。ラヴェンナはエミリア・ロマーニャ州にある都市なのだが、その州の名物料理がラザニアなのだそうだ。食べやすいものであった。

ところで、ラヴェンナまで来たところで、妻が植物の変化に目をつけた。幹がすらりと長くて上のほうに枝葉が集中している松があったのだが、あれはここまでの北イタリアにはなかった、というのである。添乗員にあれはなんていう松なの、ときいてみると、「あれが有名なローマ松です」ということだった。そんなふうに植物にも変化が出てきた。

ランチをとったレストランはラヴェンナの郊外にあったのだが、そのすぐ近くに第一の観光ポイントがあった。サンタポリナーレ・イン・クラッセ聖堂である。

これは、聖アポリナーレの聖堂の、クラッセにあるもの、という意味だ。今現在その聖堂のある場所から海までは十キロくらいあるのだが、もとはそこは港だった。ローマ帝国初代皇帝のアウグストゥスはラヴェンナ郊外のクラッセに港を造り、東方艦隊の基地としたのだ。ラヴェンナの発展はそこに始まるのだ。だから、この聖堂の近くにはアウグストゥスの銅像があった。

この聖堂はレンガ造りで外観が質素である。だが、中に入ってみると、大きな壁面を飾るモザイク画の見事さに圧倒される。

実はラヴェンナで見物する聖堂のすべてが、外観は質素で内部のモザイク画が見事、というものである。そこから、静かな古都というおもむきが感じられるのだが、ラヴェンナで見ることができるのは、ビザンティン式モザイク芸術なのである。なぜそうなっているのかをゆっくり考えていこう。

2

ラヴェンナはかなり重厚な都市である。既に言ったように今は海から離れているのだが、昔はアドリア海に面した港町だった。ヴェネツィアから百五十キロ南である。

ラヴェンナの前は海で、背後はポー川下流の沼沢地だ。だから天然の要害となっていて攻めにくいのである。そのためラテン人が紀元前から入植した。紀元前一世紀には共和制ローマに受け入れられ、紀元前四九年、ユリウス・カエサルがルビコン川を横断する前に自分の軍を集結させたのがラヴェンナだった。つまり、ラヴェンナを出てルビコン川を渡ればローマ世界、ということだったのだ。

ラヴェンナはローマ支配下で大いに繁栄した。だが、四世紀末頃から、ゲルマン人がローマ帝国をおびやかすようになる。

そんな中で四〇二年、ローマ皇帝ホノリウスは西ローマ帝国の首都をミラノからラヴェンナに移す。これは、そこが要害の地だったからだ。

四七六年、ゲルマン人で、西ローマ帝国の傭兵隊長であったオドアケルは、西ローマ皇帝ロムルス・アウグストゥスを廃位し、イタリア王となり、ラヴェンナを都にした。これこそが西ローマ帝国の滅亡である。

しかし、東ローマ帝国（ビザンティン）は簡単に西ローマ帝国の滅亡を受け入れない。コンスタンティノープルの宮廷で育った東ゴート族のテオドリックを、オドアケル追討のためにイタリアへ送り込むのだ。四九三年、テオドリックはオドアケルを倒し、ビザンティン皇帝の名目的宗主権の下に、東ゴート王国を建設した。その王国の都もラヴェンナである。

この東ゴート王国も長くは続かない。テオドリックに後継者がいなかったのが災いし、五二六年にテオドリックが死ぬと、東ローマ皇帝のユスティニアヌス一世はイタリアへ侵攻し、五四〇年にラヴェンナを占領した。これ以後は、ラヴェンナはイタリアにおける東ローマ帝国政府の所在地となり、やがて東ゴート王国は滅亡する。

だからラヴェンナでは、ビザンティン様式のモザイク画の文化がしっかりと残っているのだ。ここはイタリアにおけるビザンティン帝国の出先機関のようなものだったのだ。

サンタポリナーレ・イン・クラッセ聖堂はマクシミアヌス司教によって五四九年に建

てられた聖堂で、ラヴェンナの初代司教聖アポリナーレの墓所の上に建てられている。

まさしく、ビザンティン支配の時代のものなのだ。

外観はそっけないが、内部はビザンティン式の柱が並ぶ見事なもので、壁を飾るモザイク画は建設当時のものだ。

半ドームの部分に、預言者モーゼと預言者エリヤに囲まれ青い円形内に浮かぶ大きな十字架があり、これを三匹の白い羊が見守っている。羊はペテロ、ヨハネ、ヤコブを表現しているのだそうだ。

そして木々の生えた野原に、十字架に両手をあげている聖アポリナーレの像が描かれ、それを十二匹の羊が囲んでいる。その羊は十二使徒をあらわしているので、「キリストと十二使徒をあらわす羊」とよばれることもある。

緑色が背景になっていて、とても綺麗《きれい》なモザイク画である。十二使徒を羊であらわしてあるのが、プリミティブで可愛らしい。

たとえばミラノなどの、ルネッサンス期の絵画で飾られた聖堂とはまるで印象の違うおごそかな感じがあり、なのにとっつきやすい感じもあって、見飽きなかった。

それが、ラヴェンナの初期キリスト教建築物群というわけだ。モザイク画を見るならば何をおいてもラヴェンナを見なければ、と言われているのである。

聖堂の横には高さ三十八メートルの円筒形鐘楼がある。それは十一世紀になって建設されたものだ。この鐘楼もシンプルで美しいものだった。

3

バスでラヴェンナ市の中心部に向かった。人口十九万人のまずまずの街である。サンタポリナーレ・ヌオーヴォ聖堂を見物。この聖堂は古いもので、東ゴート王国のテオドリックが四九〇年頃に建設した。テオドリックたちゴート族はキリスト教のアリウス派を信仰しており、ここはアリウス派の聖堂だったのだ。

その後の変遷を説明しておくと、五四〇年にラヴェンナが東ローマ帝国に編入されると、ユスティニアヌス一世は異端とされていたアリウス派の聖堂を改修させた。この時、モザイク画の一部は修正されたそうだ。

そしてその後九世紀になって、ラヴェンナの外港であるクラッセ（サンタポリナーレ・イン・クラッセ聖堂のある場所）から聖アポリナーレ聖遺物がもたらされ、サンタポリナーレ・ヌオーヴォ聖堂と呼ばれるようになったのだ。こちらのほうが古くできたのに、新（ヌオーヴォ）聖堂と呼ばれるのは、元来異端の聖堂であったものを後になって献堂し直したからである。

聖堂は外から見ると、シンプルなレンガ造りの中心部をコリント式の列柱を持つ側廊が囲んでいる形である。円柱形の鐘楼もある。

中に入ってみると、壁面はモザイク画の大パノラマだ。キリストの生涯や何人もの聖人の姿が描かれているが、圧巻なのは窓の下の横長のモザイク画で、北側にはマギ（東方三博士）に導かれて聖母子のもとに向かう二十二人の聖女の殉教者が描かれている。南側は、聖マルティネスに導かれてキリストのもとに向かう二十六人の殉教者が描かれる。それだけの人数の像が描かれているのは珍しく、圧倒されるようなものだ。

モザイク画は写真を撮ることが禁じられていない。だから何枚も撮りまくるのだが、光量が少なくて手ブレになることが多く、なかなかうまく撮れない。悩ましいところだ。

さて私たちは次に、サン・ヴィターレ聖堂へ行った。レンガ造りの、上から見ると八角形の聖堂だ。外観はシンプルなのに堂々とした風格があり、イスタンブールのアヤ・ソフィアをなんとなく連想する。それはあながちおかしな連想ではない。アヤ・ソフィアはもともと東ローマ帝国の都コンスタンティノープルに建てられた、キリスト教聖堂のハギア・ソフィアだったのだから。今あるのは五三七年に再々建されたものである。

それに対してサン・ヴィターレ聖堂はラヴェンナを東ローマ帝国が支配していた五四八年に建てられたものであり、ビザンティン様式なのが当たり前なのだ。その内部はモザイク芸術の宝庫であり、金色を効果的に使ったモザイク画に目を奪われる。中でも、「ユスティニアヌス一世と随臣」と「皇妃テオドラと侍従」というモザイク画は傑作と言われている。この聖堂では、床も白と黒の石を基調としたアラベスク風のモザイクで飾られ、面白い味を出している。

この聖堂の場所にはもともと、聖ウィタリスの教会堂があって、だからサン・ヴィターレ聖堂というのだが、建設当時のくわしいことはよくわかっていない。

さて、サン・ヴィターレ聖堂の見物をすまして、その敷地内をちょっと歩くと、小さな十字架形の建物がある。それがガッラ・プラキディアの霊廟《れいびょう》で、その中には三つの石の棺がある。五世紀半ばに、テオドシウス一世の娘ガッラ・プラキディアにより、自分の埋葬所として建てられたものだ。小さいが端正で美しい建物である。そしてその内部には見事なモザイク画がある。中央部の天井には、星がちりばめられた濃紺の天空の中心に黄金十字架が輝いているのだ。そのほか、聖人たちや、羊や鹿《しか》や鳩《はと》などのモザイクもあるが、深い青と緑を使った色調の豊かさがとても印象的だ。

しかし、ガッラ・プラキディアとはどういう女性なんだろうと頭の中は?マークだらけになるのだった。

4

ガッラ・プラキディアについて、あとでわかったことを簡単にまとめておこう。かなり数奇な運命の人である。

テオドシウス一世の娘であったが、西ローマ帝国の都をミラノからラヴェンナに移したホノリウス帝の異母妹でもある。だから、西ローマ帝国滅亡のちょっと前の人だ。

四一〇年のこと、西ゴート族のアラリック一世はローマに進軍し略奪をした。その時にプラキディアは連行され、イタリア中をさまよう。そんな生活の中で、彼女はアラリックの弟のアタウルフと恋に落ち、結婚。アラリックが死んでアタウルフが西ゴートの王になるが、そのアタウルフも四一五年に死に、その遺言によりプラキディアはローマ人のもとに帰される。これは、ラヴェンナに戻ったということだろう。その後、兄ホノリウス帝に強制され、プラキディアは将軍コンスタンティウスと結婚し、一男一女を得る。コンスタンティウスは四二一年に皇帝になるが、すぐに死んでしまった。そうしたら兄のホノリウスがプラキディアに求婚してくるので、彼女はたまらずコンスタンティノープルに逃げた。

兄の死後、少しゴタゴタしたが、プラキディアの子ヴァレンティニアヌス三世が皇帝となった。プラキディアはラヴェンナに戻り、息子を支えて政治に介入しようとしたが政治情勢が乱れすぎていて思うようにいかない。そこで、敬虔《けいけん》なカトリック教徒であった彼女はいくつかの教会に寄進をしたりして、宗教活動を生きがいとしていった。

西ローマ帝国滅亡の直前の、そういう数奇な生涯を送った女性の廟を私は見たのだった。この霊廟はラヴェンナの初期キリスト教建築物群とともにユネスコの世界遺産に登録されている。

さて、少し時を飛ばせて、東ローマ帝国支配後のラヴェンナの歴史を見てみよう。

七五一年にランゴバルド王国がラヴェンナを占領した。これにより、北イタリアでの東ローマ帝国支配が終る。

するとラヴェンナに触手をのばしてくるのはローマ教皇だ。教皇ステファヌス二世はフランク王国のピピンに加勢を求め、ランゴバルド王国を倒す。ピピンはラヴェンナを教皇に寄進し、教皇庁支配時代になる。ピピンの子カール大帝も、ラヴェンナ周辺を制圧しては教皇に寄進する。この、本当の支配者はどっちなのかよくわからないやり方が、イタリア史を複雑にしているのだ。おまけにこのあと、神聖ローマ帝国も北イタリアに手を出してくる。例の、皇帝派か教皇派かの争いだ。

一二四〇年にラヴェンナは一時皇帝支配になるが、一二四八年に教皇領に戻る。そしてラヴェンナはダ・ポレンタ家がシニョーリア制を敷いて、コムーネのひとつとなるのだ。

この、ダ・ポレンタ家の庇護を受けて、晩年をラヴェンナで生活したのがダンテである。フィレンツェの人ダンテが政争に敗れて故郷を追われ、スカラ家を頼ってヴェローナにいたことがあるのはもう語ったが、最晩年はダ・ポレンタ家を頼ってラヴェンナにいたのであり、ここで『神曲』を完成させ、ここで死んだ。だからラヴェンナにはダンテの墓があるのだ。

フィレンツェ市はダンテの遺骸《いがい》を返してほしいと申し入れているのだが、ラヴェンナ市は要求を突っぱねている。観光資源として貴重だからである。

ダンテの墓と、テオドリック王の廟があるのがラヴェンナである。テオドリック王の廟は、天井に厚さ一メートル、直径十一メートルの円形の一枚石をのせた、まるでトーチカのように堅牢《けんろう》なものだそうだ。

一四四〇年にラヴェンナはヴェネツィア領となる。しかし一五〇九年には教皇領に戻った。その後は、ナポレオンによる制圧を受けた後、一八一五年に教皇に返還され、一八六一年にイタリア王国に統合されるのである。

しかし、今ラヴェンナを観光して最も印象に強いのは、ビザンティンの味わいである。イタリア半島にある東ローマ帝国支配の地として、他の街とはおもむきの違う、質朴なムードを持っているのだった。

サン・マリノ

1

ラヴェンナから南下して次の目的地サン・マリノをめざすバスの中で、添乗員がしきりにこういうことを言った。

「このあたりにルビコン川があるはずなんですが、見当たりませんね。あのシーザーが、『賽《さい》は投げられた』と言って渡ったというルビコン川です。そう大きな川ではないそうなんですが、この辺にあるはずなんですけどねえ」

結局、その川を見つけることはなく、その地帯を通り過ぎてしまった。おそらく、その川には橋などかかっていなくて、道路がひょいとまたいでいて気がつかなかったのだろう。別の人の旅行記を読んでみたところ、その人も一度はその川に気づかずタクシーで通り過ぎてしまい、ゆっくりと後戻りしてようやく見つけたのだそうだ。それは幅十メートルぐらいのドブ川だったと書いてある。

ルビコン川はアドリア海に流れこんでいる全長五十キロメートル弱の小さな川である。だが、古代ローマにとっては重要な川だった。というのは、古代ローマ時代には、ローマ帝国と、属州ガリア・キサルピナとの境界線がルビコン川だったのだ。

ユリウス・カエサルは属州ガリア・キサルピナの総督を務めながら、カエサル、クラッスス、ポンペイウスの三人で三頭政治をしていたのだが、クラッススが戦死したことにより、カエサルとポンペイウスの対立が激化した。どちらがローマの覇者になるか、である。

カエサルは軍勢をラヴェンナに集結させた。しかし、この川を軍隊を率いて渡ることはローマ本国に対して反旗を翻《ひるがえ》したことになるのだ。かと言って、軍勢を残して無防備でローマに行けば、ポンペイウスの思う壺《つぼ》だろう。

悩んだ結果、カエサルはついに軍隊を率いてルビコン川を渡ることにした。その時に言ったのが「賽は投げられた」という言葉である。

このエピソードから、「ルビコン川を渡る」は「清水《きよみず》の舞台から飛びおりる」というような意味、「賽は投げられた」は「始めてしまったんだからやるしかない」というような意味に使われるのである。

カエサルはローマに進撃し、ポンペイウスを撃ち破って終身独裁官となった。というわけで、とても有名なルビコン川なのだが、それは注意していても見逃すような小さな川なのだった。

さて、旅を続けよう。私たちがめざしているのはサン・マリノである。正しくはサン・マリノ共和国であり、イタリアにある小さな街のようでありながら、実は独立した共和国というところだ。私も、そういう小さな国があることぐらいは知っていた。

　だが、ひとつの国の中にどうして小さな共和国があるのかがよくわからない。北イタリアをまわっているうちに、そこにある都市の多くがかつてはコムーネといって、別々の国だったことを知ったわけだが、それらがイタリアという国にまとまった時にも、サン・マリノだけは独立を守ったのはなぜなんだろう。そのへんがわからないわけである。

　この旅行の前に、地理や歴史に関心のあるほうだという若い編集者と雑談をすることがあり、私は、サン・マリノへも行く予定だと言った。すると彼は興味津々な顔つきでこういうことを言った。

「サン・マリノが独立国だっていうのは、どういうことなんでしょうね」

　私にはまだ答えようがない。

「国境線は……、あるんでしょうね。入国審査は……、あれはEUができてなくなったか。サン・マリノはEUに加盟しているんですかね。自国の通貨を持っているんでしょうか。自国のテレビ放送ってあるんでしょうか。新聞は発行されているんでしょうかね。そういうところが、とても不思議ですね」

　そういうことをちゃんと見てくるよ、と私は約束した。

2

夕暮れ迫る頃、国境を越えてサン・マリノに入国した。と言ってもそれらしい手続きなどはいっさいなし。添乗員が、ここが国境です、と言うので見てみたら、ゲートのようなものがあり、バスがそこを通過しただけだ。

国が変ったという感じはひとつもない。EUができて以来、その加盟国間の大半では国境の入国審査がなくなりフリーパスなのだが、サン・マリノとイタリアの境はそれよりも開放的で、ただ単に隣の街に入っただけという感じだ。道はまだ平坦《へいたん》である。

サン・マリノ共和国の首都はサン・マリノ市であり、標高七百三十九メートルのティターノ山にへばりつくようにある街だ。それで、そのサン・マリノ市だけをサン・マリノ共和国だと思ってしまう人が多いのだが、それは違う。そのほかにも市がいくつかあり、そう豊かではないが農地もあるのだ。面積は約六十一平方キロメートルで、これは小豆島《しようどしま》の半分以下であり、世田谷区より少し大きいと考えてもいい。人口は三万人。

私たちは山上のサン・マリノ市をめざしてゆるやかな坂道を登っていくのだが、そのあたりに巨大なショッピング・センターがいくつもあり、電飾に照らし出されていた。あとで知ったことなのだが、サン・マリノには消費税がないのだそうだ。だから巨大ショッピング・センターができ、イタリア人が買い物に来るわけだ。なかなか頭のいいやり方である。

ついでに言うと、サン・マリノの法人税は十七パーセントの定額で、それ以外の税はない。だから外国から企業が進出してくることも多いのだそうだ。独立国であることをうまく利用していると言えるだろう。

さて、私たちのバスは山にさしかかり、ヘアピン・カーブを何度も曲がって登っていく。そこがもうサン・マリノ市だ。

ところが、あるカーブのところでバスは止まってしまい、そこから上へは行けないと運転手は言うのだ。サン・マリノの市街地に大型バスは入れないことになっている、と。

この運転手はちょっとユニークだった。ヴェネツィア以来同行している運転手なのだが、だんだん知らない土地に来てしまい心細そうなのだ。それまでは、添乗員がジョークまじりに話しかけてもニコリともしない渋い兄さん、という感じだったのが、次第に気の小さい兄さんになっていく。

大型バスの駐車場は山のふもとにあるときいている、という運転手に、添乗員はいら立つ。彼女は何回もサン・マリノに来ており、バスでホテルの前まで行けると知っているのだ。大丈夫だから行って。いや禁じられているはずだ。というやりとりになる。こんな坂道を、スーツケースを押して歩いて登れなんてことになってるはずがないでしょう、と言っても納得しない。

結局は、近くにいた警官にきいて、ホテルの前まで行って、乗客をおろしてからバスは駐車場へ下ればよい、ということがわかってこの問題は解決した。しかし、この小トラブルが私には面白かった。一人だけを見て決めつけるのは乱暴だが、イタリア人にはこういうところもある、と思ったのだ。おれたちの街が一番さ、と郷土に無上の誇りを持っているのがイタリア人だが、それは、アウェーに出ると急に小さくなってしまう、ということでもあるのだ。サッカーにおけるホームとアウェーの差は、我々が思うよりイタリアでは大きいのかもしれないという気がした。

さて、ともかくホテルに着いた。イタリアのホテルと違うところはひとつもない。通貨はユーロである。言うまでもなく、言語はイタリア語。テレビはイタリアの放送が映る。確かめたわけではないが、サン・マリノの独自の放送はないようである。これは翌朝確かめたのだが、ホテルのロビーにはサン・マリノの新聞（タブロイド判だった）があった。

そして夕食は舌平目のフライとボンゴレ・ロッソ（あさりのトマトソース・スパゲティ）で、まぎれもなくイタリア料理であった。

3

翌朝、かなり早くサン・マリノの見物をした。山の上にある、ということを別にすれば、これまで見てきた北イタリアの街々と大きな違いはなく、石畳と石の壁の家々の連なる街である。土産物屋があったり、バールがあったりする。

だが、山の上に街がある、というのは注目すべきポイントなのだった。これまで私たちは、ポー川が作る平野にある街々をめぐってきていて、どこも、平坦な平野部に街があった。だが、だいぶん南下してきて、いよいよトスカーナ地方に入ろうとしており、そこはもうポー川の平野ではなくなる。すると、街は外国に攻められた時の守りを考えて、山の上に造られるのだ。周りの丘陵地は農地である。

この先、私たちが行くのは山の上の城塞《じょうさい》都市ということになるのだが、サン・マリノで初めてそういう成り立ちの街を見たわけである。

ホテルから少し坂を登ると、街を囲む城壁の一部にぶつかる。城壁にアーチ形の穴があって門になっていた。しばらく行くと、小さなリベルタ広場があり、そこに政庁が建っている。ここで議会が開かれるのであり、その見物も可能なのだそうだが、朝早すぎて開いていなかった。広場には左手に槍《やり》を持った自由の女神の像がある。

そこから少し登ったところに、バシリカ・ディ・サン・マリノという教会があった。ギリシア風のコリント式円柱のある見事な教会である。中には入らなかったのだが、主祭壇には聖マリヌス（サン・マリノ）の遺物が納められているのだそうだ。

サン・マリノの起源をここで説明しておこう。紀元三〇一年のことだが、イタリア半島の、アドリア海をはさんでの対岸であるダルマツィア地方、そのラブ島（イタリア語だとアルベ島、今はクロアチア領）に、マリヌスという石工がいた。そのマリヌスはローマ帝国皇帝ディオクレティアヌスのキリスト教徒迫害から逃れ、仲間と共にイタリア半島に渡り、ティターノ山に潜伏したのだ。山の上であるそこは攻めようがなかったからである。

それ以来、約千七百年もサン・マリノは独立国であることを守っているのである。十世紀には外敵の侵略に備えて街を要塞化した。十一世紀には自治都市となる。その後、すぐ近くの海に近い都市リミニに攻めかかられたり、ウルビーノに狙われたりしたが、なんとか独立を保った。ローマ教皇から短期間破門されたこともあるが、一六三一年には教皇ウルバヌス八世によって独立を承認される。

というわけでこの地の始祖はマリヌスだが、サン・マリノとも呼ばれそれが国名になっているのだ。サン・マリノはこういう言葉を残している。

「あなたたちを何者からも解放する」

つまり、自由を保障する、ということだ。だからサン・マリノはどんな国にも属さない自由な中立国であり続け、領土拡大欲を持たなかった。それが、千七百年も国が続いている理由だろうと言われている。

攻めようもない山上の街だし、交通の要衝でもなく、豊かな農地でもなく、魅力がなかったから誰も本気で侵略してこず、それで独立が守れたんだ、と言う人もいる。それも本当ではあろうが、やはりこの国の人の独立心があってこそ、今も独立国なのだろう。

サン・マリノでは自由を重んじる。だから政庁のあるのがリベルタ（自由）広場で、そこに自由の女神の像もあるのだ。政庁の中には今も、サン・マリノの言葉が書きつけられている。

十五世紀の中ごろには、六十人の評議員（貴族二十人、市民二十人、農民二十人）で構成される大評議会の制度ができ、それは今も続いている。サン・マリノは自由で平和な共和制の国なのだ。

4

バシリカ・ディ・サン・マリノの前を通ってさらに坂道を登っていくと、山稜《さんりょう》に近くなる。すると、山の尾根のラインに三つの要塞があるのだ。第一の塔と呼ばれるものが最も大きく、要塞の名にふさわしい。そこから、尾根をたどる細い砂利道をたどっていくと第二の塔で、ここは武器庫のような味わい。さらに行くと第三の塔があり、これは見張りの塔のような味わいだ。

ティターノ山は、街のある側はそれでもまだなだらかだが、尾根のむこうは垂直に近く切り立った崖《がけ》だ。だから三つの塔が、崖のてっぺんにそそり立っている感じである。

中立と独立を守るためには、そんなふうに都市を要塞化して自力で守る必要があったのだ。第二の塔からの眺望は素晴しく、遠くにアドリア海が見え、そこまでは農耕地に小さな家が散らばっていた。

私と妻は第二の塔から第三の塔への中間地点くらいまで行き、第三の塔の写真を撮って引き返した。歩くのが少しこわいほどの崖ギリギリの道だったのである。

帰りは、狭い階段を下りてショート・カットして、またリベルタ広場あたりへ出る。政庁の向かいに小さなオフィスがあり、そこでパスポートに入国スタンプを押してもらえるというので、オフィスのオープンを待った。

入国審査はないんだろう、と言う人がいるだろうが、それも観光収入のためである。五ユーロ払うと、パスポートに美しいシートを貼《は》ってくれ、きっちりとスタンプを押してくれるのだ。サン・マリノの入国スタンプは貴重だぞ、ということで求める人が多いのである。

ツアーのほかのメンバーは、貨幣切手公社へ切手を買いに行っていた。サン・マリノでは独自の切手を発行しており、世界の切手マニアのあこがれの地なのだ。切手の売り上げが国家収入の三分の一を占める、というのだから驚く。

それから、サン・マリノには独自のコインもある。独自といっても、ユーロ・コインなのだが。サン・マリノはEUには加盟していないが、通貨はユーロを使っている。それで、二ユーロとか一ユーロなどのコインは、EU加盟国の中ならどこでも使えるが、国によって片面のデザインが独自である。たとえばイタリアの一ユーロ・コインは片面がレオナルド・ダ・ヴィンチの描いた人体図のデザインになっている。サン・マリノは、自国の独自のコインを発行する権利を、うまく手に入れているのだ。そこで、独自のユーロ・コインを発行しているが、数量が少ないのでほとんど流通せず、マニアがコレクションするのである。

そういう小独立国ならではの利口なやり方によって、サン・マリノはイタリアとほぼ同じくらいの経済活力を手に入れているわけだ。

しかし、独立を守ってくるには、国民に確固たる信念がなければならない。

十八世紀末に、ナポレオンから送られてきた手紙がサン・マリノの公文書館に残っている。そこには、私はあなたがたから税金はとらない、フランス人と同じ権利を与える。さらに大砲四門と、十万キロの小麦をさしあげる、と書いてあった。だがサン・マリノはこの提案をきっぱりと拒否し、侵略意図を持つ大国の接近を許さなかったのだ。千七百年も独立を守るとはそういうことなのである。

第二次世界大戦の末期、イタリアではドイツ軍と連合国軍が激戦を交したが、その時もサン・マリノは中立を守った。家々の屋根に白い十字架を描き、中立だから空爆しないようにということを表したのだ。すると、中立国サン・マリノに、イタリアの戦争難民がどんどん避難してくる。当時のサン・マリノの人口は一万三千人だったが、そこへ十万人もの難民が来たのだ。サン・マリノの人は自宅や教会を開放して難民を受け入れたが、それでは足りず鉄道のトンネルの中に難民を住まわせて助けた。そして、国民と同じ一日五十グラムの小麦を配給して難民を養いきったのである。

私の妻は、城壁にある、街への門の近くで、小さな新しい銅像を見つけて私に見ろ、と言った。それはボロを着た子供の像で、つい最近、ボスニア・ヘルツェゴヴィナから逃げてきた戦争難民の子供たちを受け入れたことを記念して作られたものだった。サン・マリノはそういう人道的援助を今も忘れない国なのである。小さくても、平和を求める国であることを誇りにしていて、周りの国もその存在を認めてしまうのだろう。サン・マリノは国際連合には加盟している。

国の代表は二名の執政官である。ただし、執政官は普通の議員の中から選ばれ、任期は六カ月。六カ月間だけ閣下と呼ばれて政務をするのだが、任期が過ぎると元の議員に戻る。そういうやり方で、独裁者の出ることをおさえているのだ。

国民がほとんど顔見知りなので、公平な裁判をするために裁判官を外国人にしている、なんて工夫もしている。とにかくもう、この小さな、平和な独立国を守るために国中が努力しているのだ。サン・マリノはそういう面白いところであった。

思いがけない情報としては、サン・マリノは世界一の長寿国なのである。WHO（世界保健機関）の調査によれば、サン・マリノの男女を総合した平均寿命は八十三歳で日本と並んで世界一位なのだ（二〇〇八年の統計）。小さな国で、福祉などが行き届いているからであろう。

まだお昼にはなってないのだが、もう見るところもあまりない。次の街へと旅を進めることになった。

ウルビーノ

1

次に行くのはウルビーノという街らしいのだが、そこはどんなところなんだろう、というのが旅をしている私の思いだった。遠足をしている小学生のように、そこには何があるんだろうと、虚心で目的地に着いてしまう。

私は旅行会社から渡された旅のしおりを持っているのだが、そこには、サン・マリノを散策したその次に、こう書いてあるだけなのだ。

「その後、ウルビーノを訪れ、ルネッサンスの巨匠『ラファエロの生家』、『国立マルケ州美術館』にご案内します」

そんなふうに、何もわからないまま私は観光を始めるのだ。そして、なるべく多くのことを見ようと夢中になり、印象をため込む。そうしておいてから、後でだんだんと見たものの意味がわかってくるのが好きだ。資料を読んだりもするが、印象をひとつひとつ積み重ねていって、そこに意味を発見するのが、劇的に面白いのである。それから、この旅行記を書くために正確なデータを集め、知っていく。だから、これを書きあげたところで、旅は完結するのである。私の旅は、そういう時間のかかるお楽しみ（長く楽しめるもの）なのだ。

ウルビーノに着いて、バスを降りたのは大きな駐車場（バス・ターミナル）だった。そこは二つの丘の上に広がる街で、丘の間の一段低くなっているところに大きな駐車場があったのだ。そして私たちは、駐車場の端にある建物のエレベーターで丘の上の市街地に上がった。あとでわかったのだが、その建物はある劇場で、観客を駐車場から上げる（終演後は下げる）ためのエレベーターなのだった。それを観光客に使わせているのだ。

私は、イタリアではよくエレベーターに乗るなぁ、と思っていた。ヴェローナではランベルティの塔にエレベーターで上がったし、ヴェネツィアではドゥカーレ宮殿の前の鐘楼にエレベーターで上がれた。エレベーターが珍しいわけではないが、中世風な外観を持つ塔の中などにエレベーターがあるところに、イタリア人の古きを重んじる心と合理性の融合を見るような気がするのだ。

さて、街に上がってみると、そこは見るからに十五世紀、十六世紀のルネッサンス時代のたたずまいである。ルネッサンス時代には〝理想都市〟と称された街で、その面影をそのまま残しているのだ。近代的なビルなどはいっさい目に入ってこない。人口一万五千人の小さな街だが、手入れや保存が行き届いていて、古さが味わいになっている。

この街には大学や図書専門学校があり、学生が多いので若々しい活気があった。

街に上がったすぐ近くには、この街のランドマークであるドゥカーレ宮殿があるのだが、そこを見るのはあとにして、私たちは市の中心にある共和国（レプッブリカ）広場へと出た。その広場から北西に向かって延びる坂道がラファエロ通りである。そこをゆっくりと登っていくと、左側にラファエロの生家があった。外観の修復中でシートがかけられていたが、中を見学できる。ただし写真を撮ってはいけない。

正確に言えばそこは、ラファエロの父で、画家であったジョヴァンニ・サンツィオの家であろう。ラファエロはここで生まれ、十四歳まで育ったのだ。中庭を持つレンガ造り三階建ての家で、これは典型的なブルジョワの家だそうだ。ラファエロはここで、八歳の時に母を亡くし、十一歳の時父を亡くした。父の紹介で様々な画家に会い、教えを受けたラファエロは、成人するとペルージャに出てペルジーノに師事し、その後、フィレンツェへ、ローマへと活躍の場を広げたわけだ。

この家の壁には、十五歳の頃のラファエロが描いたとされるフレスコ画の「聖母子像」がある。ラファエロと言えば数々の聖母子像が名高いわけだが、そのスタートの作品かもしれないのだ（これは父、ジョヴァンニの作品だとする説もある）。ラファエロの描く聖母は、早くに亡くした母がイメージ・モデルだったのかもしれない、という気がした。

2

ラファエロ通りを戻り、共和国広場から少し南へ歩くと、リナシメント広場がある。それにしてもこの街は、丘の上にあるせいでどの方向へ延びる道もすべて坂道だ。急な坂も、ゆるやかな坂もあり、足の裏で地形を感じることができる。

リナシメント広場でまず目に入るのはドゥオーモ（大聖堂）だ。新古典主義（ネオ・クラシック）様式の白く輝く見事なファサード（正面）を持つ聖堂だが、ルネッサンス時代の味わいが色濃く残るこの街では、ちょっと異質な建物である。というのは、もともとあった聖堂が地震で被害を受けてしまい、十八世紀末から十九世紀の初めにかけてネオ・クラシック様式で建て替えられたものだからだ。この街の中では新しい様式なのである。外観を写真に撮っただけで中には入らなかった。

ドゥオーモの並びにあるのがドゥカーレ宮殿だ。十五世紀に建てられたルネッサンス期の宮殿で、要塞としての機能を持たない君主の宮殿の初期のものなのだそうだ。この宮殿は何度も建て増しされてとても複雑な形である。城壁に面して二つの塔を持つファサードがあり、優美でなおかつおごそかである。

この宮殿を建てたのは、この地を治めたモンテフェルトロ家のフェデリコ公であり、その人はウルビーノを語る時に最重要の人物なのだが、その前にウルビーノの歴史を簡単にまとめておこう。

ウルビーノは紀元前六世紀にウンブリ人（資料によってはウンブロピチェーニ族）に建設されたといわれているが、古すぎてよくわからない。紀元前三世紀にローマ化し、自治市として栄えた。ローマ以降は、ゴート族と東ローマ帝国の係争地であったが、十三世紀には、神聖ローマ帝国の代理としてモンテフェルトロ家がその統治をまかされるようになり、一族の支配は十六世紀の初めまで続いた。

十五世紀に、フェデリコ・ダ・モンテフェルトロという名君が出て、ウルビーノはルネッサンス期の理想の街として、イタリアのみならず、ヨーロッパ中に名声が広がる。

さてそこで、ウルビーノ公と呼ばれることもあるフェデリコ・ダ・モンテフェルトロとはどんな人物であったか、だ。

フェデリコは一四二二年生まれ、一四八二年没のウルビーノ公国の君主である。そしてフェデリコは傭兵隊長であり、ウルビーノの産業と言うか、繁栄の元は傭兵業だったのである。

傭兵業で、小なりといえども一国が維持できたというのが、なかなか想像しにくいところだ。だが思い出してほしい。ヴェネツィアという商業都市が、自分たちの軍隊を持たず、ガッタメラータというあだ名の傭兵隊長を雇っていたことを。商業で成り立つああいうコムーネ（自治都市）では、軍隊はよそ者をお金で雇ったほうが合理的なのだ。自国内に軍人を生み出すと軍事政権になってしまう危険性もあるのだが、お雇い軍人ならその心配もない。

それは、薬屋から身を興《おこ》したメディチ家が支配するフィレンツェなどでも同じことで、軍事力は傭兵に頼っていた。だからこそウルビーノのフェデリコ・ダ・モンテフェルトロのように、傭兵隊長として自分の都市を栄えさせる者も出たのだ。

フェデリコはミラノ、ヴェネツィア、フィレンツェなどの傭兵隊長をして、生涯一度も負けたことのない名将であった。ミラノからは平時に年六万ドゥカート、戦時に年八万ドゥカートを受け取っていた。ヴェネツィアからは中立を守る約束だけで八万ドゥカートを受け取った。それはものすごい大金である。十五世紀の傭兵隊長の都市は、その高収入を芸術家のパトロンとなることに使い、ルネッサンス文化の花を開かせたのである。

フェデリコは一方で名将だったが、もう一方では万巻の書物を集めた教養人であり、芸術家を集めて手厚く遇した文化人でもあった。領民の声にも耳を傾け、貧窮の者を助けたので、すべての住民に慕われたという。

ドゥカーレ宮殿は、そういう人物が建てたものなのだ。

3

フェデリコの肖像画はかなり有名である。赤い服を着て赤い帽子をかぶった姿で、真横を向いた肖像画が、ピエロ・デッラ・フランチェスカによって描かれている。その顔でとにかく印象的なのは鼻だ。鼻筋の始まるところに何もなくて真っ平らで、目の下からいきなり鷲鼻《わしばな》が突き出しているのだ。フェデリコの肖像はほかにもあるがそれも横顔で、顔の右半分は見えない。若い時に槍の試合で片目を失ったので左の横顔の肖像画になっているのだそうだが、もしかするとその時に鼻筋の骨も傷つけて失ったのではないだろうか。そういう、珍しい形の鼻である。だが、武将の勇猛さと知性の輝きはまぎれもなくある顔だ。

肖像はフェデリコの妻のバッティスタ・スフォルツァのこれも横顔の肖像と向きあうように、二枚で一組となっている。二人の背景は風景画だが、これは彼らの領地を描いているのかもしれない。

ややこしい話だが、その有名な肖像画は、ドゥカーレ宮殿内にある国立マルケ州美術館にはなくて、フィレンツェのウフィツィ美術館にあるのだ。だから私はこの翌日にその絵を見たのである。しかし、国立マルケ州美術館のほうにも、ミュージアム・ショップにはその肖像画を表紙に使っている本などがいっぱいあり、ああ、この人がフェデリコ・ダ・モンテフェルトロなのか、とわかったのだ。

　というわけで、ドゥカーレ宮殿の二階は国立マルケ州美術館になっており、そこを見物した。宮殿そのものがルネッサンス時代の名建築として見る価値ありなのだが、そこにルネッサンスの名画が集められているのだ。

　ピエロ・デッラ・フランチェスカの「キリスト笞刑《ちけい》」、ティツィアーノの「最後の晩《ばん》餐《さん》」などが特に見ものであろうか。この美術館にはラファエロの作品がたった一点ある。「貴婦人の肖像」というもので、通称を「黙っている女」という。ところが、私が見物した時はその絵はサンタンジェロ城に貸し出されていて見られなかったのだ。

　その、私が見られなかった絵には面白いエピソードがある。ウルビーノはラファエロの出身地なのだから彼の絵がいっぱい残っているだろうと思うところなのだが、実は一点もなかったのである。そして、「黙っている女」は近年になってフィレンツェから、ウルビーノにラファエロが一点もないのは寂しいからと、寄贈されたものなのだ。ウルビーノの宮廷に招致されたのは彼の父ジョヴァンニ・サンツィオであって、ラファエロは成人するとこの街を出てよそで活躍したからなのだろう。

　この宮殿の中に、フェデリコの書斎という小さな部屋があり、そこの装飾には声をもらすほど驚いた。なんと壁一面が、精密な寄せ木細工の絵で飾られていたのである。静物や動物の細かなタッチの絵が、よく見るとすべて木を組み込んで描かれているのだ。

寄せ木細工といっても、日本の箱根にある、木を組んで柄を作り、その小口を削って模様を出すあれではない。下絵の通りに木の薄い板を切り出して、すき間なく組み込んで絵のようにしたもので、螺鈿《らでん》の作り方に近いと言うべきかも。しかし、木の色や木目などを利用して、細密な絵になっていることにびっくりした。

この美術館には最新式の電脳展示もあった。フェデリコは万巻の書を集めた読書家としても有名なのだが、一六五七年にウルビーノの図書館の蔵書はローマへ移され、ヴァティカン図書館の蔵書となってしまったのだ。そのことを惜しんでか、手で操作できるハイテク画像で図書が展示されていた。書棚の映像に手をさしのべると一冊の本が取り出せ、映像の上にかざした手を動かすことでページがめくれるようになっているのだ。イタリアの技術者の自慢の工夫であるようだった。

しかし、棚から取り出せる本はほんの一、二冊だし、ページをめくっていってもすぐ終了してしまい、そう面白いものではなかった。

どうも現代のイタリアには工夫のカラ廻《まわ》りのようなところがある。

4

ドゥカーレ宮殿と、その中にある国立マルケ州美術館を見終えたら、ウルビーノの散策は終了である。ルネッサンスの時代には栄えた街だった、そしてそれが今もそのままの味わいを残している、というのが感想である。

そのほかには、十六世紀にはウルビーノはマヨルカ陶器の主要な産地だったことを知っていれば十分であろう。神話などの題材を精密に描いていて装飾性が高く、品質のよさには定評がある。

さて、フェデリコ・ダ・モンテフェルトロの跡を継いだのは子のグイドバルドである。だが病弱であり、一五〇二年にチェーザレ・ボルジアの軍に侵攻されて亡命した。チェーザレの失脚後ウルビーノに復帰して、再び宮廷文化が栄える。この頃ウルビーノの宮廷にバルダサーレ・カスティリオーネという文人が招かれ、『宮廷人』という書を著した。これはその頃の宮廷人の理想の姿を表した書として有名である。

グイドバルドの死後、彼に子がなかったのでデッラ・ローヴェレ家の統治となる。グイドバルド二世・デッラ・ローヴェレの時代には、画家のティツィアーノに「ウルビーノのヴィーナス」という絵を描かせた。この絵も今はフィレンツェのウフィツィ美術館にあるのだが、長椅子の上に全裸で横たわる若い女性を描いたもので、あまりに官能的でありすぎる、などと言われている。だがこの絵は、マネの「オランピア」や、ゴヤの「裸のマハ」につながる美術史上重要なものである。

しかし、ウルビーノは次第に力を失っていく。一六二三年に、ローマ教皇ウルバヌス八世によって教皇領に併合されるのだ。以後のウルビーノの歴史は教皇領の一都市の歴史となり、一八七〇年以降は、イタリア王国を経てイタリア共和国の一部となっていくのである。

　さて、この日は早朝にサン・マリノを見て、それからウルビーノまで来て散策して、そのあとようやく昼食なのである。昼食をとったのは山の中にひっそりとある農園レストランだった。電話で連絡をとると、店の女性スタッフが車で迎えに来てくれて、舗装もしてない山中の狭い道でバスの先導をしてくれた。やっとたどり着くと、小さな菜園を持つ古い農家のようなレストランであった。素朴な料理で、野菜がおいしかった。

　どうもイタリアでは、そういう農園レストランがはやっているらしい。

　昼食をすますともう三時で、そこからは一路フィレンツェをめざす。ただし、ウルビーノからフィレンツェまで最短距離を一直線に行くことはできない。それだとアペニン山脈越えになってしまい、とてつもなく難コースなのだ。高速道路を使ったほうが早い、ということもあり、私たちのバスはサン・マリノの近くを通り、ボローニャまで戻って、そこからフィレンツェに南下するという遠廻りの行程をたどったのだ。フィレンツェの郊外にやっとたどり着いた時には七時になっていた。

　だが、このコース設定は、山越えの難路で暗くなってしまっては安全面に不安があるのだから、正しい判断だったと思う。ちょっとおかしいんじゃないかと思ったのは、フィレンツェまで来てから、バスが市内へ入ろうとしなかったことだ。

アウェーで気が小さくなってしまっているあの運転手が、フィレンツェという大都市をこわがったのだ。ぼくはホテルまでの道を知らないから、タクシーを呼んで先導してもらう、と言いだしたのである。添乗員はあきれ顔をしたが、どうしてもそうすると言ってきかない。

というわけで、フィレンツェ郊外のガソリン・スタンドで、呼んだタクシーが来るのを小一時間も待ったのである。やっとタクシーが来て、それに先導されて、昔はメディチ家の館《やかた》のひとつだったというホテルに着いた時は八時をまわっていた。

そういうあきれた運転手だったが、彼のバスを使うのはここまでで、ここでバイバイであった。まぁ、ホテルまでたどり着けたのだからよしとしよう。

私たちは、花の都フィレンツェに着いたのだ。

フィレンツェ

1

フィレンツェといえばルネッサンスである。また、フィレンツェといえばメディチ家でもある。それらについて研究していったらすぐにぶ厚い本ができるだろう。だが、そういう研究をここでやるのは変だ。ここでやっていることは旅行の記録なんだから、見たこと、その時感じたことなどを綴《つづ》っていこう。そして、そんな体験をしたせいでルネッサンスやメディチ家についてわかってきたことがあるなら、あんまりうるさくないようにそれを説明してみよう。

さて、旅行の第八日目はフィレンツェのホテルで目が覚めた。泊ったホテルはかつてメディチ家の邸宅のひとつだったところだった。

フィレンツェはアルノ川の両岸の丘陵に広がる街で、北西はミラノ、南東はローマ、北東はヴェネツィアに通じる交通の要地である。朝の八時にホテルを出て、アルノ川にほど近い道を散策した。味わい深い街並みで、古いビルの壁面に額があって聖母子の絵が飾られていたりする。

ちょっと行ったところにバロック様式のファサード（正面）を持つ教会があった。オーニッサンティ教会というのだそうだ。添乗員の予定では内部に入って見学だったのだが、ミサが行われていたので、あとで見ましょう、ということになった。

この日は実は終日自由行動ということになっていたのだが、オプションでウフィツィ美術館の見学を予約していた人には添乗員が案内をしてくれて、ついでに市内の主だったところをガイドしてくれたのだった。ツアー・メンバーの半分くらいがそのガイドを受けた。

添乗員の予定ではオーニッサンティ教会をちょっと見ていれば、ウフィツィ美術館の開く八時十五分になる、というつもりだったのだが、見られないのでルネッサンスを代表する建物のストロッツィ宮や、新市場のロッジアというアーケードを見物して歩いた。私の妻は市場を見物するのが好きなので喜んだのだが、行ってみると食料品売り場は改装工事で幕が張られていた。革製品店や、露天の店などを見物する。市場の前にブロンズのイノシシの像があり、鼻先にさわると幸運になるというのでさわる。これはウフィツィ美術館にあるローマ時代の大理石彫刻のコピーだそうで、ミュンヘンにも神戸の三宮《さんのみや》にもほぼ同じものがあるのだ。イノシシの鼻はみんなにさわられて金色に光っていた。

市場から、またアルノ川近くに歩みを進めると、ふいにシニョーリア広場に出る。十四世紀に建てられたヴェッキオ宮殿の前に広がるL字型の広場だ。ヴェッキオ宮殿はフィレンツェ共和国の政庁として建てられたものだが、今は市役所として使われている。

シニョーリア広場はあちこちに彫刻の置かれた、芸術の都フィレンツェらしい広場である。彫刻の中では、なんと言ってもミケランジェロのダヴィデ像が目を引く。ただし、ここにあるのはレプリカで、本物はアカデミア美術館にある。でも、レプリカがここに置かれていることには意味があって、元来ダヴィデ像はここ、ヴェッキオ宮殿の前に置かれていたのだ。だからここにあっていいのだが、不思議なもので、正確に復元してあるはずなのに、これは本物じゃない、と思うと少しできが悪いような気がするのだった。

ほかには、広場の中央にコジモ一世の騎馬像があり、ネプチューンの噴水もある。ほかにもいくつか彫像があるし、広場に面して屋根つきの舞台のようなものがあり（ランツィのロッジアと呼ばれる）、そこにも数々の彫刻が飾ってある。まさにここはオープン・エア美術館という感じの広場だった。

この広場はフィレンツェの歴史の中で大きな意味を持っているのだが、それはあとで語ろう。

ヴェッキオ宮殿とランツィのロッジアの間を抜けると、コの字型をした大きな建物を目にする。それがウフィツィ美術館だ。

添乗員が美術館の入館手続きをしている間に、裏へまわってアルノ川を見て、そこにかかっているヴェッキオ橋を見物した。橋の上に貴金属と宝石の店がずらりと並んでいるという橋で、形が面白いのでやたらに写真を撮りまくってしまった。

2

ウフィッツィ美術館は初代トスカーナ大公であるコジモ一世（メディチ家の祖のコジモ・デ・メディチとは別人）の命令で、一五八〇年にフィレンツェの行政機関の事務所として建てられたものだ。ウフィッツィは、英語のオフィスにあたる言葉なのである。

その頃、コジモ一世はアルノ川の対岸にあるピッティ宮殿に住んでいたのだが、そこから敵に狙われずにウフィッツィに来るために、ヴェッキオ橋の二階を通り、ウフィッツィまで達する回廊を造らせた。その回廊には七百点を超える絵画が飾られており、公開もされている。

事務所のつもりで造られたウフィッツィは次第にメディチ家の美術コレクションを収容するところとなっていった。そして十八世紀にメディチ家が断絶したあと、美術品はトスカーナ政府に寄贈され、一般に公開されるようになったのである。

オープンと同時にその美術館に入る。ここはフィレンツェに来たなら必ず行くべき人気の美術館で、朝一番に来ても行列に並んで一時間以上待たされることが珍しくないのだそうだが、私たちは十一月という奇跡の閑散期に行ったせいで待たずにすんなりと入れた。階段で三階に上り、たくさんの展示室を順に見ていく。

収蔵品の質の高さと量には驚かされるばかりだ。美術書などで見てよく知っている絵の実物が次から次へと目に飛び込んでくるのだ。

その中で、最も人気があるのがボッティチェリの「ヴィーナスの誕生」と、「春（ラ・プリマヴェーラ）」であろう。かなり大きな二つの絵が同じ展示室の中にあるので圧倒される。華やかなのにどこかメランコリックな表情がボッティチェリの味わいだろうか。ほかに「ザクロの聖母」「マギ（東方三博士）の礼拝」などもあった。

ところで、名作がめじろ押しのこの美術館で、私がその前で身動きできなくなるぐらいの感銘を受けたのは、レオナルド・ダ・ヴィンチの「受胎告知」である。複製なら幾度となく見たことのあるその絵だが、原物を目の前にして、あまりのうまさにぶっとばされてしまった。レオナルド二十歳の頃の、最初の単独作品なのだが、最初から別格だったんだなあと、ただ驚く。大いに美術館を巡ったこのイタリア旅行で、私がいちばん感動したのがこの絵だった。あとできいてみたら、妻も同じくらいに感動したのだそうだ。

レオナルドではほかに、ボッティチェリの影響を受けて手がけたという「マギの礼拝」の未完の下絵もあった。下絵とはいえものすごいものだ。それから、ヴェロッキオの

「キリストの洗礼」という絵があるのだが、この絵の左隅の天使は弟子のレオナルドの筆によるもので、師のヴェロッキオは弟子のレオナルドのあまりのうまさに絵筆を折った、と伝えられている。

ほかにもすごい絵がいっぱいある。ジョットの「玉座の聖母子」、ラファエロの「ひわの聖母」、ミケランジェロの「聖家族」、フィリッポ・リッピの「聖母子と二人の天使」など、どれも見逃せない。ティツィアーノでは「ウルビーノのヴィーナス」と「フローラ」があり、ピエロ・デッラ・フランチェスカの「ウルビーノ公夫妻の肖像」もここにあるのだ。カラヴァッジョの代表作「バッカス」も忘れてはならない。

この美術館の廊下の天井にはグロテスク模様の装飾があり、それも面白かった。

そして、屋上テラスにはカフェがあって、私と妻はそこでエスプレッソを飲んでくつろいだ。タバコも吸えて満足この上ない。すぐ近くにヴェッキオ宮殿が、ちょっと離れてドゥオーモ（サンタ・マリア・デル・フィオーレ大聖堂）のドームも見えて、最高のロケーションだった。

比較的すいていて心ゆくまで絵を見ることができた幸運もあり、忘れがたい美術館だった。

だが、あんまりのんびりしてはいられない。この日は丸一日かけてフィレンツェの街を歩きまわるのだ。足が痛くなるのは覚悟の上、という日なのである。

3

シニョーリア広場から北へ歩いていくと、ダンテの家があった。ダンテはフィレンツェから追放された人だった、ということを思い出す。今は内部が博物館になっているようだった。

狭い道をさらに行くと、突然大きな広場に出て、巨大な聖堂が出現する。フィレンツェのシンボルであり、ルネッサンスのシンボルでもあるサンタ・マリア・デル・フィオーレ大聖堂だ。

この大聖堂は一二九六年に、アルノルフォ・ディ・カンビオの設計と監督により建築が始まったが、途中何度も工事は中断され、一四二〇年に一応できあがったものだ。だがその時、まだ円蓋（クーポラ）はなかった。八角形の円蓋を設計し工事を指揮したのはフィリッポ・ブルネッレスキで、一四三四年に完成した。また、ファサードは十九世紀にようやく完成したものである。

ゴシック様式のカラフルな建物だが、白大理石、緑大理石、赤大理石を使って模様を出しているもので、花の聖母聖堂という名にふさわしい華麗な大聖堂だ。

この大聖堂は三点セットのようになっているので、それを先に説明しよう。大聖堂の入口の右側に、大理石で装飾のある四角柱の形の鐘楼がある。ジョットが設計した高さ八十四メートルのゴシック様式の塔で、ジョットの鐘楼と呼ばれている。ジョットは塔の基底部分ができた時に死去したが、一三八七年に完成した。

次に、大聖堂の前に八角形のロマネスク様式の建物がある。サン・ジョヴァンニ洗礼堂と呼ばれている、大聖堂のための洗礼堂だ。ダンテもここで洗礼を受けたそうである。

この洗礼堂は大聖堂より早く十二世紀に造られており、以前は礼拝堂だった。だが、大聖堂ができてから改修が行われ、洗礼堂になったのだ。

大聖堂と洗礼堂とジョットの鐘楼はとても調和がとれていて、三つでひとつの教会という感じである。三つ合わせるとちょっと他に類を見ないほどのスケールの大きさで、フィレンツェのシンボルであることに納得がいく。

ところで、添乗員がこういうことを言った。

「ジョットの鐘楼にも、大聖堂のクーポラにも登ることができます。どちらか好きなほうに登ってはいかがですか」

それで私と妻は大聖堂のクーポラのほうに登ったのだが、それは想像以上の苦行だった。クーポラのてっぺんは九十一メートルの高さなのである。階段でその高さまで登るのだ。

こんなふうになっているのかと不思議な気がしたが、外壁が二重構造になっていて、その隙間《すきま》に狭い階段がある。それをひたすら登っていくわけだ。後ろから登ってくる人もあり、階段が狭いから追い抜かせることもできず、休まず登るしかない。かなり上がったところで、クーポラの基部に出る。そこはドームの内側に歩廊が巡らせてあって、ドームの壁画を間近に見られる。そして、二重になっているクーポラの間の階段をさらに登るのだ。急な山を登る時のように、階段はジグザグについている。そして、だんだん天井が斜めになってくるわけだ。いかにも工事人のための階段という感じで、場所によっては腰をかがめて進まなければならない。ちょっと広い空間があると後ろの人に追い抜かせるために使い、私たちは小休止した。そうして、やっとのことでてっぺんの展望スペースに出た時には膝《ひざ》がガクガクだった。

しかし、そこからのフィレンツェの眺めは素晴しかった。赤い屋根の市街地といくつかの教会、宮殿などが一望できるのだ。展望スペースはぐるりと一周できたから、全市が見渡せた。息はあがったが、見る価値はあったと言うべきだろう。

ところで、このクーポラに登ったメンバーに、私たちより年上で、妻にトイレの使い方を毎度教わっている夫人と、その旦那《だんな》さんもいたのだ。その二人は、こんなところまで登らされちゃって、と大後悔をしていた。

そこで私はこの日以後、その夫人を見ると毎度こういうことを言ったのだ。

「次はあの塔に登りますよ」

やめてちょうだいよ、と笑うことになった。

4

サン・ジョヴァンニ洗礼堂の東側の扉はぜひ見ておくべきだ、と案内を受けた。その扉にはロレンツォ・ギベルティによる十枚のレリーフがあり、ミケランジェロが「天国への門」と呼んで賞賛したものなのだ。実は今そこにあるのはレプリカで、本物は美術館にあるのだが、聖書の中の十の場面を表した金色に輝くレリーフのある見事な扉だった。

だが、あとで調べて、本当は北側の扉こそ見ておくべきものだった、と知った。こういう逸話があるのだ。

一四〇一年のこと、この洗礼堂の北側の扉の製作者が公募された。扉を飾るレリーフの一枚について課題が出され、コンクール方式で最も優れた者が製作者に選ばれたのだ。建築の製作者をコンクールで選ぶことの最初だそうである。

七人の芸術家がこれに応募したが、その中で、ギベルティと、ブルネッレスキの二名が抜きん出ていた。結局、ギベルティが選ばれたのだが、ブルネッレスキも相手のほうが技量が上であることを認めざるを得なかった。

そこでブルネッレスキは彫刻の道をあきらめ、建築の分野に進むことにした。ローマに出て、パンテオンなどの古代ローマ建築を研究し、学識を深めたのだ。

時は流れて一四一八年、基本になる建物が完成した大聖堂に、クーポラをつけることになった。だがそれはとんでもない難事業だった。大聖堂はもうできていて、その八角形の屋根の上にドームをのせなきゃいけないのだ。高いところだから木枠を組むことが困難なのである。

ある人は、聖堂の中を土で埋めつくして、その上にドームを造り、できたら土を掘り出そう、というプランを考えたそうだ。そうでもしなければ高いところにドームを造る方法がないように思えたのだ。

この時も、クーポラの模型の公募が行われた。四人の技術者がそれに応募し、その中にはギベルティの名もあった。だがそこに、ローマで建築を学んだブルネッレスキも応募したのだ。

ブルネッレスキのプランは、ドームを二重構造にし、内側のドームで外側のドームを支えながら上へ上へと造っていく、というもので、それならば下から支える木枠は必要ないのだ。

はたしてそれでうまくいくかどうか心配もあったが、ブルネッレスキが製作者に選ばれた。そして、彼はクーポラを見事に完成させたのである。木枠を組まずに造られた世界最初のドームであり、建設当時世界最大であった。

というわけで、フィレンツェのサンタ・マリア・デル・フィオーレ大聖堂のクーポラは、ルネッサンスの始まりを告げる物となったのだ。

ブルネッレスキがローマで古代建築を研究して、その技術でクーポラを造ったことの意味が大きいのである。まさしくそれこそ、古典の再生なのだから、ルネッサンスなのだ。

そして、フィレンツェのミラノへの対抗意識もある。

思い出してほしいのだが、ミラノのドゥオーモは、屋根の上に、てっぺんに聖人の像ののった尖塔が百三十五本も立っているというゴシック様式の建物だった。ヴィスコンティ家が全ヨーロッパに通用するものを造ろうと考え、フランスとドイツから技術者を呼んで建造したものだ。

しかし、フィレンツェでは、お手本は古代ローマに求めたのだ。だからこそ、ドームなのである。実現不可能と思われたドームをブルネッレスキは見事に造ってみせて、ルネッサンスへの扉を開いたのだ。

このクーポラを見たギベルティは相手のすごさを認めたそうだ。そして、洗礼堂の東側の扉をまかされたので、北側より大胆な、十の場面のレリーフのある扉を造り、ミケランジェロに賞賛されるのだ。二人の天才の興味深いエピソードである。

私たちがクーポラのてっぺんに登れたのは、ドームが二重になっていてその隙間に工事人用の階段があったからである。あれはルネッサンスを登っていくという体験だったと言ってもいいかもしれない。

5

サンタ・マリア・デル・フィオーレ大聖堂のあるドゥオーモ広場から、北へ延びる道を進んでいった。すると、メディチ家の人々が暮らしたというメディチ・リッカルディ宮殿を見る。十五世紀にコジモ・デ・メディチが建てたもので、一見無骨な印象の建物だが、内部はとても優美なのだそうだ。壁面が三層になっているのだが、一階は壁の岩がゴツゴツ、二階はレンガ積み風、三階は平坦というふうに、上にいくほど軽い感じになっている。そして二階の壁面の角に、丸薬のような丸いつぶつぶが七つあるメディチ家の紋章が取りつけてあった。

十六世紀後半のコジモ一世の時にメディチ家はピッティ宮殿に移ったので、リッカルディ家に譲られたが、現在は県庁として使われている。

ここでメディチ家の歴史を簡単にまとめておくのが利口なやり方というものだろう。メディチ家は元は薬屋だったらしいと言われている。英語で薬のことをメディシンと言い、医学の、というのをメディカルと言うが、イタリア語では医師のことをメディチと言うのである。そこでメディチ家の紋章の丸い粒は丸薬をあらわしている、と考えるのだ。

ただしこれは推測にすぎず、紋章の丸い粒は分銅であり、銀行員であることをあらわしているのだ、という説もある。

ドゥオーモの前のサン・ジョヴァンニ洗礼堂の北側の扉の製作者がコンクールによって選ばれたことは既に述べた。そのコンクールを主催した毛織物組合の構成員に、ジョヴァンニ・ディ・ビッチ（ジョヴァンニ・デ・メディチ）という男がいた。それがメディチ家の始祖である。その頃フィレンツェに出てきて銀行業を営み、急速に財をなした男で、市民たちに大いに人気があった。

だがジョヴァンニ・ディ・ビッチは、影の実力者ではあったが、政権を握ろうとはしなかった。フィレンツェは商人たちの自由独立を尊重し、共和制を守り抜こうとする街で、ミラノのように独裁的シニョーレが出たり、ヴェネツィアのように僭主的《せんしゅてき》ドージェが出たりすることがなかったのだ。仲間が多いのでジョヴァンニ・ディ・ビッチはフィレンツェの政治を操ってはいたが、フィレンツェ公のような地位につこうとはしなかった。

そのことは、息子のコジモ・デ・メディチの代になっても同じだった。父の代で乗り出した毛織物業でもコジモは手腕をふるい、ますます富を手中にしたが、実態においては独裁者的であっても、形式的には一市民であり続けた。フィレンツェから自由共和の精神を抜いたらそれはフィレンツェではないのだ。

　コジモは一度政敵の陰謀によりヴェネツィアに追放されたが、すぐにフィレンツェに復帰した。そしてそれ以後は事実上の国主だった。メディチ家の銀行網はヨーロッパ中に拡大していった。

　コジモの子ピエロは凡庸だったが、孫のロレンツォは優秀であり、コジモはその孫に期待した。メディチ・リッカルディ宮殿を建てさせたコジモは、一四六四年、ほぼ完成した新邸に入って、そこで七十五年の生涯を終えた。

ロレンツォ・デ・メディチは祖父の期待を裏切らぬ秀才だった。学問をよくし、スポーツを好み、詩人でもあり、その上政治手腕を持っていた。彼は事実上の独裁者としてフィレンツェの政治を一手に牛耳っていた。

　ただ、メディチ家も四代目となり、生まれついての権力者だったロレンツォは、実質上の独裁を共和政治のように見せかける努力をおろそかにし始めた。政庁から出すべき決裁を、直接メディチ邸から出すような、どうせ誰だってわかってることじゃん的態度をとったのだ。これに、一部の上流階級が反発してしまう。

　一四七八年のこと、ロレンツォと弟のジュリアーノはドゥオーモのミサに出席していたのだが、突然刺客に襲われた。弟のジュリアーノが即死し、ロレンツォは首に傷を負ったがかろうじて難を逃れた。

パッツィ家が教皇庁を後《うし》ろ楯《だて》に、メディチ家の転覆をはかったのだ。ロレンツォが助かったことで陰謀は挫折《ざせつ》し、首謀者はことごとく逮捕された。パッツィ家の者や、教皇が送り込んできた大司教が絞首され、ヴェッキオ宮殿の屋上から吊《つ》り下げられた。

これに怒ったのがメディチ家と対立していた教皇シクストゥス四世だ。フィレンツェとローマとの間で戦争になってしまう。ナポリ王国軍を主力とする教皇軍がフィレンツェに攻めかかった。

フィレンツェの旗色は悪く、絶体絶命に見えた。ところが、そこでロレンツォはナポリへ行って、ナポリ王と話をつけてくるのだ。そんなところへ行けば必ず殺される、と言われていたのに、ナポリに利をまわすことをちらつかせて、この戦争から身を引くことを約束させた。

これ以後、ロレンツォの人望はますます高まり、彼の独裁はゆるぎないものになった。ただし、本業の銀行業は他人まかせにしていたので、急速に不振になっていったのだそうである。

6

ひとつ興味深いラブ・ストーリーを紹介しよう。ロレンツォの弟で、ドゥオーモで殺されたジュリアーノの物語だ。

ジュリアーノはロレンツォより四つ年下で、兄がごつい顔のぶ男だったのに対して、文句のつけようがないハンサムだった。政治向きのことは兄にまかせて口をはさまず、スポーツや演劇に熱中しており、フィレンツェの娘たちの胸をときめかせていた。だが、ジュリアーノに悩みがないわけではなかった。彼はせつない恋に胸をこがしていたのである。

恋の相手は、フィレンツェの名家ヴェスプッチ家に嫁いできたシモネッタという女性。シモネッタは絶世の美女で、メディチ家のサロンにも顔を出し、サロンの人気を独占していた。いわばフィレンツェ最大のアイドルだったのだ。ジュリアーノはシモネッタにのぼせあがったが、彼女はこの時代には珍しく貞節な人妻で、メディチ家の若殿の思いを受け入れようとはしなかった（これについては異説もある）。

その頃、サンタ・クローチェ教会前広場で記念騎馬試合が行われたが、それに出場したジュリアーノは「ラ・センツァ・パーリ（最高の女性）」と大書した旗印を掲げていた。その姿は娘たちをうっとりさせるほどのものだったが、ジュリアーノの旗印が誰のことをさしているのかは、フィレンツェ中の人が知っていた。この美男美女の恋物語は知らぬ者がなく、サロンで噂《うわさ》の的になっていたのだ。

ところが、美人薄命の言葉通り、シモネッタは二十二歳の若さで結核をわずらってあえなく世を去ってしまう。フィレンツェ市民は大いに嘆いたというが、ジュリアーノの悲しみはこの上ないものだった。その二年後に彼が刺殺された時、あるいはシモネッタのところへ行ける喜びがあったかもしれないくらいだ。

そこで、シモネッタがどんな美人なのか気になるところだが、メディチ家のサロンにも出入りしていたボッティチェリが描いた「ヴィーナスの誕生」の、あの貝に乗って海から出現する女神の顔は、シモネッタ・ヴェスプッチをモデルにしたか、あるいは彼女から霊感を受けていると伝えられる。うわっ、あの女神のモデルなのか。

なお、シモネッタが嫁いだヴェスプッチ家には、アメリゴ・ヴェスプッチもいた。大西洋を何度も航海して、コロンブスが発見した大陸はアジアではなく、未知の新大陸だという説を発表した男である。それによって、その南北二つの大陸に、アメリカという名前がついたという人物だ。そんなアメリゴの一族の男の妻がシモネッタだったのだ。

7

メディチ・リッカルディ宮殿の横を通ってさらに北へ進むと、サン・マルコ教会と修道院がある。十五世紀にコジモ・デ・メディチの依頼で建てられたもので、左側にある教会本堂は十六〜十七世紀に改修されてバロック様式の建物になっている。その教会のすぐ右に入口のある修道院は、今はサン・マルコ美術館になっている。

ただし、美術館といっても絵や彫刻を集めてきて展示してあるのではない。コジモは画僧フラ・アンジェリコを招いてこの修道院の壁や修道士の部屋に絵を描かせており、それを見る美術館なのだ。一階にある「キリスト磔刑図《たっけいず》」なども見事なものだが、なんと言ってもここで見られる最高の傑作は、二階への階段を上ったところの壁にある「受胎告知」だろう。とても有名な絵だから、遠近法で並ぶ柱のあるバルコニーのようなところで、マリアが天使に受胎を告知されているシーンはよく知られていると思う。これまた、ああ、この絵の実物を見ることができたのか、と感激することになった。

フラ・アンジェリコの絵はルネッサンス期のものにしては、どことなく控えめで清楚《せいそ》な味わいがあり、ああ宗教画だなあ、という感じがする。だからこそ、神の愛が伝わってくるような気がして、すがすがしい気持ちになるのだ。私はキリスト教徒ではないのだが、その味わいを楽しむことはできた。

修道院には四十四の僧坊があり、そのひとつひとつの部屋にキリストにまつわる壁画があった。その多くはフラ・アンジェリコの弟子たちの手になるものだが、その中のいくつかはアンジェリコの直筆のもので、部屋の中をのぞくようにして鑑賞した。修道士の修行を導くための絵という感じで、シンプルな中に敬虔な味わいがあった。

そして、いちばん奥まったところにあったのが修道院長のための部屋で、院長の遺品があった。その院長というのが、ジロラモ・サヴォナローラである。

この時の私はなんともマヌケだった。修道院長の名がサヴォナローラときいても、それが誰のことだかピンとこず、ぼんやりしていたのだ。その名は実は三日前に教えてもらったものなのに。

フェッラーラで、エステンセ城を見物したあとのことだ。城を出てカテドラーレのほうへ行こうとした時、黒々とそそり立つ像を見たではないか。それがサヴォナローラの像で、その人はフィレンツェでメディチ家と対立し、厳しい神権政治をしたと教わった。やがて人心が離れ、異端の責めをおって火刑に処せられたと。

あのサヴォナローラはこのサン・マルコ修道院の院長だったのだ。

というわけなので、ここでそのことをあらためて勉強してみることにしたい。

まず、メディチ家は芸術家のパトロンとなってルネッサンス芸術の後援をした、という事実を認識しよう。初代のジョヴァンニ・ディ・ビッチは、洗礼堂の扉のコンクールでギベルティやブルネッレスキを見出《みいだ》しているではないか。そしてコジモ・デ・メディチはドナテッロと終生の親友のちぎりを結び、フラ・アンジェリコやフィリッポ・リッピを庇護したのだ。

その孫のロレンツォ・デ・メディチもサロンに多くの文化人、芸術家を集めた。ボッティチェリ、ギルランダイオ、ピエロ・ディ・コジモらがフィレンツェ画壇の巨匠たちだったし、一時はレオナルド・ダ・ヴィンチもフィレンツェに招かれていた。そして、ミケランジェロは若き日にロレンツォに見出され、そのサロンで育てられたようなものなのである。

メディチ家がなければルネッサンスはなかったかもしれない、というほどだ。さてそのルネッサンスとは、ギリシアやローマの古典に一度戻って、人間性を大いにうたいあげよう、という精神のものである。ギリシア神話などがよくテーマとされ、人間の肉体や欲望が讃美《さんび》される。だから、敬虔なキリスト教徒にとっては、堕落したなげかわしい風潮のように見えるのである。

厳格な修道士であったサヴォナローラには、だからルネッサンスや、その推進者であるメディチ家が、許し難い罪人に思え、打倒するしかないと思えたのだ。

8

それにしても、サン・マルコ修道院を建てたのはコジモ・デ・メディチなのである。その孫のロレンツォも、そこの庭園を自分の庭園のように使っていた。なのに、修道院へ行っても院長のサヴォナローラは挨拶《あいさつ》にも出ず、無言で対話を拒否してくるのだ。それどころか、公然とメディチ支配に叛旗《はんき》を翻し、大聖堂で世俗文化の堕落を説き、宣伝ビラを配り、だんだんと支持者を増やしてくるのだ。ミケランジェロもまた、サヴォナローラの批判に耳を傾けだした。ボッティチェリは、贅沢品や異端の物は焼いてしまえ、というサヴォナローラの呼びかけに応じて、自分の絵を何枚も焼きすて、ついには以前のような絵が描けなくなってしまう。

そうなっても、ロレンツォはその極端な宗教家を無視していた。異常なまでに潔癖な宗教改革に大衆はついていかないだろう、と思っていたのだ。

しかし、一四九二年にロレンツォが死ぬと、事態は思いがけない方向に進んだ。

この年、ローマの教皇にアレキサンデル六世が選ばれたのである。これまでにも出てきた、強欲な金権教皇だ。チェーザレ・ボルジアの父であり、親子で中央イタリアをひとつの強国にしようと、あらゆる手を使って強引に事を進めはじめた。

ロレンツォの子のピエロ二世は父のような政治力を持たなかった。彼は家の方針に従わず、ナポリ王国と同盟を結んで自国の安泰をはかろうとしたが、この同盟に教皇とヴェネツィアが乗った。

そうすると、ミラノ公国が孤立してピンチになる。だから国の外に味方を求めた。フランスのシャルル八世に、ナポリを攻めなさいとそそのかすのだ。その頃ナポリはスペイン系のアラゴン王朝の統治下にあったが、もともとはフランスのアンジュー家の所領だったのだから、シャルル八世は取り返したくなった。かくして、一四九四年、フランスから五万の兵がイタリアに進軍してきた。

ミラノは自由にお通り下さいだから、フランス軍はあっという間にフィレンツェ領に達し、ピサを陥落させた。

ピエロ二世はフランス王の陣営に行って和平交渉をしようとしたが、フランス軍の威容を見て恐怖心にとりつかれ、ほとんど無条件降伏をしてしまう。しかし、これにはフィレンツェ市民が納得しなかった。

サヴォナローラはこれまでに、メディチ家支配が続けばやがて強大な敵が攻めてくる、と予言していたのだ。さてはこのことかと、フィレンツェ市民はピエロ二世を、つまりメディチ家を市外に追放するのだった。

シャルル八世がどうなったかを語っておくと、一度はナポリ王国を征服したのだが、そこで教皇とミラノが裏切ったので、やむなくイタリア連合軍の中を強行突破してフランスへ逃げ帰った。

フィレンツェではサヴォナローラが共和国最高権威の地位につき、神の教えに沿う政治が行われた。道徳に従って生活し、あらゆる虚飾を捨てろ、というような政治が問答無用に押し進められたのだ。それを守らぬ者のために信徒の少年隊が結成され、勝手に商人の屋敷に入って美術品や宝物を持ち出し、シニョーリア広場に積み上げて焼きつくす。まるで文化大革命時の中国のようなありさまだった。

それでは人心が離れる。経済も沈滞する。

一四九八年、今やサヴォナローラからすっかり心の離れたフィレンツェ市民はサン・

マルコ修道院を包囲し、一度は最高権威の座にいた人を逮捕した。教皇庁から裁判官が来て、拷問によって罪を自白させ、死刑を宣告した。サヴォナローラはシニョーリア広場で火刑にされて散った。

本来は真面目《まじめ》な宗教家だったのである。彼のことを、一足先に出てしまった宗教改革者だったと言ってもいいだろう。だが、その厳しすぎる思想は、ルネッサンス期のイタリアには受け入れられるものではなかったのだ。

サン・マルコ修道院長だったというのがなんともミス・マッチに思える。なぜなら、そこにあるフラ・アンジェリコの絵が、ひたすら穏やかで、静かな印象のものだからだ。こんな静寂な修道院に、激しすぎる人がいたのだなあと、不思議な気がするではないか。

9

サン・マルコ修道院からほど近いアカデミア美術館へ行き、ダヴィデ像の本物を見た。やはり、シニョーリア広場にあるレプリカよりも美しいと感じた。四メートルもある大きな像が台の上にのっているので、ただもう感嘆して見上げる。ここにはミケランジェロの未完の作品などもあるのだが、ただダヴィデ像だけ見ればいいという気がした。美術館に入ってすぐ、遠くから見るとこの像は少し頭でっかちに見える。だが、近づいて下から見上げるとちょうどいいのである。そこまで計算してあるのだ。

ところで、ここではこの時、現代の写真家の作品展示も同時にやっていた。ダヴィデ像のすぐ脇に、黒人男性がモデルの白黒のヌード写真が展示してあったりしたのだ。現代のアートだって大切だ、という理屈はわかるが、ダヴィデ像と黒人ヌード写真を同時に見せちゃうというセンスははたしてどんなものであろうか。その点については首をひねったなぁ。

アカデミア美術館を出て、裏手にまわるとちょっと印象的な建物が目に入る。九つのアーチで構成されたアーケードを持つシンプルで美しい建物で、捨て子養育院だ。十五世紀にブルネッレスキの設計で建てられたものである。ルネッサンス建築の代表とも言われるものだそうだ。

それにしても、そんなに昔から捨て子養育院という施設があったことに驚く。フィレンツェは慈善事業もよく発達していたのだという。

この養育院が、この旅行から帰ったあとDVDで見た映画の中に出てきたのにはびっくりした。一九九八年製作の「ムッソリーニとお茶を」という映画で、私生児の主人公が少年時代に一時期ここに世話になるシーンがあったのだ。それからその映画では、第二次世界大戦直前の、ムッソリーニが台頭してくる頃には、イタリアでイギリス人たちがイギリス人社会を作って、我が物顔で暮らしていた、なんてことがわかって面白かった。なんと、ウフィツィ美術館のダ・ヴィンチの「受胎告知」の絵の前で、イギリス婦人たちがお茶会をやっていたりしたのだ。イタリアが舞台なのに全編英語という珍しい映画で、まずまず楽しめた。

さて、フィレンツェ見物に話を戻そう。歩いていくうちにまたドゥオーモ広場に出て、今度はドゥオーモの中に入って見物した。クーポラの上に登った時に高い位置から見たドームの壁画を今度は下から見たわけだ。

それから歩いていくとサン・ロレンツォ教会があり、その裏にメディチ家の礼拝堂があった。サン・ロレンツォ教会はメディチ家の菩提寺《ぼだいじ》で内部は華麗なのだそうだが、ファサードは未完でレンガの壁がそのまま見える。メディチ家礼拝堂には有名なミケランジェロによるロレンツォ・デ・メディチと、弟のジュリアーノ・デ・メディチの墓碑があるのだが、見物している時間がなかった。あらためて考えてみると、フィレンツェで価値あるものをすべて見たいと思ったら、少なくとも十日はかけなきゃいけないのである。たった一日ではどうしたって見られないもののほうが多いのだ。

やむなく西へ歩いていくと、ふいにサンタ・マリア・ノヴェッラ広場に出て、正面にサンタ・マリア・ノヴェッラ教会のファサードが見える。ドゥオーモよりも早く、一二七八年に工事が始められたドメニコ派の聖堂である。白とピンクと緑の大理石で模様を構成しているファサードがとても華やかである。

ところで、この教会は薬局も経営しているのだそうだ。一六一二年に薬局がスタートし、香水や石ケンやヘアケア製品を扱っていて、人気が高いのだという。世界最古の薬局と言われているその薬局には行かなかったのだが、妻がこんなことを教えてくれた。

「日本にも何店か出店していて女の子に人気があるのよ」

そこで、「へーえ」と言って驚いたら笑われてしまった。

「私たちも、福岡のファッション・ビルの中にあるその薬局をのぞいて見たことがあるじゃない」

ああ、あれがそうだったのかと、キョトンとしてしまった。

10

それにしても、どうしてイタリアでルネッサンスが始まったのだろうか。古代ローマ帝国が東西に分裂し、やがて西ローマ帝国が滅びてからは、西ヨーロッパとギリシアとはほとんど接点を持たなかったはずなのに。

そこにはこんな事情があった。ビザンティン帝国（東ローマ帝国）が、オスマン帝国の圧迫にたえかね、西方に助けを求めたのだ。一三九一年、ビザンティン皇帝はヨーロッパをおとずれ、救援を要請してまわったのだ。その一行の中に学者がいて、イタリアの都市で知識人にギリシア語を伝授した。それに最も興味を示したのがフィレンツェで、ギリシア語教師を招聘《しょうへい》したり、コンスタンティノープルへ留学生を送ったりしたのだ。

ギリシア文明への注目がこうして始まった。

一四三八年、ビザンティン帝国は再度イタリアへ救援要請の代表団を送ってくる。この時、ギリシア語熱がますます高まり、ギリシア哲学やギリシアの美術にも注目が集まった。

プラトンそのものより、プラトン以降に発生した、プラトンの著作を神秘的に解釈する新プラトン主義というものがもたらされ、フィレンツェの知識人をとりこにしたのだ。そういう講座は大変な人気となったが、その聴講者の中にあのコジモ・デ・メディチもいた。コジモはギリシア文献学の必要性を痛感し、自費で研究のための学院を作る。それが、アカデミア・プラトン（プラトン学院）である。

そして一四五三年、コンスタンティノープルがオスマン・トルコに陥落され、ビザンティン帝国は滅亡した。するとイタリア人の商人たちはコンスタンティノープルに殺到し、写本文献を買いあさったのである。こうしてフィレンツェを代表とするイタリアの都市は、ギリシア文明の研究をし、やがてそれを再生したというわけである。つまり、もともとはイタリアのギリシア文明ブーム、プラトン・ブームだったのだ。

ではここで、ピエロ二世がフィレンツェを追放されたあとのメディチ家の歴史をまとめておこう。

ピエロ二世はフィレンツェへの帰還を願ったが不運な死をとげた。しかしその弟で、父ロレンツォから賢い子と言われていたジョヴァンニは枢機卿となり、やがて教皇レオ十世に即位するのだ。そこでメディチ家はフィレンツェのみならずローマをも支配する門閥となった。レオ十世の時代はローマを中心としてルネッサンス文化の最盛期を迎えた。

ジョヴァンニのいとこ（美男のジュリアーノの遺児）ジューリオも後に教皇となり、クレメンス七世となる。こうして二人の教皇を出してメディチ家の繁栄はゆるぎのないものとなり、十六世紀から十七世紀にかけてはフランスの王室に接近し、アンリ二世にカトリーヌ・ド・メディシスを、アンリ四世にマリー・ド・メディシスを嫁がせた。

メディチ家のアレッサンドロ（クレメンス七世の庶子を本家が養子にした）は一五三二年にフィレンツェ公となり、メディチ家はついに正式な君主となった。このアレッサンドロが一五三七年に暗殺され、コジモの血を引く家系が断絶すると、傍系（コジモの弟の家系）のコジモ一世がフィレンツェ公の地位を受け継ぐ。その後フィレンツェは、ピサも、長年の宿敵シエナも支配したので、トスカーナ大公国という名になり、コジモ一世はトスカーナ大公となのるようになる。

コジモ一世は名君であり、フィレンツェを現在の姿にした人だ。ピッティ宮殿を建てて住み、ウフィツィを政務のための事務所として建てた。

だが、コジモ一世の子孫にそう優秀な人材は出なかった。一七三七年、第七代トスカーナ大公のジャン・ガストーネが後継者を残さずに死亡し、メディチ家は断絶したのである。

11

コジモ一世といえば、その人の騎馬像がシニョーリア広場にあった。だから頭の中でだが、もう一度あの広場に戻ってみよう。

シニョーリア広場はドゥオーモと並ぶ、もうひとつのフィレンツェの中心である。ダヴィデ像（レプリカ）があり、コジモ一世の騎馬像があり、その人の建てたウフィツィがあるのだから。今は市役所として使っているフィレンツェ共和国の政庁、ヴェッキオ宮殿は、上に高い塔を持つランドマークだ。

ドゥオーモでロレンツォが襲われ、弟のジュリアーノが殺された事件の時には、首謀者であるパッツィ家の者が絞首され、ヴェッキオ宮殿の屋上から吊り下げられたのだ。その光景をレオナルド・ダ・ヴィンチがスケッチしたと伝えられている。

サヴォナローラがフィレンツェ市民に支持されていた頃は、「虚栄の焼却」といって、贅沢品や異端の芸術品が集められ、この広場で焼かれた。だが、そのサヴォナローラが後には、異端であるとしてここで火刑に処せられたのだ。シニョーリア広場はそうした歴史を見てきた。

ヴェッキオ宮殿で、二人の偉大な芸術家が対決したこともある。これはちょっとワクワクするような話だ。

ミケランジェロがダヴィデ像を完成させたあとであり、メディチ家が追放され共和政治が行われていた頃のことだが、フィレンツェ市はピサの奪回を祈願して、政庁であるヴェッキオ宮殿の大会議室の向かいあう二つの壁に、フィレンツェが勝った過去の二つの戦争の絵を描かせることにした。

左手の壁に、「アンギアリの戦い」をテーマにした壁画を描く注文を受けたのはレオナルド・ダ・ヴィンチだった。アンギアリの戦いというのは当時からさかのぼること六十年ほど前に、ミラノ軍とフィレンツェ軍が戦って、フィレンツェ軍が大勝した戦いだ。レオナルドは精力的に下絵を描き、準備をしたが、なにせ仕事の遅い人でモタモタしていた。そうこうしているうちに、同じ広間の向かいあう壁に、ミケランジェロに壁画を描かせよう、という話が決まる。ミケランジェロに与えられたテーマは「カッシーナの戦い」だった。これは一三六四年に、フィレンツェがピサに勝利した戦いだ。

この二人の手になる壁画が完成して、向かいあっていたとしたらすごかっただろうな、という気がする。しかし残念ながらそれは実現しなかった。

レオナルドは馬に乗った騎士が入り乱れて戦っている絵を描こうとしたが、画法で失敗をしてしまう。彼は壁に一気に描かなきゃいけないフレスコ画が好きじゃなくて、もっとじっくり描ける新工夫の絵具を使ったのだが、天候が不順になった時に、湿度のせいなのかどうか、描きかけの絵が溶けてぐじゃぐじゃになってしまったのだ。ついに彼はその絵をあきらめる。

一方ミケランジェロは、川で水浴びをしていたフィレンツェ軍の兵士が、敵が来たと知って大あわてで服を着ようとしている場面、つまり裸の男たちの群を描こうと下絵を描いていたのだが、レオナルドが中断したときいて意欲を失う。そんな時、教皇ユリウス二世からローマへ来いと呼び出しを受けたので、結局その絵も描かれることがなかった。

私はそのことをかつて小説の中に書いたこともあるのだが、ヴェッキオ宮殿の前に立った時にはまるで忘れていた。あの幻の二枚の壁画が描かれるはずだったのはあの宮殿だったのかと、あとで調べていて気がついたのである。

まったくもって、フィレンツェはルネッサンスの中心地だという思いが強くなるばかりだった。

12

私たちは、サンタ・マリア・ノヴェッラ教会を見たあと、アルノ川のほうに歩き、朝、ミサが行われていたので見られなかったオーニッサンティ教会へ行き、今度は中を見た。

十三世紀半ばにロンバルディア地方のウミリアーティ会の聖堂として建てられたものだが、十七〜十八世紀に大幅に手直しされて、フィレンツェで最初のバロック様式のファサードを持つ教会になった。

この教会にはヴェスプッチ家の礼拝堂があった。あの、アメリカの名の元になったアメリゴ・ヴェスプッチの家は、ここを菩提寺としていたのだ。

また、この教会内にはボッティチェリの墓がある。ボッティチェリの絵もいくつかあるらしいのだが、残念なことに、どういう絵を見たのかが思い出せない。あまりに多く歩き、多くの絵を見たせいで、夕刻になって薄暗かったこの教会の内部のことをあまり覚えていないのだ。なにしろ、この日ホテルに戻った時に万歩計を見たら、二万七千歩も歩いていたのである。

この日は自由行動の日で夕食がついていなかった。そこで私と妻は、ボローニャと同じスタイルの夕食にした。街中の小さいスーパーで、枝つきトマトと、モッツァレラチーズと、オリーブの塩漬けと、サラミと、そしてもちろんワインを買って主菜にしたのだ。カプレーゼにすっかりはまっていて、何度でも食べられたのである。

買い物をした小さなスーパーでの印象的な出来事。本当に小さな、食料品をいろいろ置いて男性二人でやっているような店だった。そこへ入ってみると、閉店時間らしく、床を掃除していたのだが、まだ売ってくれるのかときくと、いいよ、と答えた（あとで思い出すと、どういう会話をしたのかまるで見当もつかない。多分英語できいたのだろう)。そして、トマトをレジに持っていくと、ごついお兄さんが、これは傷んでいるからと、奥へ行っていいものと取り替えてくれたのだ。珍しいほどの親切だと思ったのだが、イタリア人はおいしい物しか売りたくないのかな、なんて気もした。

そんなこともあって、疲れてはいたが気持ちのいい夕食と酒盛りをすることができた。その日一日だけでも、何枚名画を見ただろうと数えきれないくらいなのだ。頭にそれらの絵が次々に思い浮かんだ。トスカーナ地方のワインを買ったのだが、さすがの美味であった。

さて、これでフィレンツェの見物は終りだ。同じホテルにもう一泊するのだが、次の日はバスでピサなどほかの街の見物に行くのだ。

だが、ピサへ行こうとフィレンツェを出発してすぐ、街を一望できるミケランジェロ広場でフィレンツェを見たので、その印象は語っておこう。

まだ朝もやがかかっている時刻、眼下にアルノ川が見えた。そして、そのむこうに赤い屋根の街並みだ。やっぱり、サンタ・マリア・デル・フィオーレ大聖堂がいちばんに目に入る。ブルネッレスキのクーポラが、ここそフィレンツェなり、と主張しているような気がした。ジョットの鐘楼も存在感がある。そして、ちょっと離れたヴェッキオ宮殿の屋上の塔も目を引く。川にヴェッキオ橋がかかっているのも見えた。

ミケランジェロ広場は、ただもうフィレンツェを一望するがための広場で、若い人のデート・スポットという感じだ。中央に、またしてもダヴィデ像があるが、ここのものはブロンズ像だ。

広場では、新車のCMの撮影をしていた。真っ赤な小型車を、とにかく格好よく撮るんだ、という感じで、スタッフが働いていた。

しかしイタリア人のクリエーターって、みんな、すごいアーティストのようにふるまうんだよね。見っててそれがだんだん楽しくなってくる私であった。

ピサとサン・ジミニャーノ

1

フィレンツェから西へ進み、もうじきリグーリア海に出てしまうぞ、というところにあるのがピサである。フィレンツェ市内を流れていたあのアルノ川の河口から、十三キロ上流にある都市だ。

ピサと言えばとにかく斜塔で有名だ。おそらく、イタリアでいちばん有名な建物は何かときけば、ヴァティカンのサン・ピエトロ大聖堂でもなく、フィレンツェのサンタ・マリア・デル・フィオーレ大聖堂（ドゥオーモ）でもなく、ヴェネツィアのサン・マルコ寺院でもなく、ピサの斜塔だということになるだろう。小学生だってその形を頭に思い描くことができるのがすごいところだ。おまけに、ガリレオ・ガリレイが落下の実験をしたという印象的なエピソードもある（事実ではないらしいのだが）。

さて、そのピサに着いた。いや、正確に言うと、ピサの斜塔などがあるドゥオーモ広場に着いたのだ。

ピサはアルノ川の両岸に広がる都市で九世紀から十三世紀にかけて海洋都市として大

いに栄えた。その当時は、ヴェネツィア、ジェノヴァ、アマルフィと並んで四大海洋都市だったのだ。

しかし、私たちのツアーが行って見物したのは市の北の郊外にあるドゥオーモ広場だけである。市街地の中心部へは行ってないわけで、それでピサへ行ったと言うのはどうかとも思うのだが、ガイドブックを見ると、ピサで見るべき物はほとんどドゥオーモ広場だけ、という書き方である。

駐車場でバスを降りて、広場の入口まで、ピストン往復している乗り合いバスで行く。バスを降りて参道を行くと、土産物屋が何軒も店を広げていたが、その中にピノッキオの操り人形を売っているところがあった。『ピノッキオの冒険』の作者カルロ・コッローディはフィレンツェ生まれだが、母の出身地であるコッローディ村からペンネームをつけた。そのコッローディ村はピサから四十キロほど内陸に入ったところにあるので、このあたりではピノッキオの人形を土産物としているのだ。

さて、ドゥオーモ広場へ入ってみると、広々とした敷地に雄壮な建造物がゆったりと配置されていて、スケールの大きさに驚かされる。通路を除いて、地面は緑の芝生でおおわれている。この緑が重要で、その上に白大理石で造られた四つのモニュメントが堂々とある光景が見事なのだ。

ピサの斜塔はあまりに有名だが、それがドゥオーモ（大聖堂）や、洗礼堂などとセットであるものだと知らず、単独で建っていると思っている人もいるんじゃないだろうか。そうではなく、あれはピサのドゥオーモの鐘楼なのである。

入口から入った私たちの目にまず飛び込んでくるのは洗礼堂である。正円形の優美なピサ・ロマネスク様式の建物で、外壁上部は細い柱や、切妻形の飾りなどでゴシック様式の味わいを出している。十二世紀の半ばに建築が始まり、十四世紀後半に完成した。かなり大きなもので、八面のドーム型クーポラ（円蓋）が見事である。

その次にあるのがドゥオーモだ。十一世紀に工事が始まり十四世紀に完成した。奥行きが約百メートル、幅が約三十メートルもある巨大なもので、上から見るとラテン十字の形をしている。内部は円柱が密に並び、ロマネスク様式であり、内装にはビザンティン様式やイスラム様式の影響も見られるが、全体はピサ・ロマネスク様式の代表例である。

ファサード（正面）に特徴がある。最下層にブラインドアーチが並び、三つの扉があり、その上に四層にわたって小アーケードがあり、細い円柱が綺麗に並んでいるのだ。それらの円柱は建物を支えているのではなく、そこに海風が吹き込んでくるような感じのする飾りなのだ。この円柱のファサードは他では見たことのないものである。

2

さて、ドゥオーモの右側後方にあるのが鐘楼だ。歩いていくと、ドゥオーモの陰からだんだん姿をのぞかせてくるのだが、それが傾いている。その傾き加減が面白いわけだ。

何度も写真で見たことのあるピサの斜塔がちゃんと傾いているので嬉しくなる。約五十五メートルの高さの塔だが、北側と南側とでは高さに七十センチの差があるとか、中心軸から南に四メートルずれてるとか、角度にして約五度傾いているとか、いろいろな言い方をするが、要するにあれだけ傾いている。一一七三年に建築が開始されたが、一一八五年に第三層までできた時にはもう傾き始めていた。一二七五年に工事が再開され、一三七二年に完成。一時は倒れそうになり立入禁止となったが、二〇〇一年に傾斜防止工事が終了し、今は一般公開されている。

この塔も円柱のアーケードが飾りである。一番下は飾りアーケードだが、その上に六層の小アーケードが重なって、そのまた上にひとまわり小さな筒形の頂部がのっている形だ。円柱のアーケードで、ドゥオーモとも、洗礼堂とも共通しており、調和がとれているのだ。同じところで産する白大理石を使っているので色あいも統一されている。

さて、ドゥオーモ広場にもうひとつあるのが、ドゥオーモの北側にあるカンポサントだ。白い大理石の壁で囲まれた長方形の大きな建物で、そこは大きな中庭を持つ納骨堂なのだ。十三世紀の後半から建設の始まったもので、中には中世の貴族の石棺がずらりと並んでいるのだとか。フレスコ画や彫刻もあったのだが、第二次世界大戦の空襲でほとんど焼失したのだそうである。

私たちはカンポサントには入らなかったのだが、その横にある有料トイレを使ったので近くにまでは行った。

ドゥオーモ広場にある聖堂のセットは、一〇六三年にシチリアのパレルモ沖でイスラム艦隊と海戦をし、勝利したことを記念して建てられたものだ。ドゥオーモの中の円柱は、パレルモのギリシア神殿から戦利品として運んできたものなのだ。

ピサは今、海岸から十三キロも内陸の地だが、古くは、海岸まで三キロぐらいの湿地だった（湿地で地盤が悪いから塔が傾く）。そこで商業港の街として繁栄したのだ。

古くはエトルリア人の開いた街だとか、古代ローマ時代の古い海運都市であるとかいわれていたが、大いに栄えたのは九世紀、十世紀の頃からである。十一世紀にはジェノヴァと共に、地中海貿易で繁栄し、イスラム教徒勢力と大いに戦って、何度も勝っている。コルシカ島とサルディニア島も支配したが、そこはジェノヴァも狙っていたころで、この二つの海運都市は長くライバル関係であった。

ピサは十字軍の遠征に参加し、西アジアにも商業拠点を持った。それから、アフリカにも遠征し、チュニジアも手中に収めた。ヴェネツィアと戦争をしたこともある。とにかく十二世紀頃まではピサは西地中海で最強だったのだ。一一三六年にはアマルフィ共和国を征服し、以降アマルフィは衰えていく。

ところが、十三世紀に入って、ピサはジェノヴァに戦争で負ける。それが衰退の始まりだった。次いでフィレンツェに負けて、フィレンツェ共和国の一部となる。そのあと、フランスのシャルル八世が一時期ピサを支配したが、すぐにフィレンツェに取り戻された。そしてその後、メディチ家のコジモ一世はピサの街を再整備し、ピサ大学も造った。こうしてピサは、だんだん学問の街になっていく。

そういうピサに、ガリレオ・ガリレイが出たわけだ。ドゥオーモの中に大きなランプが下がっているが、それはガリレオのランプと呼ばれている。ガリレオがそのランプの揺れる姿を見て、振り子の等時性を発見したというのだが、ガリレオがその法則を発見したのは、そこにそのランプが下げられるより六年前だから、信憑性《しんぴょうせい》が薄い。しかし、とても見事なランプではある。

天気のいい日で、行きつ戻りつ、何度も同じところを歩きまわり、写真を撮りまくった。ピサの斜塔を手で支えているかのように見える写真を撮ろうと、多くの観光客がポーズしている。私たち夫婦もそういう写真を撮った。

洗礼堂の中にも入った。そこには中央に大きな八角形の洗礼槽があった。高い二階へ登れるので、上からその洗礼槽を見た。

すると、寺守りの人であろうか、中央でいい声でお経のような文句を唱えた。その声がウォンウォンと響きわたる。音響効果がめちゃめちゃいいのだ。手をパンと叩《たた》くと、それが反響して十二回もきこえるという。それもやってくれた。

そこまでが私のピサ見物だった。なお、このピサのドゥオーモ広場で案内をしてくれたのは、八十一歳の名物ガイドのお爺《じい》さんだった。互いの健康を祈ってお別れした。

3

ピサをあとにした私たちは少しフィレンツェ方向に戻るように内陸に進み、少し南下した。走っているのはトスカーナ州である。キャンティ・ワインなどのワインの名産地で、ぶどう畑が一面に広がっている。ひとつひとつの畑にワイナリーの看板が立っていた。

トスカーナ地方の田園風景は想像を超えた美しさだった。なだらかな丘がつらなり、道にそって糸杉がポツンポツンと生えている景色はまさしく絵のようである。

私はレオナルド・ダ・ヴィンチの「受胎告知」の絵について、妻にこんなことを言っていた。

「この絵の背景の糸杉などが生えている景色は、実際の景色というよりは、レオナルドのデザインだと考えるべきだろうね」

ところが、トスカーナ州には本当にあの絵の背景のような景色があって私の説はくつがえされてしまった。人が造ったかのように美しい田園風景が実際にあるなんてなぁ、と不思議な気分になる。

そういう風景の中を進んでいくと、小高い丘の上に街が見えてくる。そう、トスカーナ地方は丘の上に街があり、丘の下に田園が広がるのだった。そして見えてきた街には、四角柱の高い塔が何本もにょきにょきと建っているのである。

中世からの塔の街、サン・ジミニャーノだ。

もともとは人口も少ない小さな村だったのだが、ひょんなことから交通の要地として栄えるようになった。

古くは、ローマからアルプスを越えてフランスへ行こうとすれば、まず半島を斜めに横切ってアドリア海側のラヴェンナへ出て、そこから北上する道を行った。ローマに帰還するカエサルがまさにその道を逆に進んだではないか。

ところが、アドリア海側をゴート族やランゴバルド族が支配するようになり、そこが通りにくくなったのだ。そこで、アペニン山脈のそう険しくないところを北にたどってミラノへ抜け、そこから北上してフランスに入る道が切り拓《ひら》かれた。それがフランチジェーナ（フランス娘という意味）街道である。そのフランチジェーナ街道と、ピサとフィレンツェを結ぶピサーナ街道の交差するところにあるのがサン・ジミニャーノなのだ。そういう事情で、九世紀から十三世紀にかけて、ここは大いに発展した。

この地方にはワイン以外の特産品として、サフランがある。ヨーロッパで採れる貴重な香辛料であるサフランが、フランチジェーナ街道を通ってフランスやそのほかのヨーロッパ諸国へ輸出され、大きな富をもたらしたのだ。

そういう繁栄の中で、この街には塔が盛んに造られた。この街もまた、人々が教皇派と皇帝派に分かれ、しばしば抗争し、いがみあっていたのだ。そのために、ある時は上から弓を射たり石を投げつけたりするために、ある時は高さを誇示して勢力を見せつけるために、人々はやたらと塔を建てたのである。ほとんど居住性のない塔なのだが、高い塔を建てればブイブイ言わせられるというわけだ。かつては七十二もの塔があったというが、現在残っているのは十四本である。それだけでも、見る者の目を驚かさずにはおかない景色である。

この街も周囲を城壁で囲まれているから、サン・ジョヴァンニ門から中に入る。門の脇に栗《くり》を焼いて売っている人がいて、うまそうだった。

門から入ってしばらくは土産物屋が軒をつらねるサン・ジョヴァンニ通りだ。小さな店でトスカーナの田園風景の絵はがきを買った。

4

先に、サン・ジミニャーノの街の運命を語ってしまおう。そういうわけで栄えた街だったが、ペストの流行と、内部の権力争いのせいで十四世紀には繁栄に翳《かげ》りが見えてくるのだ。そして一三五三年にはフィレンツェ共和国に組み入れられてしまうのだった。

そうなってからは、ここのちょっと南にあるシエナと、フィレンツェが戦う時のフィレンツェ側の前線基地という意味あいの街だった。ところが、一五五五年にシエナはスペインとフィレンツェに降伏し、トスカーナ大公国にまとまってしまう。もう前線基地としての価値もサン・ジミニャーノにはなくなったのだ。その上、フランチジェーナ街道も利用されなくなり、ここは廃《すた》れた街になってしまった。

しかし、だからこそその後も近代化されることがなく、中世のままの街並みを残した古都となり、十四本に減ってしまったとは言うものの、景観としては十分に面白い塔が残ったのだ。

サン・ジミニャーノの人口は七千人ほどである。そんな小さな街が、塔のおかげで有名な観光地になっているのだ。街の名の由来は、四世紀（六世紀という説もある）の聖ジミニャーノを守護聖人としているところから来ている。私は妻に、この街の名は、三匹の地味な猫の、と覚えればいいと冗談を言った。そうしたら、それをきいた同行メンバーのとてもまじめな紳士が、

「それはいい。おかげでこの街の名だけは永久に忘れることがないでしょう」

と言ったのが面白かった。

さて、サン・ジョヴァンニ通りをまっすぐ行くと、チステルナ広場に出る。この三角形の広場の中央に、十三世紀の井戸（チステルナ）があるのでこの名なのだ。広場も道

も、赤いレンガが杉綾《すぎあや》（ヘリンボーン）模様に敷きつめられている。まさに中世のままの景色である。

その広場を更に行くとドゥオーモ広場だ。街の重要施設が集まる中央広場であり、周囲には十三世紀の建物が並んでいる。

東側の、柱廊を備えた建物は執政官宮殿で、ポデスタ宮殿とも呼ばれる。この宮殿の上にはロニョーザ（厄介者という意味のあだ名）の塔があり、高さ五十一メートルもある。その隣にあるのがキージの塔。広場の北には、サルヴィッチの塔と呼ばれる双子の塔が建っている。まことに面白い景観だ。

西側には大きな聖堂があるが、参事会教会と呼ばれている。この街のドゥオーモだ。ロマネスク様式のファサードはシンプルだが、前に幅の広い階段があって堂々としている。

両側にはポポロ宮殿があるが、ここは今、市役所と、市立美術館として使われているそうだ。それにしても、宮殿も教会もレンガ造りの素朴な造りで、街全体がまるで中世のままのようである。そんな古い街並みをぶらぶら歩いていると、タイムトラベルをしているような気分になる。

この街でランチをとった。きのこの手打ちパスタを食べてとても満足した。それから小さな酒屋で、トスカーナのワインを買った。

とにかく、塔に出会うたびに、わあ面白いと叫んでしまう街である。ところが、いっそ街から離れてしまえば塔のある街のいい写真が撮れるのだが、街中だと近すぎて塔の写真がなかなかうまく撮れなくてじれったい思いをする。

坂の多い街を、気ままにうろついて、旅のロマンを満喫できたのだった。

シエナ

1

サン・ジミニャーノで昼食をとり、バスで出発したのが午後二時半頃で、南東の方角に三十キロほど進んだシエナに着いたのが三時半だった。そこまでの車窓から見えるのは、まるで人工的にそう造ったかのように端正に美しいトスカーナ州の田園風景だ。

シエナにいよいよ到着すると、鶴《つる》が地上に舞い下りたかのような、優美で大きな建物がいきなり目に飛び込んでくる。シエナもまた丘の上の街なのである。だから丘のてっぺんにあるこの街のシンボルが、まず見えてしまうのだ。あの見事な建物は何なのだろう、と旅人は最初に好奇心にかられることになる。

シエナも城壁に囲まれた街である。城壁に近いところでバスを降り、街に入ると堅牢な要塞が目に入る。いや、高くて巨大な壁が見えるだけなのだが。それがメディチの要塞である。その横を通り、市立スタジアムの前を進むと、サン・ドメニコ教会が見える。

レンガ造りの大きな教会で、飾り気の少ないゴシック建築である。この教会には、この街出身の聖女カテリーナの聖遺物（頭部）があり、聖女カテリーナを描いたフレスコ画などもある。だが私たちは、教会の前を、大きいが簡素な教会だなあと思って通っただけだ。その時は、聖女カテリーナのことを何も知らなかったから残念とも思わなかった。

ところがあとで知ってみると、十四世紀に出て宗教家として多くの業績を残した聖女カテリーナは、シエナの守護聖人であるだけでなく、イタリアの守護聖人とされていて、とても深く信仰されているのだった。教会の近くには、聖女カテリーナの家もある。

丘の上の街だから当然なのだが、ここもまた坂道だらけの街である。そして家々が密集する街のたたずまいは、赤いレンガと赤い屋根のせいもあって、まさに中世のまま、という感じである。その古都の味わいが大きな魅力になっている。

サン・ドメニコ教会の前を過ぎて風情のある路地といった坂道を登っていくと、ふいに巨大な教会のある小広場に出る。その教会こそが、街の外からも見えていたドゥオーモ（大聖堂）である。

この壮麗なドゥオーモはいつ建設が始まったのか記録がないのだが、十二世紀中盤（十三世紀説もある）から、約二百年もかけて造られたものだ。内部にはロマネスク様式も見られるが、全体や外飾は国際ゴシック様式（ゴシック晩期の完成形とされている）であり、彫刻やバラ窓で飾られたファサードの見事さには声をのむ。しかし、ドゥオーモそのものも、後ろにある鐘楼も、白と黒の大理石によって縞模様《しまもよう》がほどこされていて、派手な印象ではなく、静謐《せいひつ》な感じになっているのだ。

先に周辺のことを説明しておくと、ドゥオーモのファサードの前にあるのはサンタ・マリア・スカラ救済院で、ドゥオーモの側面の向かいには県庁がある。イタリアの都市の、広場を囲んで重要な施設が集まっているという方式に、ここもなっているわけだ。ドゥオーモの裏側にはゴシック様式の立派な洗礼堂がある。

私たちはドゥオーモの中に入った。大きな束ね柱が天井を支える壮大な聖堂である。そして、その柱もまた白と黒の縞模様になっているのがとても印象的だ。

それともうひとつ、このドゥオーモで見逃していけないのは、床である。多色大理石の象眼による素晴しい絵が、ほとんど床一面に描かれているのだ。絵の題材は旧約聖書などである。十四世紀の後半からおよそ二百年にわたり、その頃の著名な芸術家四十人あまりが参加して描いたものだそうである。

聖堂の床に絵があるのは珍しいが、その絵の中にはギリシア・ローマ時代の未来を予言する巫女《みこ》たち（シビュラ）が十人も描かれていて、それも大変珍しいことだ。つまり、シエナのあたりではキリスト教以前の原始宗教への信仰も残っていて、それをキリスト教と融合させせようとする狙いがあると考えられるのである。

そのほかには、ピッコロミニ家の祭壇とか、装飾的な聖歌集（十五世紀の聖歌の楽譜）が展示してあるピッコロミニ家の図書室、なんてところが見所である。彫刻や、フレスコ画の見事なものもある。このピッコロミニ家については、これよりあとに行ったピエンツァの紀行の時に説明するので、名前だけ覚えておいてほしい。

2

シエナの名は、フィレンツェの歴史を見た時にも出てきた。要するに、ピサもそうだったがシエナも、フィレンツェの敵対都市だったのだ。フィレンツェはピサとシエナを攻め滅ぼして支配するようになった時、トスカーナ大公国となるわけなのだ。

シエナでは、街のあちこちに狼《おおかみ》に乳をもらうロムルスとレムスの像を見ることができる。それはローマの紋章なのだが、レムスの二人の息子がシエナ人の祖になった、という伝説があるので、その像がシエナの象徴にもなっているのだ。しかしそれはあくまで伝説で、シエナの歴史はそう古くない。ローマ帝国時代には小さな都市だった。

十二世紀にコムーネ（自治都市）となってから、ここは大いに栄えたのだ。繁栄の要因は、サン・ジミニャーノと同じく、フランチジェーナ街道上の要地だったことだ。フィレンツェやピサと大いに交易をして商業都市として栄えた。また、銀行業、金融業でも繁栄した。シエナの中心街にはバンキ・ディ・ソプラ通りとか、バンキ・ディ・ソット通りという名の通りがあるが、このバンキとは英語のバンク、つまり銀行のことなのだ。シエナにはイタリアで最も古い銀行が今も営業している。

そういう繁栄のおかげで、壮大なドゥオーモが建設されたのである。ドゥオーモは一三一三年に鐘楼ができ、ファサードの上部の飾りを除いてほぼ完成するのだが、一三三九年にいきなり改造計画が持ちあがる。それは、フィレンツェにサンタ・マリア・デル・フィオーレ大聖堂の造営が進行中だったためで、フィレンツェのドゥオーモがあれなら、こっちはもっと大きくて立派なものでなきゃいけない、ということになったのだ。とにかく、フィレンツェには負けたくないわけだ。

改造プランはこういうものだった。今あるドゥオーモの建物を、長軸から短軸に変えて、新しく巨大な長軸部分を造る。その工事はただちに始められた。

しかし、その頃シエナの財政は逼迫《ひっぱく》しつつあった。その上、一三四八年にペストが大流行して、シエナの人口は半分に減ってしまうのだ。そこでとうとう改造計画はあきらめられ、もとの計画に戻って、一三七六年にファサードの上部の装飾が完成した。

というわけで、シエナのドゥオーモには、改造計画によって造られた、巨大なメイン建物の壁の一部が残されている。それを見ると、あそこまで延びたでかい聖堂にしようと考えたのか、というのがわかるのだ。壁面だけが残っているその光景はとても珍しいものだ。

シエナの歴史はフィレンツェとの対抗そのものだ。どちらも金融業で栄えた商業都市であり、相手側を倒して支配すればトスカーナ州の覇者となれるのだから、戦うしかない。しかも、シエナは皇帝派であり、フィレンツェは教皇派ということもあって、戦争が絶えることがなかった。

一二六〇年にはシエナがフィレンツェに奇跡の勝利をしたこともあった。しかし一二六九年にはシエナはフィレンツェとフランスの連合軍に大敗する。それ以降も、ゴシック絵画にシエナ派という一派ができるほど芸術活動は盛んで、ある程度は栄えたのだが、ペストの流行で衰退が進んでいったのだ。

そして、一五五五年にスペインの支配下に入り、一五五七年にメディチ家に譲渡され、トスカーナ大公国の一部になってからは、シエナの繁栄は消滅した。メディチ家の支配を受け、シエナ人は一方的に搾取されるようになったのだ。

街に入ってすぐあったメディチの要塞は、メディチ家の支配を示すためのものだったのだ。こうしてシエナはなかば滅びたが、そのせいで中世のままの街がその姿を今に残しているのである。今、シエナはその美しさで人々を魅了してやまない街となっている。

3

ドゥオーモの見物を終え、今度は坂を少し下って歩いていくと、いきなり大きな広場に出る。それがシエナのもうひとつの目玉であるカンポ広場だ。ほたて貝のようでもあり、開いた扇のようと言ってもいい形のこの広場は、一目見て素晴しい、という言葉がもれるくらいにチャーミングな広場である。おそらく、イタリアで最も素敵な広場と言っても、賛同する人が多いのではないだろうか。何よりも、広場を囲む建物が、高さも五階建てぐらいに揃《そろ》っており、中世の雰囲気を伝えるレンガの色や、窓のデザインにも統一感がある。だから美しいのだ。

そして、扇の要にあたるところに、プッブリコ宮殿がある。三階建て（中央部分だけ四階がある）の一階は今市役所として使われているが、それで正しいのだ。プッブリコとは英語でいうパブリックであり、公共ということなのだから。十三世紀末から十四世紀前半にかけて建てられたもので、最下層には石造りのアーチが連なり、二階、三階はレンガ造りである。この宮殿の向かって左には高さ百二メートルのマンジャの塔がある。街のランドマークにふさわしい優美な建物だ。この塔には針が一本しかない時計がある。なお、プッブリコ宮殿の二階は市立美術館になっている。

扇形のこの広場は、プッブリコ宮殿のある側が少し低くなっていて、なだらかな傾斜がある。すると人々は自然に尻《しり》をついてすわり込むのだ。そういう居心地もいいのである。

広場には白い石でラインが引かれ、九つの三角形に分けられている。これは共和国だった時代に九人の執政官がいて順番で統治したことに由来しているのだが、大きな広場のいいアクセントになっている。

そして、扇のてっぺんに位置するところにガイアの泉という噴水がある。赤いレンガが敷きつめられた広場に水があるのを見るとなんだかホッとするのだ。そんなことも魅力のひとつになっている。

このカンポ広場では、年に二回、パリオと呼ばれる祭りが行われる。パレードなども行われるが、パリオの中心競技はシエナの十七の地区が勝負を争う競馬レースだ。十七地区中十地区が選ばれ、十頭の馬で競う。その日だけ、カンポ広場に砂が敷かれ、広場の外周の円《まる》いコースを三周するレースだ。それに勝てば地区の名誉となるので、シエナ人は熱狂するのだ。

シエナ人は普段はとても穏やかで親切で、シエナ人のイタリア語は最も美しいと言われているほどである。そういうシエナ人なのにパリオに関してだけはどうしようもなく狂ってしまうのだそうだ。フィレンツェなどでは、シエナのパリオは野蛮であり、動物虐待だと反対運動がおこるのだが、シエナ人がパリオをやめることは考えられないのだとか。この小さな都市で、十七の地区がパリオで争うからこそ、ガス抜きになって、普段が平穏なのだと分析する人もいる。

私たちが行った日はパリオではなかった。だが、たまたまその日、カンポ広場では食品市が開かれていて、テントが組まれ、急造の出店が名産品を展示、紹介していた。ワインの店では試飲させてくれる。生ハムの店もある、チーズの店もある。ざっと五十あまりの店が所狭しと並び、食品を陳列して、見ていって、食べてみて、よかったら買って、と声がとびかかっている。

そんな店を、群衆にもまれながら、一軒ずつ見ていくのはとても楽しかった。

4

カンポ広場の食品市をどう楽しんだかの報告は後にして、もう一度ガイアの泉に注目してほしい。一四一九年に造られた噴水であり、その水をためる四角い池があるが、考えていくと、不思議だなと思ってしまう。

シエナは丘の上の街である。丘のいちばんてっぺんはドゥオーモのあるあたりで、カンポ広場はそこよりは低いが、でも丘の上であることに違いはない。なぜ、丘の上に噴水があり、水がふんだんにたたえられているのか。

その答えを私は、旅行から帰ったあと、NHKの紀行番組で知った。番組で映像を見たのだが、シエナには驚異的な地下水路網が完備されているのである。街の近くに都合のよい川や、水源はない。そこで中世のシエナ人は、遠く離れた地で地下水のわくところを見つけ、その水を地下に造った水路でシエナまで流したのである。地下水源はあちこちに多数あり、その水を初めは細い流れだが、次第に何本もまとまった多量の流れにして、街の地下まで引いているのだ。この地下水路をボッティーノという。そして地上に出て水のためられたところがフォンテ（泉）だ。シエナの街にはあちこちにフォンテがあり、水がためられている。カンポ広場のガイアの泉は、そういうフォンテのひとつなのだ。それが完成して水がわき出した時、人々が思わず歓声（ガイア）をあげたところから、この名がつけられている。

シエナではフォンテのほかに、小さな水のみ場のようなものもたくさんある。丘の上なのに水を支配した街、それがシエナなのだ。

もうひとつ、違う話をしよう。プッブリコ宮殿の二階は市立美術館になっているのだが、そこの、九人の執政官の間《ま》には、四つの大きな壁画がある。旅行中にはそれを見られなかったが、私は後日自分の本棚にあった美術全集で見た。ゴシックの画家、アンブロージョ・ロレンツェッティによる、「都市における善政の効果」「田園における善政の効果」「都市における悪政の効果」「田園における悪政の効果」という四つの絵である。

つまり、善政をすれば都市はこうなり、田園はこうなる、という絵と、悪政だとこうなる、という絵だ。政治の目標をあらわしている、と考えていいだろう。

そして、「田園における善政の効果」という絵に描かれた田園風景が、畑が美しく広がり、道にはよく手入れされた木があちこちに生えているという、トスカーナ州の美しい田園風景そのものなのだ。

そこからわかるのは、丘の上の都市は、周辺の田園地帯を支配しコントロールしていたということだ。このような都市と農地のネットワークを「コンタード」という。コンタード経営をすることにより、都市は田園を整備していったのである。

つまり、トスカーナ州の美しい田園風景は自然にああなのではなく、あのように整備されているのだと考えるべきなのだ。私が、人工的に造った風景のようだ、と感じたのはそう間違っていなかったのである。

さて、夕暮れのカンポ広場に戻ろう。フリータイムになって、私と妻はいろんな地方の食品展のブースを見てまわった。あちこちの店でワインの試飲をした。チーズも食べてみたし、生ハムも薄くそいでもらった。パンももらったので軽食になってしまった。リモンチェッロ（レモンのリキュール）の店には小さな瓶があったので、それを買ってみた。その夜飲んでしまったのだけれど。生ハムも買ってみた。店の人と、つたない英語でやりとりを楽しむ。みんなお祭り気分なので機嫌がいい。

心からくつろいで、私たちはカンポ広場を楽しんだ。

陽が落ちて、あちこちに明かりがともる。すると、赤いレンガの敷きつめられた広場と、赤いレンガの建物たちが、幻想のようにボーッと浮かびあがって、説明の言葉もないぐらいに美しいのだった。こんな広場がよくぞあってくれた、というような感動を味わうことができた。

そのあたりでシエナの観光は終り、私たちはフィレンツェのホテルにバスで帰ったのである。

ピエンツァとモンタルチーノ

1

ツアーのもともとの日程では、この日は朝フィレンツェを発《た》って南下して、モンタルチーノを見て、そのあとピエンツァを見物し、夕方アッシジに着くという予定になっていた。ほぼ同じ緯度にあるその三カ所が、西から東にその順序で並んでいるから、その行き方が合理的なわけだ。

ところが実際には、私たちは先にピエンツァへ行った。ピエンツァとモンタルチーノは二十五キロほどしか離れていないので、何か事情があるなら順番を入れ替えてもなんの問題もないわけなのだ。

ピエンツァも丘の上の街だ。人口二千人ぐらいの小さな街である。

ピエンツァはルネッサンス様式の理想都市と言われている。その理由はこうだ。シエナのドゥオーモ（大聖堂）の中に、ピッコロミニ家の祭壇とか、ピッコロミニ家の図書室があった。それを語った時に、ピッコロミニの名を覚えておいてほしいと言った。

ピッコロミニ家というのは、もともとはシエナの貴族だったのだ。だからシエナのドゥオーモの中に祭壇や図書室がある（寄進した）のである。

ところが十四世紀半ば頃、反対勢力によってピッコロミニ家はシエナから追放されてしまう。一家がたどり着いたのがコルシニャーノという小さな田舎町だった。

そして一四〇五年に、ピッコロミニ家に男の子が生まれる。エネア・シルヴィオ・ピッコロミニだ。このエネア・シルヴィオはシエナ大学で文学を学び、その後各国を旅行した。詩人であり歴史家でもあり、人文主義者として高名だった。神聖ローマ帝国に仕え、外交家としても名を知られていた。ちょっと太った教養人であり、人情によく通じていたかなり真面目な人と思えばいいようだ。

このエネア・シルヴィオは壮年になってから聖職者になっていたのだが、教皇カリストゥス三世の死後、五十三歳で教皇に選出されるのだ。そして、ピウス二世という名になる。

ピウス二世が選出された時のコンクラーベを描いた「コンクラーベ　天使と悪魔」という映画を、この旅行のあとで私が偶然観たことは既に語った。そのコンクラーベにおいて自分の利権のためにちょこまか動いていたのがロドリゴ・ボルジアで、それが後に金権教皇アレキサンデル六世になるのだという話もした。だが、ピウス二世は豪奢《ごうしゃ》を遠ざけた品行方正の教皇だったそうだ。十字軍遠征を呼びかけ、オスマン・トルコをコンスタンティノープルから追い払おうと主張したが、誰も従わなかったそうだ。

さて、そのピウス二世が、教皇になった後、自分の出身地コルシニャーノをルネッサンス風の理想の都市にしようと考えたのだ。そしてその街の名を、自分の名から、ピエンツァと変えた。

そして、フィレンツェの建築家ベルナルド・ロッセリーノに都市の設計を依頼する。

こうして、一人の教皇と一人の建築家によって、ピウス二世広場、ピッコロミニ宮殿、カテドラーレ（大聖堂）などが造られ、ルネッサンス建築の並ぶ都市ができた。それはトスカーナの宝石とも呼ばれたのだ。それがピエンツァである。

残念ながらピウス二世が死去したので街の建設は途中でストップしてしまったが、それでも美しさで知られていて、世界遺産に登録されている。

2

ピエンツァは標高四百九十一メートルの丘の上にある。東西四百メートルの小さな街で、端から端まで一直線に歩けば十分くらいしかかからないのだ。

西から街に入ると、街の中心を貫くロッセリーノ通りがある。メインストリートなのだが中世のままの味わいだ。ショーウィンドーに円筒状のチーズを重ねて見せている店があった。直径二十センチ高さ七センチくらいで、カビが生えているのは熟成中ということだ。ピエンツァの特産物は羊の乳を原料としたペコリーノチーズなのだ。

毎年八月にはチーズ祭りが行われる。そのメインイベントはピウス二世広場で行われる、チーズを転がして中央にある木の棒に一番近い者が勝ち、というチーズ転がし競技だそうだ。

それから、もちろんこのあたりはワインの名産地でもある。

ロッセリーノ通りをまっすぐ進んだらすぐ中央部に出てしまうので、横道に入ったりして進む。バルコニーに緑の鉢を出しているような可愛い家々が連なっている。そして、丘のふちに来ると、ふもとの田園地帯が見晴らせたりする。そう遠くないところにながめられるなだらかな山が、アミアータ山だ。

シエナの南東にあたるこのあたり一帯はオルチャ渓谷と呼ばれていて、私の言う、人の手で美しく造られた田園が一面に広がっている。渓谷にある五つの街、サン・クウィリコ・ドルチャと、カスティリオーネ・ドルチャと、ラディコファニと、モンタルチーノと、ピエンツァを含めて、全体が世界遺産に登録されている。ピエンツァの歴史地区は単独でも世界遺産なのだから、ここは二重に登録されているわけだ。

その渓谷風景をながめていると、心がのびやかになってくる。どちらを向いても絵はがきのような景色なのだ。

さて中央部へも行こうということになって、大聖堂の隣の狭い道から大聖堂の前へ出ると、そこがピウス二世広場だ。

大聖堂外観は重厚なルネッサンス様式で、三つのアーチの上の三角の破風にはピッコロミニ家の紋章がある。ロッセリーノの設計によるこの街のランドマークである。中にも入ってみたが、神殿風な礼拝堂は見ごたえがあった。

大聖堂の右隣にあるのが、これもロッセリーノによるピッコロミニ宮殿だ。切り石積みの三層の宮殿で、中庭を持っている。宮殿の前にある井戸もロッセリーノの作。

大聖堂の正面にあるのが市庁舎で、左にあるのが司教館と大聖堂付属美術館だ。それらに囲まれているのがピウス二世広場で、ピウス二世が造りたかったルネッサンス様式の理想都市はまさにこれだったのだ。

ピエンツァがかつてコルシニャーノという街だったことはもう言ったが、その頃はアミアータ山にある大修道院の領地だった。それが、シエナの領地になり、ピッコロミニ家のものになり、そしてピエンツァという名になったのだ。

ピウス二世は改築中のピエンツァの街を視察し、ピッコロミニ宮殿に入って、「建築物の美しさと威容は、痛い出費を帳消しにする」という言葉をラテン語で残した。理想都市を造るにはかなりの費用がかかったからである。

しかし、その都市造りも一四六四年にピウス二世が死ぬと中断してしまい、ほどなくしてロッセリーノも亡くなった。ピエンツァはもとの小さな街に戻り、その後次第にさびれていく。一時は無人になりかけたのだが、二十世紀になって、歴史的外観を保ちつつ建物を補強したり、内部を近代的に改修したりする努力が払われ、街は活気を取り戻したのだ。私たちは小さな街を弓の字を描くように歩いているのだが、ロッセリーノ通りから、またしても横道に入って南へ出ると、ゆるやかにカーブした車の入れない城壁の上の道に出る。それがカステッロ通りだ。

そこからは眼下にオルチャ渓谷がながめわたせる。振り返れば大聖堂の後陣と鐘楼が見えるのだ。

実を言うとピエンツァで最も印象に残っているのはこのカステッロ通りだ。十一月なので畑に麦はないのだが、豊かそうな土地である。道と糸杉のバランスもいい。そして、ところどころポプラが黄色く彩りを添えている。

小さい街だが、それだけにかえってトスカーナの味わいを楽しむのに最適、という気がした。

3

十一時十五分にピエンツァにさようならして、バスでオルチャ渓谷を行くと、十五分でモンタルチーノに着いてしまう。またしても丘の上の街だ。

駐車場でバスを降り、街に入るとまず目に入るのが大きくて堅固な城塞である。

モンタルチーノの起源は紀元前六世紀にさかのぼるのだそうだが、中世には、シエナ共和国とフィレンツェによって支配権が争われたところで、ルネッサンス期にはとても緊張を強いられた街だった。

そこで、シエナの支配の時代、一三六一年にこの城塞が建てられたのだ。街の周りの道が見渡せる丘の端にあり、威圧感さえ感じさせる力強い建物である。

城塞の中庭に入ることができた。そして、城塞の塔に登ることもできたそうだが、私と妻とでなんとか記憶をたどってみるのだが、その塔へ登ったのかどうか思い出せないのである。そんなような雰囲気のところへ登ったような気もするし、それは別の旅行の別の国での体験だったかなぁ、とも思うのだ。

ただし、城塞の内部にエノテカという、市営のワイン試飲所（有料）があったことははっきり覚えている。試飲したかったのにその時間がなくて、残念な思いをしたからだ。

イタリアワインのことを知る人ならば、モンタルチーノときけば、世界的に有名なワインの、ブルネッロ・ディ・モンタルチーノを思い出すのだそうだ。イタリア統一後のことだが、フェルッチョ・ビオンディ・サンティという男が戦場から帰ってみると、彼のぶどう畑はオイディウム菌とウドンコ病にやられて荒れはてていた。そこで、病気に強い品種を選び、作ってから五十カ月以上オークの樽《たる》で寝かせる、という方法で作り出したのが深みのあるブルネッロ・ディ・モンタルチーノだったのだ。一八八八年のことである。現在では二百以上の生産農家がブルネッロを作っているのだそうだ。

私たちはこの日の昼食でそれを飲むことができた。まず一杯ずつ、自慢のブルネッロ・ディ・モンタルチーノが出たのだ。おいしく飲んだことは言うまでもない。

モンタルチーノの街には、ワインを売る店がやたらにある。ここへ来たらワインを買わずにどうする、みたいな感じだった。

また、モンタルチーノは蜂蜜《はちみつ》の名産地でもあって、蜂蜜を売っている店もあった。

城塞を出て、市街地を歩く。ここも坂道が多くて、そのことが味わいになっていた。

古いいくつかの教会を見た。サンタゴスティーノ教会はゴシック様式で、大理石の扉口を持っていた。十四世紀に建てられたものだ。

サンテジディオ教会も十四世紀に建てられたもので、中に入ってみたところ天井が木造で簡素な造りだった。

しかし、一番立派なのは聖サルヴァトーレ大聖堂（ドゥオーモ）だ。一四六二年にピウス二世の命により建てられたものだが、十九世紀に改築されたので、新古典様式になっている。ファサードの前に円柱に支えられた回廊があるのが珍しい。その円柱がレンガ造りだというのも特徴である。

それらの教会を見たあと、街の中心のポポロ広場へ出た。この日は日曜日で、広場にはミサを終えた人がたくさん出ていて賑やかだった。

広場に面して建てられているのは、高い塔を持った市庁舎だ。塔も高いが、市庁舎そのものもやけに細くて高い建物で印象に残る。

家々に旗が出ているのはなぜかな、と思ったらこういうことだった。

毎年十月に、モンタルチーノではつぐみ祭りという祭りがある。中世の頃、狩猟シーズンに入ったことを祝った祭りを再現したものだそうだ。その祭りで、街の四つの地区（コントラーダという）が、弓の競技をするのだ。

そして、優勝したコントラーダの旗が五月頃まで飾られるというわけである。シエナも十七の地区からなる街で、パリオという祭りで競馬の競技をしていたではないか。モンタルチーノでも、そういう地区の競いあいがあるわけなのだ。とても盛り上がるに違いない。

4

ところで、モンタルチーノには悲しみの歴史がある。シエナの紀行の中で触れたように、一五五五年にシエナは、スペインとメディチ家の連合軍に降服してしまうのだ。その時、反フィレンツェ派のシエナ人六百五十人は、モンタルチーノに逃れて「モンタルチーノにおけるシエナ共和国」を造るのだ。シエナ人による最後の抵抗だった。

しかし、メディチ家がそんな逃亡者を放置しておくわけがない。モンタルチーノは何度も攻めたてられた。

今、モンタルチーノにある城塞は、その時シエナ人が籠《こも》って戦ったところである。そのことの名残りを伝えるために、その城塞には今もシエナの旗が翻っている。

だが、そのシエナ人たちの抵抗もやがては力つきる。四年後の一五五九年、モンタルチーノはついにメディチ家の軍門に下り、トスカーナ大公国の一部となってしまう。つまり、メディチ家の支配するところとなったのだ。

そして、城塞には例の丸薬のついた、メディチ家の紋章が取りつけられるのだ。現在、市庁舎の前庭部分には、コジモ一世の像が建てられている。

今現在のモンタルチーノは、ワインで名高い、中世の面影を残す街である。ワインのラベルデザインのコンクールがあるらしく、優秀作を拡大したものがタイルに描かれ、広場の壁に飾ってあったりした。

モンタルチーノの見物はそこまでだ。朝から二つ、丘の上の街を歩きまわったので、かなり足にきている。

バスに十分ほど乗って、アグリツーリズモへ行きランチを取った。このアグリツーリズモというのは、農家民宿とでも訳すべき、農家に長期間泊って、ただのんびりくつろぐ宿泊施設である。

一九六〇年代に、ある農家の主婦が始めた民宿が最初なのだそうである。歴史のある立派な農家に泊れて、食事も出されるのだ。イタリア人はこれを、大いに発展させた。その裏には、田舎に産業を興し、人口の流出をくい止めたい、という目的もあったようだ。

トスカーナ州は、周辺の風景がすべて絵はがきのようだという美しいところなのだから、アグリツーリズモの人気は高まる一方で、今ではシエナ県だけでも四百軒以上のアグリツーリズモがあるのだそうだ。

元々は、アグリツーリズモの宿泊は一週間とか二週間が単位で、ただ自然の中で何もせず過ごすのが本当なのだそうだ。そんなところは、日本の体験農家民宿とはちょっと違う。

ただし、だんだんアグリツーリズモが増えてくるとビジネスを考えるようになってきて、新しく開業したところほど、ホテルとの違いが少なくなっているそうだ。宿泊単位が二、三日になったり、朝食つきで部屋だけを貸すところが増えてきたりして。

そして中には、ランチだけ食べに寄ることのできるところまで出てきて、私たちはそういうところへ行ったのだ。

素朴な農園レストランという味わいである。ワインのブルネッロ・ディ・モンタルチーノを一杯いただき、ほろほろ鳥のグリルなどを食べた。

ヨーロッパではよく七面鳥を食べるが、あれはどうも肉がバサバサしていて私の好みではなく、あまりおいしくない。ところが、初めて食べたほろほろ鳥は、料理の見た目は七面鳥に似ているのに、肉がしっとりしていてとてもおいしかった。

私たちはそこで、ゆったりと二時間もかけてランチを楽しんだのである。店から庭へ出ると、その家の家族が私たちと同じものを食べていた。その感じがあまりに自然なので、私たちはこの家に招かれてお昼をご馳走になったのかしら、というような気分になってしまった。

さて、午後向かう街はアッシジである。そこがどんなところなのか私は何も知らない。

アッシジ

1

ピエンツァとモンタルチーノを観光した日の夕刻、私たちのバスは東へ東へと進み、トスカーナ州からウンブリア州へと入った。そうなってすぐ右手に大きな湖が見えた。その昔、イベリア半島から象軍を率いてイタリアに攻め入ったカルタゴのハンニバルが、ポエニ戦争で一時的に勝利したのがこのトラジメーノ湖のあたりだそうだ。

そこを過ぎ州都のペルージャも通り過ぎて、夕陽が沈む頃、私たちはアッシジに着いた。

またしても丘の上に街がある。そして街にだんだん近づいていくと、丘の左端にものすごく大きな白い教会があって、ライトアップされているのが目に入った。あの巨大な教会は何なのだろう、と興味をそそられる。

旅行ガイドブックにちょっとでも目を通しておけばわかることなのに、予習ゼロだから皆目わからないのだ。それも面白い旅行法ではあるのだが。

だがこの日は、予習ゼロがちょっと裏目に出たと言うべきかもしれない。

丘の下の駐車場でバスを降りて、市内の坂道を少し歩いてホテルに入ったのだ。小さめの、やや粗末なホテルだった。廊下のつき方が複雑で、部屋に戻るのにまごつくようなホテルでもあった。

私は、タバコの吸える部屋にしてほしいと言った。すると、フロント係の機嫌の悪そうな女性が、部屋では吸えない、吸うならバルコニーへ出て吸え、と言うのだ。

ではそうしようと思ったのだが、そのバルコニーというのが五十センチ×七十センチくらいの小ささなのだ。まるで説教壇のようである。

そこでタバコを吸っていたら、さっきの女性が、言われた通りバルコニーで吸っているかどうか見に来た。いかにも監視しに来た、という態度である。

私は少々ムッとしてしまった。そこで、いつもなら携帯灰皿に吸いがらを捨てるのに、バルコニーにタバコを捨てて靴で踏んで消した。出るまでに、そのバルコニーに十本くらいの吸いがらを捨てたのだ。これは禁止じゃないんでしょ、という気持ちだった。

ところが翌日、観光をしてアッシジのことを知った私は、あの女性の不機嫌のわけをようやく理解したのだ。アッシジとは、カトリック世界でこの上なく尊敬されている聖フランチェスコの出た街で、あの白い大教会はサン・フランチェスコ聖堂なのだ。だから、世界中から巡礼者がいっぱい押し掛けるところなのである。

私たちの泊った小さなホテルは、巡礼者の宿みたいなところなのだ。市内のそういうところへ泊れるのは好運だ、と思う人が多いのである。

それなのに、聖フランチェスコのことを何も知らない日本人が、着いてすぐタバコを吸いたいと言いつのるから、彼女もムカッとしていたのだろう。この街のありがたさがわかってないの、という気分だったのだと思う。そうとわかってきて、私はタバコの吸いがらを捨てたことを反省したのである。

翌朝、まずはそのサン・フランチェスコ聖堂へ行った。日本人の神父様に案内してもらえることになっていて、約束の時間までちょっと待った。朝の光を浴びる聖堂を様々な角度から見てみたが、非常に堂々とした立派なものである。白い石灰岩で造られていてとても明るい。見ているうちに、この聖堂は上下二層になっている、ということがわかってきた。

2

丘の端にあるせいで、敷地が坂、つまり斜面なのだ。そのことを利用して、まず坂の下にロマネスク・ゴシック様式の下部聖堂が造られ、その上に上部聖堂がゴシック様式で造られたのである。そして聖堂の背後を囲むようにアーチの並ぶお城のような部分があるが、それはおそらく修道士たちの住むところなのだろう。その全体が白い石灰岩で造られており、ライトアップされるから、街の外から見て壮大な景観なのだ。

神父の谷村さんが来て、私たちをまず下部聖堂へ案内してくれた。天井が低くて暗く、厳しい感じのする堂内に、聖フランチェスコの墓や、着ていた粗末な服の展示がある。そして、ジョットやチマブーエやピエトロ・ロレンツェッティらによる聖母やキリストや聖フランチェスコの肖像画があった。

階段を上がって中庭に出て、もうひとつ階段を上がって上部聖堂に入る。こちらは天井が高くて、窓から光がさしこんで明るい。信者用の椅子《いす》のある、よく見かけるタイプの教会だ。

その壁面にジョットによる二十八面のフレスコ画「聖フランチェスコの生涯」があって最大の見物だ。そのうちの「小鳥に説教する聖フランチェスコ」は、テーマが興味深くて記憶に残る。

この聖堂は聖フランチェスコが亡くなった二年後の一二二八年に建設が始まり、一二三〇年に下部聖堂が完成し、一二五三年に上部聖堂が完成した。

さてそこで、聖フランチェスコがどんな聖人なのかを知っていないとアッシジという街が理解できないわけだ。私は、この旅行の時にはよく知らなかったのだが、旅行後に本を読んで知識を得た。題名だけはよく知っていた「ブラザー・サン、シスター・ムーン」（一九七二年）という映画が聖フランチェスコを描いたものだと知り、観てみた。それから、一九八九年の「フランチェスコ」という映画も観た。

一一八二年頃、アッシジの裕福な毛織物商人のひとり息子として生まれたのがフランチェスコだ。何不自由なく育ち、快活な性格で、友人の多い生活を送っていた。二十歳の時、ペルージャとの戦争に従軍して、捕虜となって一年間ほど牢獄《ろうごく》生活をした。父が身代金を払ってくれて帰還できたが、そこで大病を患ったらしい。一時は生死の淵《ふち》をさまよった。

それ以降、フランチェスコは自分の人生について考え込むようになり、時々神の声をきくようになった。宗教的な啓示を受けたわけだ。ある時、ある粗末な教会の中で十字架に描かれたキリストを見ていると、「私の家を直してくれ」という声がきこえた。フランチェスコは自分で石を運びその教会を直した。

そんな生活の中で、フランチェスコはキリストのように何も持たずに生きよう、と思うようになる。「清貧」と「貞潔」と「従順」だけで生きるのだ。

彼は、家に帰ってこいと命じる父に、街中で着ている物をすべて脱いで返す。宗教生活に身を投じたということである。二十三歳の時だった。それ以来彼は、何も所有せず、下層労働をして食べるようになり、食べられない時は托鉢《たくはつ》をした。いわゆる托鉢修道士となって、人々に説教活動をしたのだ。

フランチェスコが説くのは、貧しく生きることが神への道、ということだった。

その頃のイタリアは商業が盛んになっていて、彼の父もそうだが、商人の富が権力になりかけていた。そこへフランチェスコは、貧しさこそ正しいのだ、と説いたのだ。だんだんその話に耳を傾ける人が出てきた。

フランチェスコの会のメンバーが十一人になった一二一〇年のこと、彼とメンバーたちはローマへ行き、時の教皇インノケンティウス三世に面会した。修道会として認めてもらうためだった。

教皇は初め、全員が裸足《はだし》でぼろぼろの修道服を着ている彼らを怪しんだが、話をきいてみると厳しすぎるほどの清貧生活を実践していることがわかってきて、ついに修道会として認めるのである。映画「ブラザー・サン、シスター・ムーン」ではこの教皇をアレック・ギネスが演じている。

インノケンティウス三世がなぜフランチェスコたちの活動を認めたかについては、フランチェスコが教会を助ける夢を見たからだ、などという話もあるが、その頃独自の修道会を作る動きが多くあって、そのほとんどが腐敗したローマ教皇庁を批判したのに対して、フランチェスコの会には教皇庁に反逆する意図がなさそうだったから、という分析をする人もいる。とにかく、フランチェスコの会はローマ教皇に認められたのだ。

アッシジに戻ったフランチェスコは活動を広めていった。彼はすべての人や物を兄弟とか、姉妹と呼んだ。映画の題名はそこからきている。狼や小鳥にも説教した。自然をありがたいものと考えるのだ。

修道士の数はやがて五千人を超えるほどになる。だんだん会の運営がむずかしくなってきたが、彼はそれを人にまかせ、自分は宗教生活だけをした。エジプトまで行ってイスラム教徒のスルタンにも説教した。

しかし、病弱で、そのことには苦しめられた。死の直前には、キリストが磔刑でつけられた両手両足と胸の傷が、身体に現れるという聖痕《せいこん》の奇跡も体験した。そして一二二六年に四十四歳で亡くなった。そういう、イタリアで、いや世界中のカトリック教国で最も尊敬されている聖人がフランチェスコなのだ。

3

アメリカにあるサンフランシスコという都市の名の元はもちろん聖フランチェスコである。そのことを私は六十歳を過ぎて知ったのだ。彼の作った修道会が、フランシスコ会（なぜかこう表記する）である。

フランシスコ会は異教徒への伝道に熱心で、モンゴルにキリスト教を伝道したりした。日本に最初に伝道に来たザビエルはイエズス会士だったが、一五九三年にはフランシスコ会士が伝道に来ており、秀吉《ひでよし》に殺されている。

またフランシスコ会はコロンブスの計画の理解者で、彼の二回目の航海には二名の会士が同行した。そして、中米、南米のキリスト教化に重要な役割をはたしたのである。

ひとつ思いがけない話をしよう。聖フランチェスコは死ぬとすぐローマ教皇庁から聖人であると認められた。そして今では、シエナの聖女カテリーナと並んで、イタリアの守護聖人となっている。ところが、一九七九年のことだが、教皇ヨハネ・パウロ二世は、自然を愛し、小鳥にも説教したフランチェスコを、環境保護運動をする人たちの守護聖人だとしたのだ。なんとなく面白い話だ。

あ、もうひとつちょっと驚く話があった。サン・フランチェスコ聖堂のフレスコ画の壁画などは今、一部損傷しているところもあるがだいたい鑑賞できる。だが実は一九九七年に大地震があり、大きな被害を受けたのだそうだ。それを、砕けた壁のかけらをひとつずつ並べるようにして修復したのだそうである（修復は継続中）。大変な努力だなぁと感心してしまった。

さて、サン・フランチェスコ聖堂を出て、丘の上の街の中心に延びる道を歩く。サン・フランチェスコ通りだ。土産物屋や、ワインの店などが左右に並んでいる。ここも中世の家々がそのまま残っている。

五、六百メートルほど行くと街の中心であるコムーネ広場がある。そこで最初に目につくのは広場に面して建つミネルヴァ神殿だ。紀元前一世紀の古代ローマ時代に建てられたもので、六本のコリント式の円柱がペディメント（三角形の切妻壁）を支えていて、確かに古代神殿だ。ただ、十六世紀にコリント式の円柱などは残してその奥を改装して教会にしたのだ。教会としての名はサンタ・マリア・ソプラ・ミネルヴァ教会である。

古代ローマ時代の神殿があることでわかるように、アッシジの歴史は古い。紀元前六世紀にウンブリ人が作った街だそうだ。その後古代ローマの都市となった。ローマ帝国が滅んだ後はゴート人などが入って長らくさびれていたが、十二世紀頃から商業の街として栄え、コムーネ（自治都市）となっていったのだ。そこに聖フランチェスコが出たわけである。

ゲーテは『イタリア紀行』でアッシジに来た時、ひたすらミネルヴァ神殿の素晴しさのみを強調している。そして、サン・フランチェスコ聖堂については「バビロン風に積み重ねられた寺院の巨大な下層建築は、私に嫌悪の念を覚えさせた」（相良守峯訳）と言って中を見物しないのである。やっぱり趣味の偏った人なんだなぁ。

ミネルヴァ神殿の隣にはポポロの塔があり、その隣は隊長の館《やかた》である。神殿の向かいにあるのはプリオーリ宮殿で、今は市庁舎として使われている。中世の味わいを持つ街の中央広場だった。

ところで、ツアー・メンバーの中にアッシジへ来るのは二度目だという奥さんがいて、前回はここでトリュフのペーストの瓶詰を買った、今回も買いたい、と言うのだ。私と妻は、それってなんだか魅力的だなぁと思い、まだオープンしていなかった食品店を開けてもらい、白トリュフのものと黒トリュフのものを買った。そのままパンに塗ってもよし、オムレツなんかに入れてもよしというものだが、帰国してから食べたところ、なかなかオツなものであった。ウンブリア州はトリュフも名物で、豚に探させてトリュフを採るという話はこのあたりでのことなのだ。

4

街をほぼ横断して地図の右端あたりまで来ると、白とバラ色の石灰岩を交互に積んで縞模様を出した愛らしい教会がある。サンタ・キアーラ教会だ。

アッシジの名門貴族オッフェレドゥッテの娘キアーラは、十六歳の時に路上で聖フランチェスコの説教をきいて感銘を受け、十八歳の時に裕福な男に嫁がされそうになって自暴自棄になり、聖フランチェスコの元へ逃げて信仰の生活に入ったのだ。彼女は「清貧」「貞潔」「従順」の誓いを受け入れ髪を短く切り、粗末なチュニックを着て、ひたすら教会内で信仰生活をした。やがてキアーラは女性修道士を数多く受け入れるようになり、尼僧のための第二会を創立した。この会が、聖キアーラ会だが、ドイツ語風の読み方で、聖クララ会ということもある。

キアーラは病気で没する聖フランチェスコを看取った。やがては彼女の二人の妹も、母も聖キアーラ会に入った。

キアーラは五十九歳で亡くなり、二年後には聖人とされた。ところで、面白いことに、一九五八年にキアーラはテレビの守護聖人だとされるのである。それは晩年のキアーラは病のためにミサに出られなかったが、奇跡を起こし、自分の部屋の壁からミサを見、説話をきいたという逸話からである。とても面白い話だ。

そういうキアーラの聖遺体が納められているのがこの教会である。その内部に、「キリストの磔刑」の板絵がある。それが「ダミアーノの十字架」であり、聖フランチェスコに「私の家を直してくれ」と言ったとされるキリストである。

ここに描かれているキリストは苦しんでいなくて楽しげですらある。このように十字架で苦しんでいないキリストを「勝利のキリスト」、苦しんだり、もう死んでいたりするキリストを「受難のキリスト」と言うのだそうだ。「勝利のキリスト」はあまりほかでは見たことのない珍しいものだった。

サンタ・キアーラ教会は丘の端のテラス状の土地に建っているので、丘の下がよく見渡せる。のどかな晩秋の景色が目に快かった。そして、反対に丘の上を見れば、もともとはローマ時代に建てられた大城塞（ロッカ・マッジョーレ）がやや荒れた風情で遠望できる。一度は破壊されたが、十四世紀半ばに再建されて、以来教皇庁の代官が常駐したのだそうである。

私たちは丘の上の街を気ままに散策し、その古い味わいを大いに楽しんだ。それからバスに乗り、街から五キロほど離れたサンタ・マリア・デッリ・アンジェリ教会へ行った。十七世紀後半に完成した優美なクーポラ（円蓋）を持つ大きな教会だが、中に入ると、礼拝堂の中央に六畳一間ぐらいの小さなお堂があるのだ。それは外側はフレスコ画で飾られ、内部は飾り気のない粗壁の小さな礼拝堂で、ポルツィウンコラ（小さな土地、という意味）と呼ばれている。それは、聖フランチェスコが比較的早く建て直し、修行したという、教会とも呼べないような小さな神の家なのだ。聖キアーラが弟子にしてほしいと駆け込んできたのもここだった。そして、フランチェスコが四十四年の生涯を閉じたのもここなのだ。

そういう意味深いお堂を守るために、それを包むようにサンタ・マリア・デッリ・アンジェリ教会は建てられたのである。

ここでは面白い話をきいた。この教会の右翼部からバラ園に出られるのだが、そこのバラには刺《とげ》がないのだ。

聖フランチェスコが修行中のこと、悪魔の誘惑に負けそうになりこれに打ち勝つために、夜、衣服を脱いでバラの繁《しげ》みに身を投じた。するとバラはすぐに刺を失い、聖人を優しく迎えたのだそうだ。ありがたい話がいっぱいあるのである。

その教会を見終ったのが昼の十二時ぐらいである。私たちは街外れの、大きな炉でソーセージを焼いている、すすけた田舎の家風のソーセージ・レストランで昼食をとった。

サラミやハムやチーズも素朴でおいしくて、私のアッシジへの印象はとてもよくなったのだった。

ローマ

1

　さて、私たちの長い北イタリア紀行も、いよいよゴール地点にたどり着こうとしていた。

　最後の目的地は、言うまでもなくローマである。古代ローマ帝国の都、ローマ。カトリック教皇庁のあるローマでもあり、そこはヴァティカン市国という別の国になっている。

　映画「ローマの休日」で、オードリー・ヘップバーンが演じたアン王女が、「ローマこそ最高の街でした」と言う、あのローマだ。

　あと残すところはローマだけか、と思うとホッとすると同時に、名残り惜しいような気もするのだった。

　ところが、ローマに着く前に、私たちはある小さな街に寄り道をした。私にしてみれば、えーっ、きいてないよー、というところだった。

　昼食をとってアッシジを出発したのが午後二時半。ローマをめざしてひたすら南下していくのだが、二時間弱走って、いよいよウンブリア州とおさらばしてローマのあるラツィオ州に入ろうかというあたりに、崖《がけ》の上の街があった。そこがオルヴィエートである。丘の上の街はさんざん見てきたが、その街はちょっと違っていた。豊かな平野部に、いきなり凝灰岩でできた盛り上がりがあり、周囲は切り立った崖なのだ。ある人の旅行記に、まるで天空の城ラピュタだ、と書いてあったが、まさしくそんなふうに人口二万人の街が崖の上にあるのだった。

だから、バスではその街へ入れない。鉄道の線路の下の通路をくぐると、ケーブルカーの駅があるから、それに乗って崖の上の街に行くのだった。そのケーブルカーは、フニコラーレと呼ばれている。

「フニクリ・フニクラ」という歌があって、あれに出てくるのはナポリの郊外のヴェスヴィオ山に登る登山電車なのだが、今はもうないときく。そうしたら思いがけないところでフニコラーレを体験することができたわけだ。

フニコラーレを降りて、市内バスで旧市街へ行く。まず見物したのは、この街になぜこれほど立派なものがあるのだろう、という気のするドゥオーモ（大聖堂）だ。イタリアにおけるゴシック建築の中で最も重要なもののひとつだそうである。

一二六三年のことだが、この街の近郊ボルセーナで聖餐式《せいさんしき》が行われ、キリストの体を意味するパンが供えられた。するとそのパンから血がしたたり落ちて、下に敷いてあった聖餐布にしみ込むという奇跡がおこったのだ。

その時の聖遺物を祀《まつ》るために、一二九〇年からこのドゥオーモは建設された。完成したのは十七世紀初めだそうだ。ファサード（正面）が荘厳で見ごたえ十分である。付け柱として、すごく奇妙にねじれた、ねじり飴《あめ》のような柱があるのが目を引く。

中には金属工芸の至宝とも言うべき聖遺物箱が置かれており、壁面にはフレスコ画がいっぱいある。ルカ・シニョレッリによる『黙示録』からテーマをとって描かれた連作は特に見事。

ドゥオーモの次は、レプッブリカ広場へ出て街の中心の雰囲気を見た。中世的な味わい深い街並みだ。この街もワインの名産地で、ワインの店がいくつもある。そのうちのひとつに入ってみると、地下のワイン倉庫を見せてくれた。凝灰岩の地層をくり抜いて、地下室になっているのだ。この街にはそういう地下通路がいっぱいあり、そのいくつかはつながっていて、地下街のようになっているのだとか。

十二世紀に建てられたロマネスク・ゴシック様式のポポロ宮殿を見た。外回りにつけられた階段が見事である。

オルヴィエートは鉄器時代から人の住んだところだが、紀元前七世紀頃にエトルリア人がここに街を築いた。紀元前三世紀にはローマに支配されたが、そう大きな街ではなかった。十二世紀頃から街は発展を始めたが、皇帝派と教皇派の対立が激化したことと、ペストの流行によって街はさびれた。十二世紀には教皇領となっている。

長さ一・五キロの木の葉の形をした高台の街をフニコラーレの駅まで戻ってくると、近くにサン・パトリツィオの井戸がある。これは、ローマが略奪された時、ここへ逃げてきた教皇クレメンス七世が、一五二七年に掘らせた井戸だ。直径十三メートル、深さ六十二メートルのたて穴で、周囲には上下に重なった二重らせんの階段がある。下へ降りる階段と、上へ登る階段が別になっていて、上下に並んでいるわけだ。

クレメンス七世に限らず、ローマ教皇はローマに敵が攻め込むとサンタンジェロ城へ逃げるのだが、そこでも危ないとなるとこのオルヴィエートへ逃げたのである。なんせ、崖の上の街なのだから攻めようがない。

それをきいていて私は、それって日本の南北朝時代に、南朝が逃げた吉野《よしの》によく似ているなぁ、と思った。南北朝時代に限らず、日本では新王などが政争で負けるとよく吉野へ逃げた。義経《よしつね》だって兄頼朝《よりとも》に追われて吉野へ来る。

そういう、都の裏の山の中の一時避難所のような街が、オルヴィエートだと思えばいいようである。

2

オルヴィエートからローマまではバスで二時間ほどの行程だった。途中で陽が暮れてきてものすごく美しい夕焼けが見えた。雲の形が複雑で、ドラマチックなほどの夕焼けだったのだが、その美しさはカメラでは捉《と》えきれないのだ。残念である。

ローマに着いて、ホテルにチェックインするより先に、チャイニーズ・レストランへ行って夕食をとった。チャイニーズ・レストランって、本当に世界のどこへ行ってもある。そして、ひとつのツアーで一回は、たいてい後半だが、そろそろ馴染《なじ》みのあるものが食べたいでしょうからと、チャイニーズ・レストランへ行くのだ。そういう場合、これは私の個人的見解だが、ろくなチャイニーズ・レストランだったことがない。焼きそばとは素敵だなぁ、と言ってるメンバーがいたので、そのそばはきっとスパゲティですよ、と言ったら当たりだった。ま、その程度のものである。

それでも、食べ慣れたものなので胃がホッとする人もいるんだから文句は言わないが、私は、イタリアではパスタやピッツァが食べたいと思うタイプだ。

パスタの雑学を披露しよう。パスタは英語のペーストと同じ語源で、粉のねり物であることを意味している。ところで、私はパスティーシュという手法の小説を書くのだが、その語源もパスタと共通しているのだ。つまり、いろんなものを引用してきて、のり（ペースト）ではりつける方式がパスティーシュというわけだ。パスティーシュ作家の私がパスタを好むのは、そういう因縁のせいかもしれない。

夕食後、テヴェレ川に面するリベルタ広場に近いホテルにチェックインした。午後七時四十五分である。ホテルがあったのはグラッキ通りという繁華街で、近くに百貨店もあった。そして、その百貨店の地階はスーパーになっていて、八時で閉店だというので急いで行った。旅も終盤になったこの頃には、みんなすっかりスーパー利用派になっていて、大きな袋にワインやミネラルウォーターを買うのだった。近所へお土産で配るのだと言って、筒入りの塩を三十個も買っている人がいた。私と妻は、デザートのトマト用にそれを一個買った。

ローマは着いたとたんに大都市とわかる華やかな街だ。そしてそこは、ものすごい歴史に圧倒されるところでもある。

しかし、そこを観光するのは一泊してからである。まずは、体を休めたいところだ。この日はアッシジとオルヴィエートという坂だらけの街をさんざん歩きまわったのだ。オルヴィエートの街では、道の敷き石が三角形で、すごく歩きにくかった。

どうも足の調子がよくなかった。それで、靴下を脱いでよく見てみたところ、右足の薬指と小指の間が水ぶくれになっていた。なんで指のつけ根にマメが、とも思ったが、ついに来たか、という気もした。私たちのツアーは、まことに見せ惜しみをしないもので、時間がある限り見所へ案内してくれるのだ。そして、その方針は私と妻の望むものだった。ブランド・ショップにばかり案内して、すぐ近くにあった重要な遺跡は無視だったなぁ、というようなツアーもあるのだが、私たちはなるべく多く見せてもらうほうがいいのである。

だが、この北イタリアの紀行はそれにしても見る所だらけだった。要するに、歩きすぎているのである。旅の十一日目にして、ついに私の足は悲鳴をあげたのだ。

だが、もう歩かないというわけにはいかない。私は指と指の間にガーゼをつめ、傷テープでそっと押さえて明日もなんとか歩こう、と覚悟を決めるのだった。

イタリアで多く歩きがちになるのは、城壁に囲まれた旧市街を見る際に、中までバスは入れない、ということになっていることが多いからである。ずいぶん遠い駐車場から街の中心部までどうしても歩かなきゃいけないのだ。

そしてそれは、ローマでも同様だった。たとえばサン・ピエトロ大聖堂へ行こうとすると、バスはかなり離れたところでなければ駐《と》められないのだ。

そこで、日本人はズルイことを考える。寺院のすぐ近くでバスを一瞬停《と》めるから、皆さん大急ぎで降りて下さい、という方式にするのだ。短時間ですむなら咎《とが》められることもない。

というわけで、このツアーで我々メンバーは、バスから一瞬で降りて下さい、バスに一瞬で乗り込んで下さい、と言われることが多かった。すると、だんだんそれがうまくなってきて、我々は火災警報が鳴った時の消防士のように、あっという間にバスに乗降するようになった。そういうのも旅の面白さである。

3

翌朝、私たちはまずヴァティカン市国へ行った。面積〇・四四平方キロの世界最小の国である。ただし、国とはいっても入国審査などはない。通貨もユーロである。独自の切手を発行しているが、その切手をはった手紙は市国の中のポストに投函しなければならない。

聖職者は市国内に住んでいるが、それ以外の人々は近くのローマ市内から通ってくるのだそうだ。そんなわけで、ここがひとつの国という感じはあまりない。

私たちはまず、ヴァティカン博物館を見物した。そこはもともとは教皇の住居だったところだが、今は二十もの博物館、美術館、絵画館、図書館となっている。全部を丹念に見てまわるには一週間はかかるだろうというそこを、二時間くらいで見るのだからいいところを少しかじるだけとなる。まつぼっくりの飾りのある中庭から、彫刻ギャラリーの内部に入る。そうそう、ここでも現地ガイドが、こんなにすいているなんて嘘みたい、と驚いていた。

そのガイドさんが、イオナさんといって、日本語の話せるおしゃれで知的で、ユーモアもあるイタリア人女性だった。その人が、彫刻ギャラリーや、燭台《しょくだい》の間《ま》、という廊下などを案内してくれて、古代彫刻を見るたびにこういうことを言った。

「これはオリジナルです。価値があります。あ、これはレプリカです」

そして私は、彼女がレプリカと言うものが実は何であるのかを知ってとても驚いた。

彼女は、ギリシア文明における彫刻をオリジナルといい、ローマ帝国でできた彫刻のことをレプリカと言っているのだった。そんなバカな、という話である。だが、それは文明の源流を尊ぶ面白い見方でもあるのだった。

タペストリーの間を見て、壁に地図の描かれた廊下をたどった。そこで見たもののことはよく覚えている。

だが、ラファエロの間のうち、コンスタンティヌスの間と、ヘリオドロスの間、火災の間で見たもののことは記憶にない。全部頭に入れることは不可能なのである。

しかし、署名の間で見たものは永久に忘れないだろう。そこにはラファエロの「アテネの学堂」「聖体論争」「パルナッソス」「枢要徳」といったフレスコの壁画があった。特に「アテネの学堂」は素晴しい。

私はラファエロのあまりに綺麗な聖母子像はそう好きではないのだが、ここで見たフレスコ画の見事さには圧倒された。考えてみると、カトリックの総本山の宮殿に、キリストや聖母ではなく、ギリシアの哲学者や科学者の絵を描いているのだからとても場違いである。しかしそれがまさしくルネッサンスというものなのだ。古典に帰れ、ということと、カトリックとがここでは渾然一体《こんぜんいったい》となっている。

その次に入ったのがシスティーナ礼拝堂である。そこは、教皇を選出するコンクラーべが行われる部屋としても有名だが、それより大切なのは、ミケランジェロの二大絵画があることだ。天井に「天地創造」が、祭壇背後の大壁面に「最後の審判」がある。

私のこの北イタリア紀行は、ミラノのサンタ・マリア・デッレ・グラツィエ教会の食堂でレオナルド・ダ・ヴィンチの「最後の晩餐」を見ることで始まった。そして今、システィーナ礼拝堂でミケランジェロの「最後の審判」を見ることで終ろうとしているのだな、という気がした。

その絵がどんなものか文章で説明しても意味はない。誰だってちょっと美術書を見てみればわかるし。

だから、やっぱり本物はすごかった、とだけ言っておこう。これが見られたんだから、いい旅行だったな、と思わされてしまうのである。

4

私たちは博物館を出て、次にサン・ピエトロ大聖堂に入った。カトリックの総本山であり、世界で一番大きな聖堂だ。もともとそこにはキリスト教を公認したローマ皇帝コンスタンティヌス一世が建てた、聖ペテロの墓のある教会があったのだ。十五世紀になって、教皇ニコラウス五世がこれを再建することを思いたち、教皇アレキサンデル六世もその方針を進めたが、一五〇五年に教皇ユリウス二世が改築を決定した。主任建築家としてドナト・ブラマンテが選ばれる。一五一四年にブラマンテが死ぬと、主任建築家はラファエロとなる。

一方、ユリウス二世は自分の廟墓《びょうぼ》を建てようとし、ミケランジェロを呼び寄せていた。しかし、あまりに壮大な廟墓は実現がむずかしく、代りにシスティーナ礼拝堂の天井画をまかせられる。ミケランジェロはいやいやその仕事をしたらしい。

一五一三年にユリウス二世が死ぬと、次の教皇にはメディチ家のジョヴァンニが選ばれレオ十世となる。レオ十世はミケランジェロとは幼馴染みで、扱いにくい男だと知っていたので、フィレンツェのメディチ家菩提寺サン・ロレンツォ教会のファサードの完成を依頼し、体よくローマから追い払った。

このレオ十世は、メディチ家の家風である平和均衡路線で何事も現状維持をはかるという人だったが、メディチ家のもうひとつの家風の、文化事業、芸術の後援には費用を惜しまないというところがあった。そのためにできた巨額の借金を返すために、教皇庁は聖職を売買し、免罪符を活版で刷って売りまくったのだ。

それに対して、そんなの変ではないかと、ルターが疑問を投げかけたことにより、宗教改革が始まるのだ。つまりレオ十世は、ルネッサンス芸術を最高水準まで高めた教皇であると同時に、宗教改革を呼びおこしてしまった教皇でもあるのだった。

一五二〇年、ラファエロが三十七歳の若さで没する。翌年、レオ十世も没。次の教皇にはハドリアヌス六世が就任したが、この教皇も在位一年余で没。

その後継者は、またしてもメディチ家の人で、レオ十世のいとこであるクレメンス七世である。

その頃、イタリアにとって脅威だったのは、神聖ローマ帝国皇帝であり、スペイン王でもあったカール五世だった。クレメンス七世はカール五世に対抗するためフランスと密約を結んだりするのだが、それがかえってカール五世を怒らせ、一五二七年、ついにローマは皇帝軍に略奪されてしまう。クレメンス七世がオルヴィエートに逃げたというのはこの時である。

結局、クレメンス七世は無条件降服をするしかなかった。その後もクレメンス七世はミケランジェロを重用し、ラファエロ亡き後のサン・ピエトロ大聖堂の主任建築家とするのだ。ミケランジェロは聖堂のクーポラ（円蓋）の設計をしたり、スイス衛兵隊のユニフォームをデザイン（これには異説もあり）したりした。

そして、パウルス三世の依頼により、システィーナ礼拝堂の「最後の審判」を完成させるのである。

ざっと見てきてわかるのは、サン・ピエトロ大聖堂が、ルネッサンス教皇と、ルネッサンス芸術家による、ルネッサンスの総本山のようでもある、ということだ。そんなに芸術かぶれで、免罪符を売りまくって、カトリックとしてはそれでよかったのだろうかという気がするほどのものだ。

だがそのおかげで、私たちは芸術の殿堂のようなこの聖堂と博物館を見ることができるのだ。

サン・ピエトロ大聖堂に入ってまず目を奪われるのは、ミケランジェロ二十五歳の時の彫刻「ピエタ」だ。ほとんど処女作に近いというのに、この完成度はどうしたことか、とうならされる。

堂内には聖ペテロのブロンズ像があり、その足先は参拝者にさわられて金色に輝いている。おびんずる様と同じである。

クーポラの下にはベルニーニによるブロンズの天蓋《てんがい》があるが、圧倒されるほど大きなものだ。

ベルニーニもまたサン・ピエトロ大聖堂を今の姿にした巨匠の一人だが、彼がしたことは完成した聖堂に、バロックの味わいの装飾をほどこした、とまとめられる。寺院の前のサン・ピエトロ広場を設計したのがベルニーニだ。広場をとり囲む円形の回廊に、四列になったドーリア式円柱二百八十四本が並び、その上に百四十人の聖人像があるというものすごいものである。

サン・ピエトロ大聖堂で感じたことは、とにかく大きい、ということだ。ベルニーニの天蓋もでかかったが、堂内の柱なんて、この面積があれば人が住めるぞ、と思うくらいに大きいのだ。

なにはともあれ、ここがローマのひとつの中心であることは間違いない。

5

ヴァティカン市国についてひとつ書き忘れたことがあった。そこはいつから、なぜひとつの国ということになったか、だ。

一八六一年にイタリア王国が誕生して、ようやくひとつの国にまとまったことはもう何度も書いたが、その時、ローマはその統一に加わってはいなかった。ローマがイタリア王国に併合されたのは一八七〇年である。そして、それまでトリノ、フィレンツェと首都が変ってきたのだが、七一年にローマが首都とされる。

だが、力ずくで王国に併合されて教皇ピウス九世は怒り、ヴァティカン宮殿に閉じこもり、王国政府との交渉を断ってしまう。そして、その後の教皇も同じ態度をとったので、六十年ほど教皇庁はヴァティカンに押し込められたような形で、不遇な時代を送るのだ。

そんな国家と教皇庁との対立関係に終止符を打ったのはファシスト党のムッソリーニであった。彼は、教会を味方につけつつ権力を握らせないために、一九二九年、ラテラーノ条約を教会と結んだ。これによって、独立したヴァティカン市国がローマの中に誕生したのである。

それにしても、ローマ教皇庁とイタリアの関係はとても微妙だと思う。カトリックの国はイタリア以外にもあるが、イタリアは自国の首都の中に、小さな独立国としてその本山を抱えているのだから特別だ。

私は以前、モロッコを旅行中に、ホテルでバスを使っていて突然ひらめいて、妻に珍説をしゃべったことがある。こんなことを言ったのだ。

「ローマ帝国がなぜ滅びたのかについて、変なことを思いついたよ。ローマ帝国はキリスト教を公認し、国教にするだろ。だから滅びたんだよ。唯一の神を認めちゃったら、もう皇帝はいらないもの」

妻には、それ、いい線いってるかもしれないと、好評の珍説だった。

「宗教で人々の上に立ってるから、広大な領土を支配する必要がなくて、大帝国にはならないわけさ。いろんな国の領主に対して命令権を持っていて、逆らったら破門すりゃいいんだから、領土なしの大帝国みたいなもんなのさ」

実を言うと、その後いろいろ考えて、私はこの、キリスト教会がローマ帝国を滅亡させたという説は、人様に発表するほどのものではないな、と判断した。やはり、ローマ帝国滅亡ともなると、ほかにいろいろ原因があるなあとわかってきたからだ。ゲルマン民族の大移動も大きな要因だし、巨大帝国は内側から自滅していったんだなあ、というのも事実だと思うのだ。

しかし、今回イタリアを旅行して、紀行文を書くために各地の歴史を調べたりもしてみて、イタリアが長らくひとつの国にまとまらず、いくつものコムーネ（自治都市）のよせ集めのような状態だったことの原因のひとつには、やはりローマ教皇庁の存在があるよな、という感想を抱いたのだ。

ローマ教皇庁は宗教で人々を支配していれば十分だった。時として少しの領土が教皇領として寄進されれば、それで経済的にも十分だった。

ところが、教皇庁の権力が脅かされることがある。すると教皇庁は、フランク王国だとか、ドイツとか、スペインとかに助けを求めるのだ。そしてカール大帝を西ローマ帝国皇帝にしたり、オットー一世を神聖ローマ帝国皇帝にしたりするのだ。つまり、よその王を名目だけイタリア王としてしまい、でも、王や皇帝より教皇のほうが上だよ、というやり方をするのだ。

神聖ローマ帝国皇帝とは考えてみれば変なものである。その実態はドイツやオーストリアの王なのに、名目上はイタリアの皇帝なんだから。いろんな王が、ついついその名目に引きずられてイタリアに手を出すが、完全にイタリアを手に入れることはできない。イタリアを戦争で乱れさせるばかりだ。そんなわけでイタリアはひとつの国にまとまることがない。

その上、皇帝と教皇ではどちらが偉いのかでイタリア人は二分され、ずーっと争ってきたわけだ。中世以降はコムーネ間の戦争に明け暮れたのである。

それも結局は、ローマ教皇庁という、国王とは違うんだけど、なんとなく上位に置いとくしかないものがあったからではないだろうか。

そんなことで、イタリア史はできているような気がするのである。教皇庁おそるべし、と言いたくなる。

6

さて、ローマの観光である。昼食をすませたあと、バスでサンタ・マリア・イン・コスメディン教会へ行った。ここには教会の入口左に「ローマの休日」でおなじみの真実の口がある。河の神の顔をかたどった大きな石の円盤がそれで、実は昔の排水口のふただそうだ。ここではもう、とにかく映画と同じように、口の中に手を入れて写真を撮るばかりだ。私もそういう写真を撮った。手がかみつかれて悲鳴をあげている演技をして撮っている。私はそういう普通のことをする人間なのだ。

次に行ったのは、ヴェネツィア広場で、バスを降りると広場に面して白い円柱が見事な記念堂が見える。一九一一年に、イタリア統一記念を祝して建てられた、ヴィットリオ・エマヌエレ二世記念堂だ。この記念堂の裏手へ歩いていく。その日はデモが予定されているとかで、広い車道に車の姿がなかった。

ふいに古代都市の遺跡に出た。東西約三百メートル、南北約百メートルにわたって存在する古代ローマの中心部、フォロ・ロマーノである。フォロとは、人の集まる場所、広場、という意味だ。

古代遺跡を世界のあちこちでいっぱい見てきたけれど、フォロ・ロマーノの価値は特別であろう。古代ローマ帝国時代の石柱通りや神殿や凱旋門が、それから、その時代の街並みが、広場が、他のどこでもないローマに残っているのだから。現代の大都市ローマの中に、そこだけぽっかりと古代ローマがあるのだ。

遺跡の多くは原形のままではなく、基壇や円柱や壁の一部があるだけの荒れようである。だけどそれがかえって、歴史のロマンを感じさせてくれる。

あれがセウェルス帝の凱旋門、あれはエミリアのバシリカ、元老院跡、ロムルスの神殿、ウェスタの神殿、あれがローマで最古のティトゥス帝の凱旋門、などと説明をうけたが、それらをまとめた全体が、古代ローマの街そのもので、そのことに感銘を受けた。「グラディエーター」でも「クレオパトラ」でも「ローマ帝国の滅亡」でも「ベン・ハー」でもいいが、あれらの映画の古代ローマがここに今もちゃんとあるというのがすごいことだ。だが実は、帝国の滅亡後はここは忘れられ、打ち捨てられていたのだそうだ。

発掘が始められたのは十九世紀になってからで、歴史的価値が高いので今も修復作業が行われているのだそうだ。

フォロ・ロマーノに続くパラティーノの丘には歴代皇帝の宮殿跡が残っている。

フォロ・ロマーノを突っきって東側に抜けると、そこに巨大なコロッセオがある。紀元七二年にウェスパシアヌス帝が着工し、八〇年にティトゥス帝により完成した闘技場だ。当時は収容人員約五万人を誇り、猛獣対剣闘士、また剣闘士同士の凄惨《せいさん》な戦いを見世物としていたのだ。美しい楕円形をした闘技場で、外壁は一部失われていて、よく写真で見るあの形をしている。そういう、一部分崩壊した建物なのに、それがかえって美しさになっているのだ。

ところで、コロッセオの名の由来を知って私は驚いた。コロッセオ、英語ではコロセウムとかコロシアムというその名は、闘技場を意味する古代ローマ語だろうとばかり思っていたのに、違うのだ。この闘技場のすぐ隣には、ネロ帝の黄金宮殿というものがあって、かつては闘技場脇にネロ帝の数十メートルもの高さのある黄金の像（ブロンズ像に金メッキしたもの）が立っていたのだ。そこで、巨像を意味するコロッソという言葉から、闘技場がコロッセオと呼ばれるようになったのだそうである。

ということは、ローマのこの闘技場以外はコロッセオと呼んではいけないわけだ。まったく知らなかったなあ。

私たちはこの日、デモの関係とかでコロッセオの内部には入れず、中は翌日見物した。コロッセオの周囲は観光客で大変な賑わいだった。

7

ところで、コロッセオの前で写真を何枚も撮っている時、観光地ならではの要注意事態があったのだった。そのひとつは映画「グラディエーター」風の剣闘士の格好をしたイタリア人が何人もうろうろしていることだ。これは、いっしょに写真を撮りませんか、というお仕事の人たちだ。

私と妻はそういうのにまるで興味を引かれないタチなので何もないのだが、この人たちが案外ボるので注意なのだそうだ。一人で撮って一ユーロか二ユーロ、こっちが三人だったりしたらまとめて五ユーロも払えばいいらしい。なのに、撮ってから二十ユーロ、なんていうことがある。三人だったので六十ユーロも取られちゃった人とかもいる。撮影の前に値段の交渉をするようにしましょう。

それとは別に、私はこの時こういう体験をした。妻がちょっと離れたところへ行っていて、一人で人ごみの中をふらふらしていたのだ。そうしたら、三十代くらいの細身のイタリア人の兄さんが話しかけてきた。

「日本人ですか。東京からですか」

なんて言う。日本語がうまい。そうだと答えるとこう言った。

「ぼくは大阪におりましてん」

ついこっちも笑顔になり、へえ、なんて言うわけだ。

すると兄さんは、右手と左手の人さし指を二本くっつけて、こうしてごらんなさい、と言う。なんとなくその通りにした。

そこで兄さんは、ポケットから細い紐《ひも》を出したのである。それを見た瞬間に、私は、ああ、その手の人か、と思った。

「ああ、そういうことね。じゃ、さいなら」

と私は言って、兄さんに背を向けた。後ろで何か言っていたが、しつこくまとわりつきはしなかった。

おそらく、紐で二本の指をしばってしまい、それから悪いことをする人だったのだ。最も悪い想像をすると、指をしばって手を使えなくしてから、こっちのショルダーバッグを開けて財布を盗《と》るのかも。

そこまで悪くない奴《やつ》だとしたら、指の周りに飾り紐でミサンガを作り、法外な値段で売りつけるのかもしれない。

とにかく、なにかそういうインチキ男だったのは間違いない。このイタリア旅行で、私は騙《だま》されなかったし、スリの被害も受けなかったが、唯一、この紐兄さんにはヒヤリとしたので、これから行く人のためにそんなこともあるとお伝えしておくのだ。

まあ、そういうことがあるのも海外旅行で、ひどくこわい目にあうのでなければ、面白い体験なんだが。

あ、そうだ。ここであの話をしておこう。危険な体験をしたという話ではない。ミラノや、フィレンツェでも感じていたことだが、書きもらしていたのでここで私のある感想を披露しよう。

イタリアへは、日本人観光客もたくさん来ている。大きな都市の広場などで、日本人の団体を見かけることが何度もあった。この、コロッセオの前でもそういう団体を見た。ガイドに導かれて一列になって歩いていたりする。

イタリアは女性に人気があって、若い日本人女性の団体もよく見た。ローマで見たのは、美容師の卵たちの研修旅行の団体だと、誰かが言っていた。

その日本人の女の子たちを見て私はどう思ったか。実にファッションが素敵だ、と思ったのである。

そんな言葉はないかもしれないが、可愛カッコいいのだ。日本のカワイイ文化はすごいな、と思った。今、世界で最もイケてるファッションではないのか。

みんな、思い思いにコーディネートしていて、画一的ではない。しかし、どの子も見事に可愛くて、遊んでいて、カッコいいのだ。言っては悪いけど、イタリアの若い女性より数段上でカッコいいと思った。

こういうことは言う人が少ない。ミラノやローマで見た女性たちのファッションは、ビシッと風格があって、とても日本人女性のファッションが追いつけるものではない、みたいなことを言いたがる人が多いのだ。さすがにおしゃれの本場は違いますね、みたいな。

私と、ファッションにはかなりうるさい私の妻の感想は、そうではなかった。日本の女の子って今いちばんファッショナブルだね、と感じたのである。

イタリア女性は、ぐずぐずにカジュアルになっちゃうか、決めようとするとコンサバティブになりすぎて、堅すぎる。つまり、決めすぎって感じなのだ。男性も、決めすぎになっていることが多い。

日本の若い女性のファッションや、カワイイ文化は、相当すごいものですよ、ということを私はイタリアで感じた。それはとても面白い発見だった。

8

ヴェネツィア広場に戻り、バスでナヴォーナ広場へ移動した。古代ローマ時代には戦車競技が行われていたという細長い広場だ。車が入れないので、人々が大いにくつろいだ様子でたむろしており、のんびりできる広場だ。画家たちが何人も自作の絵を並べて売っていた。

この広場には周囲の建物とよくマッチした三つの噴水がある。北側にある「ネプチューンの噴水」はデッラ・ポルタの作。中央の「四大河の噴水」と南側の「ムーア人の噴水」はベルニーニの作だ。「四大河の噴水」は、世界の四大河川、ナイル、ガンジス、ドナウ、ラプラタを擬人化したバロック彫刻の傑作である。ベルニーニはまことに噴水彫刻家だなあと思う。しかし、サン・ピエトロ広場はなかなかの名作だと思うし、ローマという街全体にバロック装飾をほどこしている人だなあ、という感想もわくのである。ローマあちこちにベルニーニの噴水や、橋や建物を飾る彫像があって、ローマの印象はそれによって作られているような気がする。

ナヴォーナ広場にほど近く、ロトンダ広場に面して、パンテオンがあった。私の妻が、この旅行でいちばん楽しみにしていたというローマ時代の神殿である。

パンはすべての、テオンは神の意味で、万神殿とでも訳すところか。紀元前二七〜二五年にかけてアグリッパが創建し、紀元一一五〜一二七年にハドリアヌス帝が再建したものだというからまことに古い。だが、ブルネッレスキ（フィレンツェのドゥオーモのクーポラを設計）が建築の勉強のために参考にしたのがこのパンテオンだ。ミケランジェロもこのパンテオンを「天使の設計」だと賞賛している。

すごく魅力的な建物である。正面には古代ギリシアの神殿を思わせるコリント式の円柱が並び、その上にペディメント（三角形の切妻壁）がある。そしてその背後の本堂は、直径も高さも四十三メートルの円筒形をなし、円筒の上半分は半球形をしているのだ。中に入って見上げれば、ドーム状の天井の真ん中に直径七・五メートルの穴があいていて、外から光が入りこんでいる。ドーム屋根に穴、というのが意表を衝《つ》く面白さだ。あんな穴があいていては、雨が降ったら内部が水びたしではないかと思って、大理石の床をよく見てみたら、何カ所か水抜きの小さな穴があいていた。

「やっぱりいいなあ」と、妻は感嘆しきりであった。七世紀からは教会として、今は偉人たちの霊廟として使われている。ヴィットリオ・エマヌエレ二世の墓や、ラファエロなどの墓があった。

　そしてその次には、トレヴィの泉へ行った。後ろ向きで肩越しにコインを投げ入れると再びローマを訪れることができる、という伝説のある、あまりに有名な噴水だ。教皇クレメンス十二世主催の噴水コンクールで優勝したニコラ・サルヴィの設計で、背後の宮殿を借景に利用し、海神ネプチューンと、馬に乗るトリトンなどがダイナミックに躍動している。

　ここで私たちは、泉の横の名物店でアイスクリームを買って食べた。例によって、金を受け取る係と、アイスクリームを渡す係が別というイタリア方式である。人がいっぱいの泉の前で食べるこのアイスクリームは、風景と実によく似合っていて、おいしかった。こういうところでは、ひたすら通俗観光客になるしかないのである。

そのあと、一度ホテルに戻り、夜、あらためてトラステヴェレ地区にある老舗《しにせ》レストランへ行き夕食を食べた。生ハム・メロンやカネロニや、サルティン・ボッカを楽しんだ。

私の足のマメはますます痛みだしていたが、それもいとわず歩いてしまう楽しい観光であった。毎晩のホテルでのワイン・タイムが疲れをいやしてくれるのだった。

9

その翌日、ツアーの最終日は、予定では自由行動の日であった。オプショナル・ツアーでナポリとポンペイの遺跡へ行く人がいたが、私たちは南イタリア旅行の時にそこへ行っているのでパスした。だから一日フリータイムである。

なのにこのツアーの添乗員さんは、お望みの方には名所案内をいたしますよ、と言ってくれるのだ。なんとも仕事熱心である。

入館料はかかりますが、ボルゲーゼ美術館へ行きますがどうですか、と誘われた。私と妻はそれに参加することにした。

朝の八時、タクシー数台に分乗して出発した。話がつけてあるらしく、ポポロ広場、スペイン広場などで写真撮影時間をとってくれる。

スペイン広場で見るものは、幅の広いゆったりとした階段だ。映画「ローマの休日」で、オードリーのアン王女がアイスクリームを食べたあの階段である。広場の名は、かつて近くにスペイン大使館があったことによる。

そして、ボルゲーゼ公園内にあるボルゲーゼ美術館に着く。開館時間までちょっとあったので、あたりを見て時間をつぶした。

この美術館は、一六一三年に建てられたシピオーネ・ボルゲーゼ枢機卿の館を、そのまま美術館にしたもので、収蔵品は彼のコレクションが中心になっている。旅行の後、家で見た「カラヴァッジョ　天才画家の光と影」という映画にもこのボルゲーゼは出てきて、カラヴァッジョに、私にも絵を描いてくれ、と言っていた。美術品コレクターだと思えばいいのだろう。

というわけで、この美術館にはカラヴァッジョやラファエロ、ティツィアーノの作品もあるのだが、ベルニーニの彫刻が最大の目玉であろう。「ダヴィデ」は、ミケランジェロの「ダヴィデ」が次の瞬間にとるであろうポーズをしている。つまり、投石器で石を投げようとしているダヴィデだ。「プロセルピナの略奪」は、略奪されるプロセルピナの太股《ふともも》に、男の手がくい込んで肉がくぼんでいるところまで表現してある。そして、プロセルピナのほほには涙の一しずくがあるのだ。涙まで大理石で表現しちゃうんかい、とあきれる。

「アポロとダフネ」では、アポロにつかまろうとしているニンフが、今まさに月桂樹に変身しようとしていて、手が樹《き》になりつつあるのだ。そこまで彫刻で表現した人はほかにいないぞ、と思うが、そこまでやるからマンガ的なんだよな、とも思った。

ほかにもベルニーニの彫刻があって、私が最も感心したのは、この人は、布団やクッションや枕《まくら》の表現がめちゃうまい、ということだった。枕が、大理石でできているのに、ふんわりと柔らかそうに見えるのだ。そのことでは名人なのに、人物像はあまりにつるんと美しいだけなんだよね。

愛好する人もいるだろうからそれ以上は言わないが、天才というより、名人と呼びたい人だよな、というのが私の感想だった。

この美術館では、ガイド以外は説明してはいけない、というルールの中、添乗員さんが小声でいろいろ教えてくれたのが印象に深い。

そこを見終えたあと、広大なボルゲーゼ公園内を歩いた。そして、地下鉄に乗り、きのう内部を見られなかったコロッセオへ行った。

あらためて内部に入り、昔の床が消失して地下の仕組みがよく見える闘技場をゆっくり見物した。驚くべきスケールのものである。見物席まで一部残っているそこにいると、古代のショーを見る観客の歓声がきこえてくるような気がした。

コロッセオの近くのレストランで、店の前の歩道に張り出した席で昼食を食べる。パスタ類はやっぱり食べやすく、うまい。

そのあと、まだあちこち歩くという一行に私と妻は別れを告げた。足のマメが極限まで痛んでいて、限界だったのだ。

妻と二人で、タクシーでホテルに戻ることにした。ところが、とんだ右往左往ということになってしまったのだ。

その日、ローマでは何かの首脳会談があるとかで、要人の警備のために道のあちこちが通行止めになっていたのだ。六十歳くらいのタクシー運転手が、曲がろうとしては、ここへは入れないのかと、迂回《うかい》する。そのおかげで、通るはずのないところを通り、私たちは思いがけなく、コロンナ広場の、マルクス・アウレリウス帝の円柱を車中から見ることができたりした。

そして私は、タクシー代のことを気に病んでいた。持っている小銭で、タクシー代とチップを払いたいなと思うわけである。ところが、いろいろ遠まわりをするので、チップ代の分がなくなってくる。

ところが、ホテルに着いた時、運転手はとんだ遠まわりになって悪かったとわびて、チップはもちろんいらないよ、という態度だったのだ。

「ローマでタクシー運転手をするのは大変なことだよ」

というのが、彼のもらしたつぶやきだった。

10

以上が私のローマ観光のすべてである。書きもらしたことはないだろうか。

そうだ、サンタンジェロ城のことがあった。そこへ行って中に入ったわけではないが、バスで市内を移動していて、何度もサンタンジェロ城をテヴェレ川の対岸に見たのだ。円形の、実に面白い形の城である。「ローマの休日」で、王女と新聞記者がダンス・パーティーに行ったのが、この城の前の川のほとりだった。

元来は、一三五年ごろにハドリアヌス帝が自分の廟として建造したものだそうだ。その後、ローマ歴代皇帝の墓となった。中世以降は、要塞や教皇の住まいとして使われたが、現在は国立博物館になっている。

サン・ピエトロ大聖堂に近くて、そこから地下道でつながっている、という噂もある。そう、クレメンス七世など、外敵に襲われた教皇が逃げ込んだ要塞なのだからそれは本当なのかもしれない。

サンタンジェロという名の由来は、六世紀にこの城の上に剣を持った天使が現れ、それによってペストの流行が終った、と伝えられている。つまり、サンタンジェロは、聖天使（サンタ・エンジェル）という意味なのだ。

ローマを、もちろん本当はその十分の一も見てないのだが、一応見物して、私のローマ観光は終り、イタリア旅行も終った。

私のイタリアに対する感想はどんなものだったのであろうか。その答えは容易にはまとまらないが、すごいものだと感嘆しつつ、少しあきれている、というあたりが正直なところだろうか。

確かにイタリアには、ヨーロッパの原型、という雰囲気もあるのだ。ローマなどは、ここを知らずしてヨーロッパを語れようか、という風格があった。パリやベルリンやウィーンではなく、ローマ帝国につながるローマこそヨーロッパのヘソなのだ、という味わいだ。

フィレンツェはルネッサンスの首都である。そしてヴェネツィアは、こんな面白い水上の都がほかにあるだろうかという気がした。

しかし、その一方でイタリアは、どこか洗練されていないのだ。よく言えば、田舎のよさがある。悪く言えば、どうにも国際的でない。

あらゆる地方の人が、おらの街がイタリア一だ、という自負を持っている。すべての男が、おれはカッコいい、という自負を持っていて、あきれるほどキメている。なのに、アウェーへ行くととたんに気が小さくなってしまう。

デザイン優先である。そして、街ごとにデザインにこるから、ひとつの国なのに統一感がない。そこがイタリアのよさだね、と思う人もたくさんいるだろうが、アイデンティティーにこだわりすぎるあまり、巨大な国力になってこない気がする。

多くの古都で、古い建物がそのまま残り、中世からの見事な景観が守られている。しかし、古い建物の内部を近代的に改装して住んでいるのであり、それはあたかも、日本の城の天守閣の中が改装されてデパートになっているようなものだ。そういう外観だけなのかという気もするのである。

しかし、とても面白いところだった、とも思う。カッコつけのイタリア人が私には、なんだかほほえましくて好感を抱いてしまった。現代人以前の、人情のある人たちが生きている感じだ。それは、フェリーニなどのイタリア映画の中にある味わいだった。

イタリア人は食べ物がおいしいことをすごく大切にしている。イタリア人の言う、ボーノ（おいしい）の正体は、食べ物を口に入れた時に、口中から鼻に抜ける香りなんだな、と思った。そのことへのこだわりには、さすがの歴史があると思った。

まとめて言うと、イタリアは近代国家だが、一人一人の中にはまだ中世人が生きている、そして、地方地方の田舎者が生きているような気がする。それがある意味、ものすごい魅力になっているのではないだろうか。

そういうイタリアを、私と妻はあとにした。ローマからウィーンへ飛び、ウィーンから成田へ。

私の右足の小指と薬指の間のマメは、イタリアにいる間中、大きくふくれて痛かった。

ところが飛行機内で一泊して、成田へ着いた時にはそのマメは破裂していて、もう少しも痛くなかったのである。

そして私の胸の内には、豊かなとこへ行ったものだなあ、という満足感だけが残ったのだ。

南イタリアも、少し貧しい感じまで含めて見たものは豊かだった。北イタリアでは、地方ごとにバラバラな感じが歴史の豊かさを感じさせた。

まことに豊かな旅だった、というのが総合的な感想である。それからしばらく、私はイタリア映画ばかりを観た。

あとがき

海外旅行が何よりの楽しみで、一年に一回のそれを心待ちにしているような人間になるとは、若い頃には想像もしなかったことだ。二十代の頃の私は、海外どころか国内でさえ、ほとんど旅行ということをしなかった。学生の時は研究室旅行なんてものに参加したが、あれは友人とわいわい騒いでいただけだ。社会人になって上京してみると、毎日が東京という異郷を旅しているようなもので、どこかへ行きたいとはまるで思わなかった。あれは毎日の自分の生活のことで精一杯で、他人が住んでるほかの街に目を向ける余裕がなかったんだろうな、と思う。

それが、初めは国内ばかりだったが、旅行を楽しむ人間に変ったのは、旅行が趣味という妻を持ったせいだ。二〜三カ月どこへも旅行してないと不機嫌になってくるという妻をなだめるためには、近くへでもいいからちょくちょく旅行をしなきゃいけない。そしてそれが、だんだん楽しくなってきたのだ。二人で旅行してみると、心強くて楽しむゆとりがある、というのも本当のことである。それまで、私は何かを手配したり手続きをしたり交渉したりということを面倒に思う人間で、わずらわしいから避けていたのだ。しかし二人で一組になってみると、それがそういやでなくなってきたのだ。日本のいろいろな地方を嬉々として旅行するようになった。

しかし、それでも海外は精神的に遠かった。外国へ行くとなると、国内旅行とは桁違いの面倒をクリアしなきゃいけないのだ。自分は外国を見たいだろうか、と自問して、どうしても見たいということはないなあ、なんて気がしてしまう。三十代の頃は、このまま一生外国へは行かないってことでもいいかなあ、なんて思っていた。要するに腰が引けてたんだな、と今になっては思う。

ところが、誘われて行くしかなくなっちゃう、ということが人生の中にはあるのだ。四十歳の時の、インドへの初の海外旅行がそれだった。妻が楽しそうにしているので、私も積極的に巻き込まれるしかなかった。あの時の私は、目をつぶって飛び込んじゃおう、というような気分だった。

そして飛び込んでみたら、とんでもなくハードだったのである。初の海外旅行がインドという上級者コースだったのも無謀だったのだ。

この旅行で最初の三日間ぐらい、私はビビりまくっていた。インド人がこわくて、自由行動の時間にバスの中でじっと待っていたぐらいのものだった。

ところが、思いがけないドンデン返しがきた。四日目ぐらいにふと、もし私がここに生まれていたらどうなっているだろう、と考えたのだ。そうしたらその答えとして、私もあいうインド人のように、少しインチキで、権利を大声で主張して、仕事はなるべくぐずぐずやるという生き方をするだろう、という考えが浮かんだのだ。つまり、自分とインド人に根本的な違いはない、と思えたのだ。インド人はただ、インドという国で必死に生きているだけだ、と。

するとそれからは急に旅が楽しくなってきたのだ。見るもののすべてが興味深くなってきた。インド人は面白いなあ、と思えてきて、夢中で見てしまうのだ。頭の中は、インド人はなぜこうなんだでいっぱいである。それがわかってくるとめちゃめちゃ楽しい。

この旅行の終る頃に、妻が私に言った言葉が忘れられない。顔が変ったよ、と言うのだ。すべての悩みから解放されたような、ゆったりした顔になっている、と。

あの時から私は海外旅行が好きになったのだ。知らない国で、私たちと本質的には変らないその国の人が、どう生活しているかを見て、理解していくのがとにかくもう面白いのだ。考えてみたら私はもともと人間が好きで、人間観察ばっかりしている男なのだった。

というわけで、私は日常から離れて、異国の人間を見に行く海外旅行を何よりの趣味とするようになったのである。

ただし、私の海外旅行は旅行会社のパッケージツアーに参加するという、ある意味イージーなものである。それじゃあ本当の海外旅行の醍醐味は味わえまい、と言う人がいるかもしれない。自分で宿を決めて、その宿の壁にはヤモリが十匹以上へばりついていて、風邪をひいて四十度も熱が出て、その国の薬をのんだら不思議に治った、というような旅をしてこそ、その国のディープな部分が見えるんだ、という考えである。添乗員について歩いて、どこへでもバスでつれていってもらうような旅では、その国の上っ面しか見えないじゃないか、と言われるかも。

しかし、すべてを自分で取りしきるのは大変すぎて、そのことで疲れすぎてしまうような気が私にはする。それでは見るべきものもろくに見えないのではないか。それに、自分ですべてやって観光していくのでは、まわれるところがほんの少しだろう。ツアーというのはうまく組まれているもので、可能な限りたくさんを見せてくれるのだ。

パッケージツアーも旅行会社ごとに特徴があり、自分の好みに合うものを選べばいいんだ、ということを私は知るようになった。たとえば本書にまとまったイタリア旅行は、南イタリアと北イタリアでは旅行会社が違うのだが、南イタリアの旅行は、リッチなムードになるようにということと安全面のことを考えすぎていて、観光が少しもの足りなかった。北イタリアの旅行のほうが、できるだけ多くを見せてくれようとしていて、私には喜ばしいものだった。そうやって、自分の好みに合うツアーを捜せばいいのである。

そして、どんなツアーであっても、私たち夫婦は可能な限りこの国を見ようと、目をギラギラさせているのである。すべてを見て、全部わかろう、と夢中になっている。だから、ツアーが進んでいくにつれて、私たちは食事が食べられなくなっていく。その国を見ることでお腹がいっぱいになってしまい、胃が元気でなくなってくるのだ。夕食は、ワインとそのつまみがあればいいや、というようなことになってしまう。

海外旅行が何よりの趣味だ、と私は言ってるのだが、それが全面的にリラックスできるお楽しみだ、ということではない。ある意味海外旅行とは、ストレスの連続なのである。慣れない異国を行くのだもの、それが当然である。トイレのドアがうまくしまらないことから、チップをやったものかどうかまで、よその国にいるってことはまごつくことばかりなのだ。だが、それを夫婦で頭をつかってひとつずつクリアしていくのが、変に楽しいのだ。

本書の中で私は、タバコが吸えるかどうかと、酒が飲めるかどうかを、やたら熱心に書いているかもしれない。しかしそれは、自分を守るためなのである。酒とタバコで、異国にいるストレスをほぐしていかなければ、疲れすぎてしまうのだ。イランを旅行した時は酒が一滴も飲めなかったので、私たちは二人ともヨレヨレになってしまい、あと二日で帰れる、あと一日だ、なんていう気分になったのである。それでも、いい旅行だったなあという思い出になっているのだが。

パッケージツアーには同行メンバーがある。海外旅行の初心者だった頃、私は同行メンバーの日本人をどうしても気にしてしまうのだった。どうして異国でこの日本人のことをこんなに見て、気にしなきゃいけないんだ、と苦笑してしまうぐらいだった。

だが、最近は同行メンバーをあまり気にかけなくなってきた。慣れてきて、注意を払わなくなったのだ。むしろ、時には軽口をたたきあったり、体調を気づかってあげたりして、旅のストレスをほぐすのに役立っている。私は甘い菓子を絶対に食べないのに、このおばさんは毎日菓子をくれるんだなあ、と笑っていられるようになった。

さてそこで、私の海外旅行にはもうひとつ、最後に大きな楽しみがあるのだ。それは、本書のような旅行記を書くことである。

旅行中にもガイドなどが、少しは歴史の話をしてくれたりする。この地の地理的意味はこういうところにある、なんてことも教えてくれる。しかし、旅行中にはすべてが頭に入るものではない。その都度、そうなのか、と思うもののすぐ忘れてしまう。

ところが、さてあの旅行のことを書こう、ということになると、読者にどういう意味のある場所だったのか、一応説明しなければならない。そのために、資料に目を通して調べるわけだ。そうすると、もう一度旅をしているような感じになるのである。

そこで見た教会はどんな建物だっけ、ということで、撮ってきた写真をじっくりと順に見ていく。そうすると、旅がどんなふうだったのか、ありありと甦ってくるのだ。

自分の目で見てきたものの、意味がはじめてわかってくる。そうか、私はそういうものを見たのか、と納得できる。

というわけで、私の海外旅行は日本に帰ってきてからも続いていて、本書のような旅行記を書いて、ようやく完結するのである。隅々まで、余すところなく味わいつくしたなあ、という気分になれる。

そんな旅行記を、あとは読者が楽しんでくれることを願うばかりだ。この本はどちらかというと、実際にイタリアを旅行する人が、飛行機の中などで読むと、そこをより深く味わえるという本になっていると思う。そんなお役に立ててもらえたら、著者としてそれ以上の喜びはないのだが。

二〇一一年四月

清水義範

解　説

ヤマザキマリ

私は一〇代から二〇代にかけてイタリアに十数年暮らしたことがありますが、それは自分の今までの人生の中でも最も困窮を極めた、凄まじき時期でもありました。ちょうど日本はバブルの真っ只中で、私が暮らしていたフィレンツェの街も、どこを見てもグッチやプラダの買い物袋を提げた日本人の観光客だらけ、という状況だったのを覚えています。なのになぜか私の生活は、そんな日本のバブルを全く反映させるものではなく、いや、むしろ全く反比例しているような状況でした。

もともと憧れて住み始めた国ではなかったので「こんなはずじゃなかったのに、どうしてこんなことに」という思いは幸いながら一切発生せず、私は最初からイタリアというのは、こうやって日々精神的にも体力的にも全身全霊で格闘をしていかねばならぬ場所なのだと確信して過ごしていました。なのでそこへ頬を桃色に高揚させた日本の観光客の方達がふらふらと楽し気に歩いているのを見ると、何だか妙な感じがしてなりませんでした。どうやったらあんな風にイタリアを楽しむことができるのだろうか、と。

残念ながら私は観光客の方達が満喫されているような、セレクトされた美味しい部分だけの経験をイタリアから奉仕された事が全く無いので、どうしてもこの国に対するシンパシーで彩られた日本の書物やガイドブックというものを熱心に読むことが出来ずにいました。かといってイタリアに対する非難や中傷だったら喜んで読めるのかというと、そういう事でもありません。私にとってのイタリアという国は、謂《い》わば、使い込まれて年季の入った絹の絨毯みたいなもので、その感覚に見合った納得のいく書物になかなか出会えなかったというのが正直なところです。

ところがどういうわけなのでしょう。今回清水さんご夫婦のイタリア旅行記に関しては、これが何とも言えぬ爽快感に引きこまれたまま、あっという間に最後まで読めてしまったではありませんか。

例えば、私が一番最初に住んだイタリアの街はヴィチェンツァだったのですが、私が人生で初めて建築というものに感動したきっかけは、この街で出逢ったパッラーディオの建造物を見たことによってでした。そして清水さんは、私が何十年もの間表に出すことなく胸の中に貯め込んで発酵させてしまった、このヴェネチア・ルネッサンスの天才建築家についてを、余計な装飾の無い心地良き文字に代えて爽やかに表現して下さっているのです。

「旅」と違い、「暮らす」ということでその土地についてを深く把握したのは良いけれども、その分、重たく大きくなり過ぎてしまって敢えて自分の中に沈殿させてしまった、そんなイタリアの様々な街への思い入れ。それを清水さんが、固く複雑にこんがらがった結び目をどんどん解《ほぐ》していくような感覚で、文章で表現して下さるこの心地の良さ。さすがは清水さんだ、と私は深く感銘してしまいました。

というのも、実は清水さんの著書『国語入試問題必勝法』は、私のフィレンツェ留学時代の愛読書でありまして、あまりに愛読し過ぎてイタリア滞在中だけで三度も買い替えた程なのです。ボッティチェリを模写する傍らで清水さんの著書を激しく読み耽っていた事が、後の私の漫画作品にも何某《なにがし》かの影響を与えることにもなったと思っているのですが、それを踏まえても、これはまさに私にとっては至高の「イタリア紀行文」と言えるでしょう。

時間が出来たらまたゆっくりと、この本を片手にイタリアを巡り歩きたいなと思っています。

本書は「ｗｅｂ集英社文庫」で二〇一〇年二月〜二〇一一年二月に連載されたものを加筆・修正したオリジナル文庫です。

本文写真・清水ひろみ
本文イラスト・金沢和寛
本文デザイン・宇都宮三鈴

清水義範の本

騙し絵 日本国憲法

名古屋弁あり、落語風あり。パスティーシュの先達・巨匠・第一人者が、憲法を素材にあらゆる技法、全ての手段、全知全能を傾けた珍無類の小説。これ全編、傑作、快作、自信作。

偽史日本伝

美少年の判官は実は替え玉、「本物」の義経は、コンプレックスに悩む醜男（通称弁慶）であった。これなど序の口、大胆不敵な珍説・奇説で日本史を斬る、爆笑＆オモタメの傑作歴史物語。

集英社文庫

清水義範の本

開国ニッポン

徳川家光が鎖国をしなかったら、江戸時代はどうなった⁉ 大胆不敵な仮定のもとに繰り広げられる歴史小説。痛快、爆笑、目からウロコ、名作『金鯱の夢』の興奮再び！ 書き下ろし。

日本語の乱れ

ラ抜き言葉、意味不明な流行語、氾濫するカタカナ語など、間違った言葉遣いや気になる言い方から、比喩の危険性、宇宙を襲う名古屋弁などなど、日本語をテーマにした爆笑小説集。

集英社文庫

清水義範の本

博士の異常な発明

ペットボトルを分解する「ポリクイ菌」。透明人間の鍵を握る素粒子「ミエートリノ」。ついにできた(!?)「不老長寿の妙薬」……愛すべき博士たちの大発明。爆笑炸裂必至の傑作。

迷宮

24歳OLが殺された。犯罪記録、週刊誌報道などが、ある記憶喪失男性の治療に使われ、男は様々な文章を読まされる。彼の記憶は戻るのか? そして事件の真相は?? 異色ミステリー。

集英社文庫

清水義範の本

イマジン

青年の翔悟は、突然、1980年の世界にタイム・スリップ、若い日の父に出会う。家出するほど父と険悪な関係だった翔悟だが、なぜかふたりでジョン・レノンを救う旅に出ることに。

夫婦で行くイスラムの国々

巨大なモスク、美味なる野菜料理など、トルコでイスラムにどっぷりはまった作者夫婦はイスラム世界をとことん見ようと決意。未知の世界でふたりが見たのは⁉　旅の裏技エッセイつき。

集英社文庫

清水義範の本

龍馬の船

江戸に出てきて、偶然見かけた「黒船」に一目ボレした龍馬。年来の「船オタク」の血が目を覚まし、「船」を手に入れるべくあらゆる人々を巻き込んで東奔西走。清水版新釈坂本龍馬伝。

信長の女

船で物資が集まる港町。海の道でつながる遠い異国が攻めてくるかもしれない……。新しいものに憧れる信長が、明の衣装をまとった美しい少女と出会い虜に……。清水版新釈織田信長伝。

集英社文庫

集英社文庫

夫婦《ふうふ》で行《い》くイタリア歴史《れきし》の街々《まちまち》

2011年5月25日　第1刷　　定価はカバーに表示してあります。

著　者　清水義範《しみずよしのり》

発行者　加藤　潤

発行所　株式会社　集英社

東京都千代田区一ツ橋2-5-10　〒101-8050

電話　03-3230-6095（編集）

03-3230-6393（販売）

03-3230-6080（読者係）

印　刷　大日本印刷株式会社

製　本　大日本印刷株式会社

フォーマットデザイン　アリヤマデザインストア　　マークデザイン　居山浩二

ISBN978-4-08-746701-7 C0195